インヴィジブル　ポール・オースター　柴田元幸 訳

Invisible　Paul Auster　Shinchosha

インヴィジブル

カバー写真

装幀
新潮社装幀室

I

一九六七年の春、私は彼と初めて握手した。そのころ私はコロンビア大の二年生で、何も知らない、書物に飢えた、いつの日か自分を詩人と呼べるようになるんだという信念（あるいは思い込み）を抱えた若者だった。そして私は詩を読む人間だったから、すでにダンテの地獄で彼と同名の人物に出会っていた。『地獄篇』第二十八歌の結末で、重い足を引きずって歩く死者――ベルトラン・デ・ボルン、十二世紀プロヴァンスの詩人。切断された己の頭を髪で摑んでぶら下げて運び、それが提灯《ちょうちん》のように前後に揺れている。全巻、幻視と拷問の連続たる『神曲』のなかでも、間違いなくもっともグロテスクな部類に属す絵姿である。デ・ボルンの作品は一貫して擁護していたものの、ダンテは彼に、父ヘンリー二世に対し謀反《むほん》を起こすようヘンリー王子をそそのかした咎《とが》で永遠の地獄堕《お》ちの刑を科した。父と子のあいだに不和をもたらし、二人を敵同士にしてしまったことへの刑に相応しく、ダンテがデ・ボルンに与えたのは、彼を己自身から分かつという罰だった。かくして、頭部を切断された身体が黄泉《よみ》の国にあって嘆き叫び、フィレンツェから来た旅人に向かって、わが痛みほど恐ろしい痛みがあるだろうかと問うのである。ルドルフ・ボルンと彼が名のると、私の思いはただちに彼《か》の詩人へと向かった。ベルトランとはご親戚で？　と私は訊いた。

ああ、あの頭をなくした情けない奴か、と彼は答えた。そうかもしれんが、まあ違うと思うね。こっちは「デ」がないから。そういうのは貴族じゃないと駄目で、残念ながら私はおよそ貴族なんかじゃないんでね。

自分がなぜそこにいたのか、私は覚えていない。誰かに誘われて行ったのだと思うが、それが誰だったのかはもうとっくに忘れてしまった。パーティをどこでやっていたのかさえ思い出せないし——街の北側だったか南側だったか、アパートメントかロフトか——そもそも誘いに応じた理由も覚えていない。当時私は大きな集まりを避けるのが常で、ぺちゃくちゃ喋る人の群れが苦手だったし、知らない人の前に出るとどうにも気後れしてしまうのだった。だがなぜかその夜は、不可解にも招きに乗って、いまは忘れてしまった友に連れられ、どこであれパーティの場へと出かけていったのである。

覚えているのはこんな情景だ。その晩のどこかの時点で、私は部屋の隅に一人で立っていた。煙草を喫い、人々を、狭い空間に詰め込まれた何十また何十という若い肉体たちを眺め、言葉と笑い声の混じりあったざわめきを聞きながら、いったいお前はこんなところで何をしているんだと自問し、そろそろ帰ろうと考えている。左にあるラジエーターの上に灰皿が載っていて、煙草をもみ消そうとしてそっちを向くと、吸殻が山となったその容れ物が私に向かって上昇してくるのが見えた。灰皿は誰か男の手のひらに支えられていた——私が気づかないうちに、ついさっきから、二人の人物がラジエーターの上に腰かけていたのだ。一人は男で一人は女、二人とも私より年上、部屋にいるほかの誰よりも間違いなく年上だった。男は三十五歳前後、女は二十代末から三十代前半。

彼らは私の目に、釣りあいの悪いペアと映った。ボルンはくしゃくしゃの薄汚れたリネンのジャケットを着て、その下のワイシャツも同じくくしゃくしゃなのに対し、女性は（名はマルゴだとやがて判明した）全身黒ずくめだった。私が灰皿の礼を言うと、男はつかのま礼儀正しくうなずき、どういたしまして《マイ・プレジャー》、とほんの少し外国訛りを匂わせて言った。フランスかドイツか、どちらだかはわからない。ほぼ完璧な英語なのだ。あの出会った直後の時間、ほかに何が見てとれたか？　青白い肌、ぼさぼさの赤味がかった髪（当時のたいていの男性より短く刈ってある）、横に広いハンサムな、際立ったところは何もない顔（一般的とでも言うほかない、大勢のなかに入れば不可視《インヴィジブル》になってしまう顔だ）、揺るがない茶色の目、何ひとつ怖いものがないように見える人間特有の鋭く探るような視線。痩せても太ってもおらず、のっぽでもチビでもないが、逞しい力を感じさせるのは両手の分厚さのせいだろうか。一方マルゴは、筋肉ひとつ動かさずに座って、人生における自分の主たる任務は退屈そうに見えることであるかのように虚空を見つめている。けれどその姿は、二十歳の私には魅力的に、ひどく魅力的に見えた。黒い髪、黒いタートルネックのセーター、黒いミニスカート、黒い革ブーツ、大きな緑の瞳の周りの濃い黒のメーキャップ。美人ではないかもしれないが、美の象徴ではある。その姿の気品と洗練は、時代の理想的女性像を体現しているように思えた。

ボルンが言うには、自分たちはもう帰ろうとしていたのだが、私が隅に立っているのを目にとめ、ひどく悲しそうな顔をしているものだから、寄っていって励ましてやろうと思ったということだった。夜が終わる前に私が喉をかき切ったりしないように、というのだ。この発言をどう解釈すべきか、さっぱりわからなかった。この男は僕を侮辱しているのか、それとも本当に、途方にくれた若き他人に優しさを示しているのか？　言葉自体には、どこか遊びっぽい、相手を武装解除するような響きがあったが、それを口にするとき目に浮かんだ表情は冷淡で超然としていた。この男は僕を試しているんだ、からかっているんだ、そう思わずにいられなかった。だがその理由となると、まったく見当もつかない。

私は肩をすくめて、軽い笑みを彼に向け、こう言った――いやいや、もう最高に楽しんでるところですよ。

そのとき彼は立ち上がり、私と握手して、自分の名を告げたのだった。ベルトラン・デ・ボルンについて私が訊ねたあと、彼は私をマルゴに紹介した。マルゴは何も言わずに私に笑みを向け、それからまた、無表情で虚空を見つめる任務に戻っていった。

君の歳から判断して、とボルンは言った。そしてほぼ無名の詩人なんかを知っていることから見て、たぶん学生なんだろうね。まず間違いなく、文学部。NYUかい、コロンビアかい？

コロンビアです。

コロンビアか、と彼はため息をついた。実に殺伐たる場所だ。

ご存じなんですか？

九月から国際情勢研究所で教えているのさ。客員教授として、一年契約で。有難いことにもう四月だから、あと二か月でパリに帰れる。

じゃあフランス人なんですね。

境遇、価値観、パスポート上ではそうだ。でも生まれとしてはスイス人。

フランス系スイス人ですか、ドイツ系スイス人ですか？　声に両方少しずつ聞こえるんですが。

ボルンは舌をチッチッと鳴らして、それからじっと私の目を見た。耳が敏感なんだな、と彼は言った。実は本当に両方なのさ。ドイツ語を話す母親と、フランス語を話す父親から生まれたハイブリッドだよ。二つの言語を行ったり来たりしながら育ったんだ。

次にどう言っていいかわからず、私は一瞬間《ま》を置いてから、当たり障りのない質問を口にした——で、僕らの陰鬱なる大学で何を教えていらっしゃるんです？

失敗。

それってずいぶん広いテーマじゃないですか？

具体的には、フランス植民地主義の失敗だ。アルジェリアを失った歴史で一コマ教えて、もう一コマでインドシナを失った歴史をやっている。

僕たちの国があなた方から引き継いだ、あの麗しい戦争の話ですね。

戦争の重要性を侮《あなど》ってはいけない。戦争は人間の魂の、もっとも純粋で生々しい表現だ。

何だか我らの首なし詩人みたいに聞こえてきましたよ。

え？

どうやらお読みになっていないようですね。

一語も読んでいない。ダンテのあの一節でしか知らないよ。

デ・ボルンはすぐれた詩人でした。素晴らしい詩人、と言ってもいいくらいです。でも読むとひどく心を乱される詩人です。可憐な愛の詩もいくつか書いているし、ヘンリー王子の死後には胸を打つ哀歌も書いていますが、一番のテーマ、唯一本気で情熱を持てたらしいテーマは戦争でした。戦争というものに、心底酔いしれる人だったんです。

なるほど、実に私好みの男だな、とボルンは言って皮肉っぽい笑みを私に向けた。

人がたがいの頭蓋骨を叩き割るのを見る楽しみ、城が崩れて燃えるのを眺める喜び、脇腹から槍が飛び出した死者を目にする快感、そういう話なんです。すごく血なまぐさいんです、ほんとに。デ・ボルンは尻込みしません。戦場のことを考えただけで、嬉しくてたまらなくなるんです。

どうやら君自身は、兵士になる気はなさそうだな。

全然ありません。ベトナムで戦うくらいなら刑務所に入ります。

で、刑務所と軍隊、どちらも逃れたとして、どういう計画だ？

どういう計画もありません。いまやっていることを続けていって、何とかモノになるのを期待するだけです。

やっていることとは？

文筆です。書き綴ることの技芸。

そんなことだろうと思った。部屋の向こうから君を見たとき、マルゴは言ったんだ。あの悲しそうな目をした、憂《うれ》い顔の男の子、見てよ。あの子絶対詩人よ、って。そうなのかい、君は詩人なのかい？

ええ、詩は書きます。あと、『スペクテイター』に書評も。

学部生の新聞かあ。

どこかから始めるしかありませんからね。

興味深い話だ……。

そうでもありません。僕の知ってる人間の半数は作家になりたいと思ってるんです。

どうしてなりたいって言うんだ？　もうすでにやってるんだったら、未来の話じゃないだろう。現在すでに存在してるじゃないか。

だってまだ、自分に才能があるかどうかわかりませんよ。

書評に原稿料はもらうのかい？

もらえやしません。大学の新聞なんですから。

原稿料をもらうようになったら、才能があるとわかるんだろうね。

私が答える間もなく、ボルンは突然マルゴの方を向いてこう言った——君の言うとおりだったよ。君の見つけた若者は詩人だよ。

マルゴは目を上げて僕の方を見て、感情抜きの、値踏みするような表情とともに、初めて口を開いた。その外国訛りは、連れの男よりずっときつい、明らかにフランスの訛りだった。私はいつも正しいのよ、と彼女は言った。もうそのくらいわかってるでしょう、ルドルフ。

詩人にして時には書評者、とボルンはなおもマルゴに向かって言った。そしてあの高台の荒涼たる砦の学生、ということはたぶん我々の近所の住人だね。だが彼に名はない。少なくとも私が認識している名は。

ウォーカーです、と私はさっき握手したとき自己紹介を怠ったことに気づいて言った。アダム・ウォーカー。

アダム・ウォーカー、と彼は反復し、マルゴから私の方に向き直りながらまた一瞬謎めいた笑みを浮かべた。堅牢なる善きアメリカの名だ。きわめて頑丈で、きわめて当たり障りなく、きわめて頼りになる。アダム・ウォーカー。栗色の去勢馬に乗りショットガンと六連発銃を携え荒野をさすらう、シネマスコープ・ウェスタンの孤独な賞金稼ぎ。さもなくば、悲劇的にも同時に二人の女性に恋している、午後のソープオペラの心優しい真面目人間の外科医。

堅牢に聞こえるかもしれませんが、アメリカに堅牢なものなんてありません、と私は答えた。祖父が一九〇〇年にエリス島に上陸したときに与えられた名です。移民審査官たちはどうやらワルシンスキーなんて難しすぎると考えて、ウォーカーという名を押しつけたんです。

何という国だ、とボルンは言った。無学な役人どもが、あっさり一筆《ひとふで》で、人からアイデンティティを奪ってしまうとは。

アイデンティティじゃありません。名前だけです。祖父は三十年間、ロウアーイーストサイドで、適法《コシャー》の（ユダヤ教の掟に則って処理された、の意）肉屋として働きました。

話はもっとあった。もっとずっと、たっぷり一時間、話題から話題へと漫然と跳ねていった。ベトナム戦争と、高まる反戦の声。ニューヨークとパリの違い。ケネディ暗殺。アメリカによる対キューバ貿易規制。どれも自分たちに直接関係した話題ではないが、ボルンは何に関しても強固な、しばしば奔放で異色の意見を持っていて、それをなかば嘲るような、ひそかに見下したような調子で口にするものだから、本気で言ってるのか、どうにも判断がつきかねた。タカ派右翼のように聞こえるときもあれば、爆弾を投げるアナーキストかと思える思想を表明したりもする。この人は僕を挑発しているのか、それともこれがこの人の普段のやり方で、土曜の夜はいつもこうやって楽しむのか。一方、謎の人マルゴは、ラジエーターから立ち上がって私から煙草をねだったあとは、ずっと立ったまま、会話にはあまり、というかほぼまったく貢献せず、こっちが口を開くたびにじっと私の顔を、子供のような好奇心もあらわに、まばたきもせず見据えていた。いくぶん落着かなかったとはいえ、彼女に見られて嬉しかったことは認めざるをえない。そこにはどこか漠然とエロチックな気分もあったが、当時のうぶな私には、彼女が何か合図を送っているのか、それともただ見るために見ているだけなのか、知りようもなかった。実際、こんな人たちに会ったのは初めてだったし、とにかく私とはまったく異質の二人であり、感情の動き方もおよそなじみがなかったから、長く話せば話すほど、彼らからだんだん現実味が抜けていった。まるで二人とも、私の頭のなかで進行する物語内の架空の人物みたいだった。

　我々が酒を飲んでいたかどうかは思い出せないが、そのパーティが私がニューヨークに来て以来行っていたほかのパーティと似たようなものだったとすれば、きっと安物の赤ワインの大瓶が何本かあって、紙コップだけはたっぷりあったにちがいなく、だとすれば我々は、話を続けながらどんどん酔払っていったにちがいない。何を話したか、記憶の底からもっと引き揚げられたらと思うが、一九六七年ははるか昔であり、ボルンとの最初の遭遇で生じた言葉やしぐさや密かな含みを見出そうとどれだけあがいても、ほとんど何も出てこない。とはいえ、その霞《かすみ》のなかに、いくつか生きいきした瞬間も浮かび上がる。たとえばボルンがリネンの上着の内ポケットに手を入れて喫いかけの葉巻を取り出し、マッチで火を点けながら私に、これは最高級のキューバ葉巻モンテクリスト（当時アメリカでは禁制だったし、いまだにそうだ）だ、ワシントンのフランス大使館に勤務する人間との個人的繋がりを通して手に入れたのだと告げている姿。彼は次に、カストロについて好意的な言葉を述べた――ついさっきはジョンソン大統領、マクナマラ国防長官、ウェストモーランド司令官を褒めたたえ、ベトナムに広がる共産主義の脅威と戦う英雄たちだと言っていたのに。よれよれの身なりの政治学者が、喫いかけの葉巻を引っぱり出すのを見て愉快に思った私は、あなたを見ているとジャングルに長くいすぎて発狂した南米のコーヒー農園所有者を連想しますよと言ったのを覚えている。それを聞いてボルンは笑い、当たらずといえども遠からずだね、子供のころは大半グアテマラで過ごしたからと言った。だが、もっと聞かせてくれと頼むと、彼は手を振って退け、またいつかと言った。

いずれ全部話す、だがもっと静かなところじゃないと、とボルンは言った。私のこれまでの、信じがたい人生の話全部だ。いいかい、ミスター・ウォーカー。君はいつの日か私の伝記を書くことになるんだ。保証する。

というわけで、ボルンの葉巻と、彼の未来のボズウェル（サミュエル・ジョンソンの伝記作者として知られる文人）としての私の役割。だが加えて、マルゴが右手で私の顔に触れて、自分を大事にするのよとささやいている情景も浮かんでくる。これはきっと終わり近く、もうじき帰ろうとしているときか、すでに階段を降りたあとにちがいないが、パーティを去ったときの記憶はないし、二人に別れを告げた記憶もない。そういったことはすべて、四十年の歳月が消し去ってしまった。彼らは私の青春のニューヨーク、もはや存在しないニューヨークのある春の夜に騒々しいパーティで会った二人の見知らぬ人物、それだけだった。断言はできないが、我々が電話番号さえ教えあわなかったこともほぼ確信がある。

*

彼らとは二度と会わないだろうと私は思った。それまで七か月コロンビアで教えていたボルンに一度も出会わなかったのだから、これからも出くわす確率は低い。だが現実の出来事にとって確率は問題ではない。起こりそうにないからといって、起こらないとは限らない。パーティの二日後、午後最後の授業が終わったあと、誰か友人がいないかと私はウェストエンド・バーに入った。ウェストエンドは薄汚い穴倉のような店で、ブースやテーブルが一ダース以上あって、表側の部屋の真ん中に巨大な楕円のカウンターがあり、入口近くのエリアはカフェテリア方式で不味いランチやディナーが食べられる。私の行きつけの店で、学生、酔払い、地元の常連のたまり場である。暖かい、陽がさんさんと照る午後だったので、その時間から店にいる人間はわずかだった。見慣れた顔はいないかと店内を一周していると、奥のブースにボルンが座っているのが見えた。ドイツ語のニュース雑誌（『デア・シュピーゲル』だったと思う）を読みながら、またもキューバ葉巻を喫っていて、テーブルの左側には半分空になったビールのグラスが忘れられたように置いてある。今日も白いスーツを着ていたが（土曜の夜に着ていたのより清潔で皺も少なく見えるので、違うスーツなのかもしれない）、白いシャツはなくなって、代わりに何か赤いのを着ている――濃い、どっしりした、煉瓦色と深紅の中間の赤。

奇妙なことに、私はとっさに、回れ右して挨拶もせず出ていこうと思った。この及び腰には考える種がたっぷり詰まっていると思う。ボルンから離れていた方が身のためであり、下手にかかわったら厄介な話になりかねないと私がすでに理解していたことを暗示しているように思える。どうしてわかったのか？　彼と一緒にいたのは一時間ちょっとに過ぎなかったが、その短い時間のなかで、彼の何かがおかしいこと、何か漠然とおぞましいところがあることを私は感じとったのだ。魅力的な雰囲気、知性、ユーモアといった美質を否定はしないが、それらすべての下から、ある種の闇と冷たさを彼は発散していて、それが私を不安にさせ、この人は信用しない方がいいと判断させたのだ。もし彼の政治観を軽蔑しなかったら、私としても違う印象を形成しただろうか？　何とも言えない。私の父親と私は当時の政治問題ほぼ全部について意見が合わなかったが、それでも私は父のことを、根は善人だと――少なくとも悪人ではないと――思っていた。だがボルンは善人ではなかった。ウィットがあって、酔狂で、いつ何を言い出すかわからないのはいいが、戦争こそ人間の魂のもっとも純粋な表現だと説くところで、善の領域からは自動的に締め出される。百歩譲って、あの発言が一種の冗談であって、またぞろ現われた反戦学生が反論し糾弾するよう挑発していたのだとすれば、ただの倒錯だと言うほかない。

ミスター・ウォーカー、と彼は雑誌から顔を上げて、身振りで私をテーブルに招きながら言った。まさに君を探していたんだ。

口実をでっち上げて、約束に遅れるのでなどと言ってもよかったわけだが、私はそうしなかった。それが私とボルンとの関わりを表わす複雑な方程式のもう一方の項だった。警戒はしていたものの、この奇怪な、読解不能な人物に私は魅せられてもいたのであり、ばったり出会ったことを本気で喜んでくれている様子に私の虚栄心は焚きつけられた。我々一人ひとりのなかでグツグツ煮え、燃えている、自尊心と野心から成る不可視の大窯《おおがま》に火がくべられたのだ。この人物について留保はいろいろあったし、その怪しげな人格に疑念も抱いていたけれど、この人に自分のことを好きになってもらいたいと私は願わずにいられなかった。日々あくせく暮らす月並なアメリカ人大学生以上の何ものかだと思ってほしい、自分のなかにあると思いたい可能性（目覚めている時間十分のうち九分はそれを疑っていたのだが）をこの人に見てほしい、そう願わずにいられなかった。

ブースに滑り込んだ私を、ボルンはテーブル越しにじっと見て、葉巻から巨大な煙を吐き出し、ニッコリ笑った。このあいだの夜に君はマルゴに好印象を与えたよ、と彼は言った。

僕も彼女に感銘を受けました、と私は答えた。

彼女があまり喋らないことは君も気づいただろうね。

英語が得意じゃないんですね。上手く使えない言語で自分を言い表わすのは大変ですよね。

彼女のフランス語は完璧に流暢だが、フランス語でもあまり喋らないよ。

まあ、言葉がすべてじゃありませんからね。

自分を書き手だと思っている人間にしては妙な発言だね。

いえ、僕はあくまでマルゴのことを――

そう、マルゴ。そうだとも。そこから話は私の言いたいことに繫がる。長いあいだ何も言わずにいることも多いのに、土曜の夜のパーティからの帰り道、彼女は休まず喋りまくったんだぜ。

面白いですね、と私は、話がどういう方向に進んでいるのかよくわからないまま言った。で、何が原因で舌が緩んだんです？

君さ。彼女は君のことを本気で気に入ったのさ。だが彼女がひどく心配していることも知ってもらわないと。

心配？　いったいなぜ心配なんて？　僕のこと、知りもしないじゃありませんか。

そうかもしれん、だがとにかく彼女はね、君の未来が危険にさらされていると判断したんだ。

誰の未来だって危険にさらされています。特に、あなたもよくご存じのとおり、十代後半から二十代前半のアメリカ人の男は。でも僕は落第さえしなければ卒業するまでは徴兵されません。賭ける気はしませんけど、それまでに戦争が終わる可能性もあります。

賭けない方がいい、ミスター・ウォーカー。この小ぜりあいはずるずる何年も続くよ。

私はチェスタフィールドに火を点けてうなずいた。それだけは僕も同意します、と私は言った。とにかくマルゴはベトナムの話をしていたんじゃない。そう、君は監獄に行きつくかもしれないし、いまから二、三年後に箱に入って帰ってくるかもしれない。だが彼女は戦争のことを考えていたんじゃない。彼女はね、君がこの世界で生きるには善良すぎると信じている。君がいずれ世界に潰されてしまう、と。

どういう筋道でそう思われるのか、わかりませんね。

君には助けが必要だとマルゴは思っている。西洋世界で最高に回転の速い脳の持ち主とは言いがたいが、詩人だと名のる男の子に出会うたび、彼女がまず思いつく言葉は餓死なのさ。

それって馬鹿げてますよ。何を言ってるか、自分でもわかってらっしゃらないんです。

反駁して済まんが、パーティで私が将来はどういう計画だと訊いたら、どういう計画もないと君は言ったよね。もちろん、詩を書きたいという漠たる野心を別にすればだ。詩人はどれくらい稼ぐのかね、ミスター・ウォーカー?

たいていの場合ゼロです。運がよければ、時おり小銭を何枚か投げてもらえるかもしれない。

まさしく餓死に聞こえるね。

書くことで生計を立てていく気だとは言ってません。何か職に就かないと。

たとえば？

よくわかりません。出版社か雑誌で働くのもいい。翻訳をやるのでもいい。記事や書評を書くこともできます。そういうののどれかひとつか、あるいはいくつかの組合せか。いまはまだわからないし、世に出るまではあれこれ悩んだって仕方ないでしょう？

好むと好まざるとにかかわらず、君はもう世に出ている。自分を護るすべを早く学べば学ぶほど、身のためになる。

どうしていきなりそんなに心配してくださるんです？　出会ったばかりなのに、どうして僕の身に起きることを気にかけてくださるんですか？

君を助けてやってくれとマルゴに頼まれたからさ。彼女はめったに私にものを頼んだりしない。だから私としても、その望みに従うのが務めだと思うんだ。

感謝していると伝えてください、でもあなたがわざわざ何かしてくださるには及びません。僕は自分でやっていけます。

頑固な奴だなあ、とボルンは言って、ほとんど喫いつくした葉巻を灰皿の縁に載せ、顔が私の顔からほんの数センチの近さに来るまで身を乗り出した。つまり私が仕事を提供しても断るということかね？

どういう仕事かによりますね。

それはまだこれからだ。アイデアはいくつかあるが、まだ決めていない。君には助けになってもらえるんじゃないかと思うんだ。

よくわかりませんね、どういうことか。

私は十か月前に父を亡くして、どうやらかなりの金を相続したらしい。城や航空会社を買うには足りないが、世界に小さな違いを生むくらいの額はある。もちろん君を雇って私の伝記を書いてもらうこともできるが、それにはまだ早すぎると思う。私はまだ三十六だ。五十になる前に生涯を語るのは見苦しい。じゃあどうするか？　出版社を始めることも考えたが、経営の長期計画やら何やらにつきあう気にはなれない。その反面、雑誌ならもっとずっと楽しそうだ。月刊か、まあ季刊か、とにかく何か新鮮で大胆な、読者を挑発して毎号論争を起こすような刊行物だ。どう思うね、ミスター・ウォーカー？　雑誌をやることに興味はあるかね？

もちろんあります。でも唯一の疑問は――なぜ僕なんです？　あなたはあと二、三か月でフランスへお帰りになるわけですよね。ということはフランス語の雑誌を考えていらっしゃるんですよね。僕のフランス語もひどくはありませんが、あなたの要求には不十分です。それに、僕はここニューヨークの大学に通ってるんです。あっさり荷物をまとめて引越すわけには行きません。

引越すなんて誰が言った？　フランス語の雑誌だなんて誰が言った？　ここで物事を動かしてくれるアメリカ人スタッフがいさえすれば、私は時おり顔を出して様子を確かめるだけでいい。基本的には口を出さないつもりだ。雑誌の陣頭指揮に立つことに興味はない。自分の仕事があるし、自分のキャリアがあるから、どのみちそんな時間はない。私の唯一の責任は資金を出資することだ。そして望むらくは、利益を上げる。

あなたは政治学者で、僕は文学専攻の学生です。政治雑誌をお考えになってるんでしたら僕では無理です。我々は柵をはさんで別々の側にいるんです。僕がやっても大失敗に終わるに決まっています。でも文芸雑誌をお考えでしたら、それならば、ええ、非常に興味があります。

国際関係を教えていて政府やら公共政策やらについて論文を書いているからといって、私が実利一辺倒の俗物だと決まったわけじゃない。私だって君に負けず芸術を大切に思っているよ、ミスター・ウォーカー。文芸誌でなかったら、君に頼みはしないさ。

僕にやれるとどうしてわかります？

わからないさ。でも直感はある。

筋が通りませんね。ここでいま、あなたは仕事をくださろうとしているけれど、僕の書いたものは一語も読んでいらっしゃらない。

それは違う。ついけさがた、『コロンビア・レビュー』最新号に載った君の詩を四篇と、学生新聞に書いた文章六本を読んだ。メルヴィルを論じたやつが特にいいと思ったし、墓場をめぐる短い詩にも心を動かされた。あといくつの空が私の上に／この空も消えてしまうまで？——大したものだ。

そう思っていただけて嬉しいです。あなたがそんなに迅速に行動されたことの方がもっと大したものだと思いますが。

私は何事もそうやるんだ。人生は短い。ぐずぐずしている暇はない。

小学校三年の担任の先生も同じことをよく言いました。まったく同じ言葉で。

素晴らしい場所だよ、このアメリカってところは。君は一級の教育を受けてきたんだな、ミスター・ウォーカー。

自らの言葉の無意味さにボルンは声を上げて笑い、ビールを一口飲んで、自分が始動させたアイデアについてさらに考えようとするかのように椅子の背に寄りかかった。

まず君には、と彼はしばらくしてから言った。計画を、企画書を書いてほしい。その雑誌にどういう作品が載って、各号どれくらいのページ数で、表紙や全体のデザインはどんなふうで、発行頻度はどうするか、雑誌名は何にするかといったことを考えてもらいたい。出来上がったら私の研究室に届けてくれ。読んでみて、気に入ったら、我々はビジネスを開始する。

いくらほんの若造でも、からかわれているかもしれないと思いつくくらいの世知《せち》は私にもあった。酒場にふらっと入って、一度しか会ったことのない男に出くわし、店を出るときには雑誌を始めるチャンスを手にしている、なんてことが世の中どれだけ起きるか？　特にこっちは二十歳の、まるっきりのゼロ、まだいっさい自分の力を証明していない人間だ。そんな途方もない話を信じられるわけがない。きっとボルンは私の期待を膨らませるだけ膨らませてから、あっさり潰してしまう気なのだろう。私の企画書がゴミ箱に放り込まれ、こんなもの興味はないねと言われることを私は十分覚悟した。だが私は、彼が万一本気である可能性、本当に言葉どおりふるまうつもりでいるというわずかな可能性に賭けてみる気でいた。こっちは失うものもない。せいぜい一日かけて考え、書いたことが無駄になるだけだ。結局却下されたところで、それだけのことではないか。

失望を十分覚悟した上で、その晩から作業にかかった。だが雑誌名の候補を半ダースばかり並べたくらいで、さしたる進展はなかった。頭が混乱していたわけではないし、いろいろアイデアがなかったわけでもない。私は単に、どれくらいの金を出資する気があるのかボルンに訊くのを忘れたのだ。すべては投資額の大小にかかっている。そのあたりの意向がわかるまでは、その日の午後に言われたさまざまな問題も論じようがない――紙の質、各号のページ数と発行頻度、製本、絵は入れるのか、原稿料は（あるとして）どれくらいか。結局のところ、文芸誌の形態は無限にありうる。イーストヴィレッジの若い詩人たちが編纂したガリ版刷りでホッチキス止めのアングラ刊行物に始まり、堅苦しい季刊学術誌、『エヴァグリーン・レヴュー』のようなもっと商業的な媒体、さらには富裕な天使に支援されて毎号数千ドルの赤字を出すことを許される豪華な芸術品に至るまで。ボルンともう一度話さないと駄目だ、と悟った私は、企画書を作成する代わりに問題を説明した手紙を彼に宛てて書いた。それは何とも情けない、惨めな文書だった。お金の話をしないといけません。そこで、自分は底なしの阿呆に見えるかもしれないがそうではないということをわかってもらおうと、何か別のものも同封することにした。土曜の夜にベルトラン・デ・ボルンについてつかのまやりとりしたことだし、この十二世紀の詩人による野蛮な詩を彼に読ませたら面白がるかもしれないと思ったのだ。たまたま吟遊詩人たちのペーパーバック版アンソロジー（原文なし、英訳のみ）を持っていたので、まずは単に、載っている詩の一篇をタイプしようと思った。だが翻訳を読んでみると、何ともぎこちなく不細工で、その詩が本来持つはずの奇怪で醜悪な力がまったく再現できていない。私にはプロヴァンス語は一言もわからないが、これなら自分でフランス語訳から訳せばもっといいものができると思った。翌朝、求めるものはバトラー図書館に見つかった。デ・ボルン全著作集、左側にプロヴァンス語原文があって右側にフランス語の直訳散文バージョンが載っている。作業の完成には数時間かかった（たしか授業も一コマさぼる破目になった）。以下がその結果である。

＊

春の歓喜を私は愛する
葉も花もいっせいに開き　咲くときの
鳥の歌が森に響きわたる
その悦ばしさにも胸躍る
草地が天幕や四阿《あずまや》に
飾られるのを見るのも愉しい
そして野や原が
鎧《よろい》姿の騎士と馬に埋まるとき
私の幸福はこの上なく大きい。

斥候たちに追い立てられた男や女が
荷物を抱えて逃げ出す姿に私の心は震える
その連中が　武装した者たちの大軍に
追われるとき　私は至福に満たされる
そして心は空高く舞う
強大な城が包囲され
塁壁が砕け　崩れるとき
濠《ほり》の縁に軍隊が結集し
力強い　堅牢なる障壁が

四方から標的を取り囲むとき。

そして私は等しく狂喜する
馬に乗って武装した　恐れを知らぬ
男爵が突撃の先頭に立ち
己の勇気と豪胆を通して
部下たちを鼓舞《こぶ》するとき。
ひとたび戦《いくさ》が始まれば
兵士一人ひとりが
進んで続く気でいるはず
敵に打撃を与え　敵から打撃を受けるまでは
いかなる男も
男ではありえないのだから。

戦闘のさなか　私たちは見る
棍棒　剣　盾　色とりどりの兜《かぶと》が
割られ　砕かれるのを
そして家臣たちの群れが四方に攻めかかり
死者や負傷者の馬たちが

あてもなく野をさまよう。
戦いがひとたび始まったなら
生まれのよい者もみな　死ぬ方が　頭や腕を叩き割る
ことだけ考えよ　死ぬ方が
生きて負けるよりましなのだから。

食べること、飲むこと、眠ることの快さも
四方から響く「突撃！」の叫びや
「助けて！　助けてくれ！」という声を聞く愉楽には
及ばぬし　偉大な者　偉大でない者が共に
草地や溝に斃《たお》れるのを見ることや
折れた　先の細い槍の先が
脇腹から飛び出した死体を見ることも然《しか》り。

男爵たちよ　汝らの城を　街を　都を
質に入れてでも
戦争をやめてはならぬ。

その日の夕方近く、私は手紙とこの詩を封筒に入れ、国際情勢研究所にあるボルンの研究室のドアの下から滑り込ませた。すぐに反応が返ってくるものと予想していたのだが、何日も連絡はなかった。やっぱりこの話は、瞬間の勢いで生まれたにすぎない、すでに立ち消えになった思いつきなのだろうか。あるいは、こっちの方がもっと悪いが、ボルンはあの詩を読んで、私が彼とベルトラン・デ・ボルンを重ねあわせていて、彼が戦争肯定者であることを間接的に非難していると考えて気を悪くしたのか。だが実のところ、気をもむ必要はなかった。金曜日に電話が鳴ると、連絡しなくて済まなかったとボルンは詫び、水曜日にケンブリッジへ講演に行ったので研究室に足を踏み入れたのはつい二十分前なのだと釈明した。

まったく君の言うとおりだ、と彼は先を続けた。先日話したときに金の問題に私が触れなかったのは間抜けもいいところだ。予算もわからずに企画書が作れるわけはないよな。君、私のことをさぞ阿呆だと思っているだろうな。

とんでもありません、と私は答えた。間抜けなのは僕の方です、大事なことをお訊ねしないで。ですが、あなたがどこまで本気だかわからなかったんで、あまり強く押すのもどうかと思いまして。

私は本気だよ、ミスター・ウォーカー。冗談に走る癖があることは認めるが、冗談にするのは些細な、どうでもいい事柄だけだ。こういう問題で君をからかったりはしない。

そう伺って嬉しいです。

それで、金に関する君の質問に答えると……もちろん私としては雑誌が上手く行くことを望んでいるが、この手の事業にリスクはつきものだから、現実的に考えて、投資した金が一セント残らず失われることを覚悟しないといけない。つきつめれば、こういうことになる――私はいくらまで失えるか？　相続した金のうちいくらまでなら、私の将来に問題が生じることなく散財できるか？　月曜日に君と話してから私もじっくり考えてみた。結果、答えは二万五千ドルだ。それが限度だ。雑誌は年四回刊行し、毎号私が五千ドル出資して、加えて君には年間五千ドルの給与を支給する。一年目の終わりで元が取れていたら、次の一年も出資する。もし黒字になったら利益分は雑誌にまわし、それで三年目の一部もしくは全部がまかなえる。だが赤字だったら、二年目はやや厄介だ。例えば一万ドル赤字が出たとしよう。そうしたらあと一万五千は出すが、それでおしまいだ。原則がわかるかね？　二万五千ドルまではドブに捨てる気だが、それ以上は一ドルも出さない。どう思う？　フェアな提案だと思うかね？

きわめてフェアで、きわめて気前のいい提案です。一号五千ドルあれば一級の雑誌が作れます。胸を張れるものが出せますよ。

もちろん明日君に全額どさっと渡してもいいわけだが、そんなことをしても助けにはならないだろう？　マルゴは君の将来を心配している。そしてもしこの雑誌を成功させられれば君の将来は安泰だ。まっとうな給料のまっとうな仕事があるわけで、空いた時間にいくらでも詩を書ける。人間の心の神秘をめぐる長大な叙事詩でも、ヒナギクやキンポウゲを歌うささやかな叙情詩でも、残虐と不正を糾弾する烈しい警告の書でも。もちろんすべて、君が投獄もされず頭を吹っ飛ばされもしなければの話だが、いまはそういう陰惨な可能性は考えないことにしよう。

どうやってお礼を申し上げたらいいか……

私に礼は言わんでいい。マルゴに言いたまえ、君の守護天使に。

じきまた彼女にも会えるといいですが。

きっと会えるさ。私が企画書に満足しさえすれば、今後いくらでも会える。

頑張ります。でも、論争を引き起こし読者を挑発する雑誌を求めていらっしゃるんなら、文芸誌で本当にいいんでしょうか。その点は理解していただかないと。

理解しているよ、ミスター・ウォーカー。これは高貴なるものの話だよ……高尚な、繊細なものの。少数の幸福な者《ザ・ハッピー・フュー》（スタンダール『赤と黒』巻末の一文）のための芸術。

あるいは、スタンダールの発音を想定するなら、ゼ・アッピー・フー。

スタンダールとモーリス・シュヴァリエ（フランス語訛りの英語がしばしば話題にされる俳優）。それで思い出した……騎士《シュヴァリエ》といえば、詩をありがとう。

詩。すっかり忘れていま――

君が翻訳してくれた詩だよね。

どう思われました？

おぞましく、かつ見事だと思った。私の偽祖先は本物のサムライ狂者だったらしいな。だが少なくとも、己の確信に支えられた勇気はあった。少なくとも自分が何を標榜しているかはわかっていた。世界はずいぶん変わったと人は考えたがるが、実は一一八六年以来ほとんど変わっちゃいない。雑誌が首尾よくスタートすることになったら、デ・ボルンの詩は第一号に載せるべきだね。

私は心強く思い、かつ戸惑いもした。私の暗い予測とは裏腹に、ボルンはこの計画について、あたかも実現寸前のような口ぶりで話したのだ。この時点ではもう、企画書などは空疎な手続きにすぎぬように感じられた。こっちがどのようなプランを出そうと、この人はきっと承認してくれるだろうと思える。とはいえ、資金潤沢な雑誌を任せてもらえると思うと嬉しかったし、いささか法外な給料まで払ってもらえるとわかっても、ボルンの狙いが何なのかは依然さっぱりわからなかった。この藪から棒の利他主義の発露は、本当にマルゴが原因なのか？　ほんの一週間前はまったく知らなかった、編集も出版もビジネスも経験ゼロの若造をこんなふうに全面的に信頼するなんて。もし本当にマルゴが原因だとしても、ではなぜ私の将来という問題が彼女にとって関心事になるのか？　私たちはパーティでもろくに話さなかったし、たしかに彼女は私のことをじっくり眺めて頰に軽く触れはしたけれど、私にとって彼女はひとつの謎、まったくの空白だった。いったい彼女がどんなことを言ったせいで、ボルンが私に二万五千ドルも賭ける気になったのか、想像もつかない。私から見る限り、雑誌を出すという話にボルンは少しも熱くなっていない。醒めているからこそ、平気ですべて私に任せられるのだ。月曜のウェストエンドでの会話を思い返してみて、雑誌というアイデアはおそらくこっちが与えたのだということに私は思いあたった。卒業したら出版社か雑誌の仕事を探すかもしれないと私が言って、そのあとで彼が遺産の話をやり出し、転がり込んできた金で出版社か雑誌を始めることを考えていると言い出したのだ。あれでもし私が、トースターを製造したいと言っていたら？　トースター工場に投資することを考えているとか言っただろうか？

企画書を仕上げるには思ったより時間がかかった。たぶん四、五日を費やしたと思うが、それはあくまで万事徹底的にやったからである。私は自分の熱心さを見せてボルンに感心してもらいたかったのだ。だから毎号の内容（詩、小説、エッセイ、インタビュー、翻訳、さらには巻末に書評、映画評、音楽評、美術評ページ）のプランを組むのはむろん、費用に関しても徹底的なレポートを作成した。印刷費、紙代、製本代、流通に関する一連の事柄、印刷部数、原稿料、店頭価格、定期購読価格、広告を入れることの是非等々。これだけやるには当然時間もリサーチも必要であり、印刷所や製本所に電話をかけ、雑誌編集者たちの話を聞き、商売の問題などいままで一度も考えたことがなかった私としてはずいぶん発想を転換する必要があった。雑誌名に関しては、最終的にはボルンに委ねようといくつか候補を書いておいたが、私自身気に入っていたのは『尖筆《スタイラス》』だった。死の少し前にそういう名の雑誌を出そうとしていたポーに敬意を表したかったのだ。

今回は二十四時間以内に反応が返ってきた。受話器を取り上げてボルンの声を聞いたとき、私はそれをよい徴候と受けとったが、例によって彼らしく、企画書をどう思ったかすぐには切り出さなかった。たぶんそれでは安易すぎると思ったのだろう。ボルンのような人間にとっては、平凡すぎるし単純すぎるのだ。ゆえに彼は二、三分のあいだ私をじらし、不安を引きのばした。無関係でバラバラの質問をいくつか口にするので、これはきっと時間稼ぎだと私は確信した。提案を却下するにあたって私の気持ちを傷つけたくないのだろう。

君、体は健康なんだろうね、ミスター・ウォーカー、とボルンは言った。

と思います、と私は答えた。自分で気づいてない病気を患っていない限り。

何も徴候はないわけだ。

はい、どこも問題ありません。

胃はどうかね？　胃にも違和感はないか？

いまのところは。

では食欲も正常だね。

はい、完璧に正常です。

たしか君のご祖父は適法《コシャー》の肉屋だったね。君もいまだに古《いにしえ》の掟を守っているのかい、それともうやめたかね？

そもそも守ったことは一度もありません。

じゃあ食事上の制限はなし、と。

はい。何でも食べたいものを食べます。

魚か鶏か？　牛か豚か？　仔羊か仔牛？

それがどうだと？

どちらが好みかね？

全部好きです。

言いかえれば、好みがうるさかったりはしないわけだ。

食べ物に関しては。ほかの事柄に関してはそうじゃありませんが、食べ物については。

ではマルゴと私が何を用意しても大丈夫だね。

おっしゃることがわかりません。

明日の夜七時。忙しいかね？

いいえ。

結構。では我々のアパートメントへ夕食に来たまえ。ここはひとつお祝いすべきだと思わないか？

よくわかりません。何を祝うんですか？

『スタイラス』をさ。願わくは永く実りある共同事業の始まりを。

じゃあれでいいんですか？

二度言わないといかんのか？

企画書を気に入っていただけたってことですか？

何を言ってるのかね。気に入らなかったら、祝おうと思うわけがないだろう？

お土産に何を持参するか、さんざん迷ったことを覚えている。花か、ワインか。結局花を選んだ。あちらを恐れ入らせるようないいワインを買う金はなかったし、じっくり考えてみて、そもそもフランス人カップルにワインを差し出すなんて僭越だと思いあたったのだ。選択を誤ったら――そして誤る可能性は大だ――こっちの無知をさらけ出すばかりである。晩のしょっぱなから恥をさらしたくはない。一方、花ならそもそも女性に贈るものだから、マルゴへの感謝の念をより直接に伝えられるし、もし彼女が花の好きな女性であれば（この点は見当もつかないが）、私のためにボルンをせっついてくれたことを感謝しているとわかってもらえるだろう。前日の午後の電話の会話で私はなかばショック状態に陥っていたし、ディナーの晩に彼らの住まいまで歩いていくさなかにも、わが身に降ってきたおよそありえない幸運にいまだ圧倒されていた。ジャケットを着てネクタイを締めていったことを覚えている。ドレスアップするのは何か月ぶりかだった。かくして世紀の大物が、右手に巨大な花束を抱えてコロンビアの構内を横断し、食事を楽しみつつビジネスの話に携わるべく、雑誌発行人の自宅へ向かっていたのである。

ボルンたちは一年の研究休暇を取った教授からアパートメントを又借り《サブレット》していた。モーニングサイドドライブ沿いの、一一六丁目を外れてすぐのところにあるビルのなかの、広くはあるがひどく息苦しい、家具の多すぎる住まいだった。たしか三階にあって、リビングルームの東側の壁に並んだフランス窓からはモーニングサイドパークの下り坂の空間が見渡せたし、その向こうのスパニッシュハーレムの明かりも見えた。ドアをノックすると、マルゴが開けてくれた。彼女の顔はいまも目に浮かぶし、私が花を差し出したときその唇にさっと浮かんだ笑みもいまだに見えるが、彼女が着ていた服については何も記憶がない。今回も黒だったかもしれないが、たぶん違う気がする。というのも、驚いたという記憶が漠然とあって、ということは最初に会ったときとはどこか違うところがあったと考えられるからだ。私を室内に招き入れる前に二人で一緒に戸口に立っている最中、マルゴは小声で、ルドルフが不機嫌だと伝えた。どうやら本国で何か危機が持ち上がって、明日パリに発たねばならず、早くても来週までは帰ってこられないという。いまも寝室にいてエールフランスと電話でフライトの交渉をしているからあと何分かは出てこない、と彼女は言い足した。

アパートメントに入っていくと、すぐさまキッチンからの料理の匂いに襲われた。最高に美味しそうな、それまで吸い込んだどんな香気にも優る魅惑的でかぐわしい香り。私たちはまず、花を活ける花瓶を探しにそのキッチンへ向かった。私がレンジをちらっと見ると、途方もない芳香の源たる、大きな、蓋をしてある鍋が見えた。

そこに何が入ってるか知りませんけど、と私は鍋を身振りで指しながら言った。僕の鼻に少しでも物がわかるなら、今夜は三人の人間が実に幸福な思いをしますね。

あなたが仔羊が好きだとルドルフに聞いたのよ、とマルゴは言った。だからナヴァランを作ることにしたの——仔羊の煮込みに、ジャガイモとナヴェ。

カブ《ターニップ》ですね。

その言葉、どうしても覚えられないの。醜い言葉だと思う。言うと口が痛むのよ。

わかりました。この語を英語から抹消しましょう。

私のささやかな一言をマルゴは気に入ったようで、とにかくもう一度つかのまの笑みを見せてくれた。それから彼女は、てきぱきと花を活けた。流しに入れて、白い包み紙を外し、棚から花瓶を降ろして、ハサミで茎を切り、花を花瓶に挿し、水を入れる。こうしたささやかな作業を続けるあいだ二人とも一言も喋らなかったが、私は彼女をじっくり眺め、彼女がゆっくり整然と動くさまに感嘆していた。あたかも花を花瓶に活けることが最大限の注意と集中を要求する高度に繊細な手続きであるかのように彼女は作業を進めていた。

やがて私たちは酒を片手にリビングルームに行き、ソファに並んで座って煙草を喫い、フランス窓の外の空を見ていた。夕暮れがじわじわ闇に変わっても依然ボルンの姿は見えなかったが、マルゴは相変わらず落着き払って、彼がいないことをいっこうに気にするそぶりも見せなかった。十日かそこら前にパーティで会ったときには、彼女の長い沈黙と、妙に切れぎれの動きにやや気圧《けお》されたが、こういう人だとわかって、しかも私のことを気に入っていて、この世界で生きるには善良すぎる人間だと思ってくれているともわかったいま、一緒にいてもう少し気が楽だった。ボルンがようやく仲間入りするまでの数分間、二人で何の話をしたか？　ニューヨーク（汚くて気の滅入る街だと彼女は言った)、画家になりたいという彼女の野心(大学の美術科の授業に出ているのだけれど才能はないし怠け者だからちっとも上達しないと言った)、ルドルフをいつから知っているか(一生ずっと)、雑誌の件をどう思うか(成功を祈る)。けれど私が、協力してくれたことに礼を言おうとすると、彼女はただ首を横に振り、誇張してはいけない、自分は何も関係ないのだからと言った。

どういう意味か私が訊ねる間もなく、ボルンが部屋に入ってきた。ふたたび皺くちゃの白いズボン、ふたたびもじゃもじゃの髪、だが今回上着はなく、シャツの色はまた違っていて——私の記憶が正しければ薄緑だった——火が消えた葉巻を右手の親指と人差指でつまんでいるが、持っていることを自覚してもいない様子だった。わが新たな後援者は怒っていた。彼が明日パリに発つことを余儀なくしている危機がいかなるものであるにせよ、それに対する苛立ちで煮えたぎり、私に挨拶の声すらかけず、我々のささやかなお祝いのホストとしての義務をまるっきり無視して、えんえんと罵倒の言葉を並べはじめた——マルゴや私にというより、室内の家具に、周りの壁に、世界全般に向けて。

馬鹿で間抜けな奴らが、とボルンは言った。鼻たらしの無能な連中、脳にマッシュポテトが入った愚鈍な役人ども。宇宙がまるごと火だるまになってるっていうのに、みんな手をこまねいて燃えるのを眺めてるんだ。

マルゴは少しも動じず、ひょっとすると漠然と面白がってもいる様子で、こう言った——だからみんなにはあなたが必要なのよ。あなたが王さまだから。

ルドルフ一世、とボルンは答えた。特大ペニスの大秀才。僕がズボンを下ろして、火に小便するだけで問題は解決するのさ。

　そのとおりよ、とマルゴは言って、私がこれまで見たなかで一番大きな笑みを浮かべた。

　まったくうんざりだ、と呟きながらボルンは酒のキャビネットに向かい、葉巻を置いて、ジンをストレートでタンブラーになみなみと注いだ。奴らのために何年時間を割いてやったと思ってるんだ？　酒を一口飲みながら彼は言った。こっちは主義というものを信じてそうしてるのに、誰一人気にかけもしない。諸君、我々は戦いに敗北しつつある。船は沈みかけているんだ。

　いままで見知ってきたのとは違うボルンだった。自分の機知に酔い他人を嘲る冷淡な道化、涼しい顔で雑誌を創刊し二十歳の学生を自宅での食事に招く故国を離れたダンディ。そういうボルンはもうここにいない。何かが彼のなかで荒れ狂っていた。このもう一人の彼が現われ、いつ爆発してもおかしくないたぐいの人間、自分の怒りを楽しんですらいる人間だと理解したいま、私は我知らず彼から身を引いていた。ボルンは二杯目のジンを飲み干し、それから私の方に目を向けて、やっと私の存在を認めた。彼が私の顔に何を見たかはわからない。驚愕？　混乱？　狼狽？　それが何であれ、見たものにそれなりに動揺はしたにちがいない。彼はサーモスタットのスイッチを切り、一気に温度を下げた。心配するな、ミスター・ウォーカー、と彼は笑みを浮かべようと努めながら言った。少し蒸気を発散させてるだけだから。

　意志の力を行使してボルンはだんだん不機嫌から抜け出し、二十分後、三人で夕食のテーブルについたころには嵐はもう過ぎたように思えた。少なくとも、彼がマルゴのとびきりの料理を褒め、食事に合わせて彼女が買ったワインを讃えたときにはそう思った。だが、実はそれは一時の凪《なぎ》でしかなかった。晩が進んでいくにつれて、さらなるスコールと疾風が襲ってきて、もはやお祝いどころではなくなった。ジンとブルゴーニュワインが気分に影響したかどうかはわからないが、相当な量のアルコールをボルンが摂取したことは間違いなく、少なくともマルゴと私が飲んだのを足した量の倍は飲んでいた。それとも、不機嫌なのは単に、昼間に受けとった悪い報せのせいなのか。その両方かもしれないし、あるいはどちらでもなく別の何かかもしれないが、とにかくディナーのあいだずっと、いまにも家に火が点きそうだと私が感じない瞬間はほとんどなかった。

雑誌の誕生に乾杯しようと、ボルンがグラスを持ち上げたときにそれは始まった。優雅なスピーチだと私は思ったが、途中私が口をはさんで、第一号から原稿を依頼しようと思っている書き手の名前をいくつか挙げると、言葉の途中でボルンは私をさえぎり、食べている最中にビジネスの話をするんじゃない、消化に悪いぞ、いい加減大人のふるまいを身につけたらどうだと言った。無礼で不快な言葉だったが、私はプライドを傷つけられたことを隠そうと彼に同意するふりをし、煮込み肉をもうひと口齧った。次の瞬間、ボルンはフォークを下ろし、私に言った——気に入ったんだね、ミスター・ウォーカー?

何がです？　と私は訊いた。

ナヴァランだよ。ずいぶん美味そうに食べてるじゃないか。

たぶん今年食べた最高の食事ですよ。

言いかえれば、君はマルゴの食べ物に惹かれているわけだ。

ええ、とても。すごく美味しいです。

ではマルゴ本人は？　本人にも惹かれているかね？

ご本人はテーブルの真向かいに座っています。まるでここにいないみたいに話すのはよくないと思います。

彼女は気にしないと思うね。気にするかい、マルゴ？

いいえ、全然、とマルゴは言った。

ほらね、ミスター・ウォーカー。全然気にしないのさ。

わかりました、と私は答えた。僕の意見では、マルゴは非常に魅力的な女性です。

君は質問から逃げている、とボルンは言った。彼女が魅力的に見えるかどうかを訊いたんじゃない。君が彼女に惹かれているかどうかを私は知りたいんだ。

この人はあなたの奥さんですよ、ボルン教授。そんなこと、いまここで答えられるわけないじゃありませんか。

いいや、マルゴは私の妻ではない。いわば特別の友人であって、我々は結婚していないし、将来もする予定はない。

一緒に住んでいらっしゃるでしょう。僕から見る限り、結婚しているも同然です。

おいおい、お堅いことを言うなよ。私がマルゴと繋がりを持っていることはすべて忘れるんだ、いいな？　我々はいま抽象的次元で、仮説のケースを話しあっている。

わかりました。仮説的に言うなら、僕は、はい、マルゴに仮説的に惹かれると思います。

よし、とボルンは言って両手をすりあわせ、ニッコリ笑った。やっと話が進んできた。で、どの程度惹かれてるんだ？　キスしたいくらいか？　裸の体を両腕に抱きたいくらいか？　寝たいくらいか？

そんな質問、答えられません。

君、童貞だなんて言うつもりはなかろう？

いいえ、あなたの質問に答えたくない、それだけです。

つまり君は、もしマルゴが君の足下にひれ伏し、ファックしてちょうだいと頼んできたとしても興味ないということかね？　そう言ってるのか？　マルゴも気の毒に。どれだけ彼女の気持ちを傷つけたか、君はわかっていない。

何を言ってるんです？

彼女に訊いてみたらどうだ？

突然マルゴがテーブルの向こうから手をのばし、私の手を握った。気にしないでね、と彼女は言った。ルドルフは楽しもうとしてるだけなのよ。あなたは自分がやりたくないことをやる必要はないわ。

あいにくボルンの「楽しみ」観は私のそれとは何の繋がりもなかったし、当時の私にはまだ、彼が私を引きずり込もうとしているたぐいのゲームを演じるだけの才覚がなかった。たしかにもう童貞ではなかった。それまでに何人かの女の子と寝ていて、何度か恋に落ちては醒め、つい二年前もひどい傷心に陥り、世界中の大半の若者と同じくほとんどいつもセックスのことを考えていた。実のところ、マルゴと寝られるものなら喜んで寝ただろうが、いくらボルンに挑発されてもそのことを認める気はなかった。これは仮説的なケースなんかじゃない。彼は事実、マルゴに代わって私を性的に誘っているように思えた。この二人が性に関し、いかなる掟に従って生きていて、他人と組んでどんなお遊びやねじれた戯れにふけっているかは知らないが、私にはその何もかもが醜く異常に、病んでいるように思えた。もしかしたらあそこで、ボルンに面と向かってそう言った方がよかったのかもしれない。だが私は怖かった。ボルンがというより、我々のプロジェクトに関して彼の気が変わってしまうような裂け目を生じさせるのが。私としては何としても雑誌を作りたかったのであり、彼が資金を出してくれる限り、どんな不便にも不快にも耐える気でいた。というわけで、私は精一杯自分の立場を崩さず、癇癪を起こさず、わが馬から落ちることなく一打一打を受けとめ、ボルンに抗うと同時に彼を宥めようと努めた。

がっかりしたね、とボルンは言った。いままで君のことを、冒険者、反逆者、因襲にあっかんべえすることを楽しむ男だと思ってたのに、根はそこらへんの奴らと同じ堅苦しいばかりの、ただのブルジョワ単細胞なんだな。情けないこった。プロヴァンスの詩人がどうとか言って気高い理想を振り回して、徴兵忌避者の臆病を抱えて、そんな馬鹿げたネクタイ締めて、それで自分のことを並外れた人間だと思ってる。だが私の目に映るのはパパのお金でぬくぬく暮らしてる甘やかされた中流階級のお坊ちゃんさ、カッコばかりの空っぽな奴さ。

ルドルフ、とマルゴが言った。もうたくさんよ。この人にもう構わないで。

そりゃまあちょっときつい言い方かもしれん、とボルンはマルゴに向かって言った。だが若きアダムと私はいまや共同経営者なんだ、この男がどれだけ肝がすわっているか知っておく必要がある。まっとうな侮辱を受けて立てるか、それとも攻撃されるとボロボロに崩れてしまう奴なのか?

あなたはずいぶん飲んでいらっしゃいます、と私は言った。それにどうやら今日は大変な一日だったようです。もう僕は失礼した方がよさそうです。あなたがフランスから戻られてから続きを話せばいい。

　冗談じゃない、とボルンは答えてテーブルを拳骨で叩いた。まだ肉を食べてる最中じゃないか。サラダだってあるし、サラダの次はチーズ、チーズの次はデザートだ。マルゴは今夜もう十分傷ついたんだ、せめてこのまま極上のディナーを食べ終えなくちゃいかん。そのついでに君が、ニュージャージー州ウェストフィールドの話をしてくれればいい。

　ウェストフィールド？　と私は、ボルンが私の育った場所を知っていることに驚いて言った。どうやってウェストフィールドのことなんかわかったんです？

　簡単な話さ。この数日で、君のことはずいぶんいろいろ知ったよ。たとえば君のお父さんのジョゼフ・ウォーカーは、現在五十四歳、バドの名で通っていて、町の本通りでスーパーマーケット〈ショップ＝ライト〉を経営している。お母さんのマージョリー、またの名をマージ、は四十六歳で、三人の子供を産んだ。君の姉のグウィンを一九四五年十一月に、君を四七年三月に、そして君の弟アンドルーを五〇年七月に。悲しい話だ。幼いアンディが七歳のときに溺れ死んで、彼を失って君たちみんながどれだけ辛かったかを考えると私も胸が痛む。私もだいたい同じ年齢で妹を癌で亡くしているから、そういう死が家族というものをどれだけ損なってしまうかは知っているんだ。君の父さんは一日十四時間、週六日働くことで悲しみを紛らわし、君の母さんは内を向くようになり、鬱と戦おうと医者に処方してもらった薬をどっさり飲み、週に二回心理療法医の治療を受けた。私から見て奇跡なのは、それだけの不幸にもかかわらず君の姉さんと君が実に立派に育ったことだ。グウィンはいまヴァサー女子大四年生の、才能豊かな美しい女性で、この秋からはここコロンビアの大学院で英文学を学ぶことになっている。そして君は、わが若き知性豊かな友よ、わが文士の卵にして無名中世詩人の翻訳者よ、君は高校では傑出した野球選手で全学チームの共同キャプテンの一人、まさしく健全なる身体に健全なる精神が宿っている。より肝要なことに、私の情報源の人たちによれば君は倫理的に誠意ある人間であり、中庸にして穏当なる判断力の鑑《かがみ》で、大半のクラスメートと違ってドラッグにも手を出さない。アルコールは飲むが、ドラッグはまったくやらず、たまにマリワナを吹かすことさえない。なぜだね、ミスター・ウォーカー？　幻覚剤や麻薬の解放的な力が当今さんざん喧伝《けんでん》されているのに、なぜ君は新しい刺激的体験の誘惑に屈しないのかね？

なぜかって？　と私は、私の家族をめぐるボルンの驚くべき事実列挙の衝撃から醒めぬまま言った。なぜだかお答えしますが、その前にまず、あなたがどうやってこれだけ短期間に僕の家族についてこれほどの事実を掘り出したのかを伺いたいですね。

問題があるかね？　私が言ったことに不正確な点でもあったか？

いいえ。とにかくいささか啞然としてるだけです。あなたが警官やFBIの捜査官であるはずはないけれど、国際情勢研究所の客員教授だって何らかの諜報機関には関われますよね。あなたはそういう方なんですか？　CIAのスパイとか？

それを聞いてボルンは、私の問いが世紀の一大ジョークでもあるかのようにゲラゲラ笑い出した。CIA！　と彼は声を張り上げた。CIA！　何だってフランス人がCIAのために働く？笑って申し訳ない、だがあんまり可笑しいんで笑わずにいられないんだ。

じゃあ、どうやったんです？

私は周到な人間だ、ミスター・ウォーカー。知るべきことをすべて知るまでは行動しない。何しろほとんど赤の他人である人物に二万五千ドル投資しようとしてるんだ、その人物についてできるだけ多くを知っておこうと思ったのさ。電話というものがいかに効果的な道具になりうるか、君も知ったら驚くぜ。

そこでマルゴが立ち上がり、次のコースを出すためにテーブルから皿を下げはじめた。私は手伝おうと動きかけたが、座っているようボルンが身振りで私を制した。

さあ、私の質問に戻ろうじゃないか。

どの質問です？　もはや会話の道筋がたどれなくなって私は訊いた。

なぜドラッグをやらないかだ。麗しきマルゴですら時おりマリワナをたしなむし、ありていに言えば私もけっこう好きだ。でも君はそうじゃない。その訳を知りたいね。

ドラッグは怖いからです。高校の友人がすでに二人、ヘロイン過剰摂取で死にました。大学一年のときのルームメートは覚醒剤をやりすぎておかしくなって大学を辞めざるをえませんでした。ＬＳＤのバッドトリップで壁をよじのぼる人たちも見てきました。金切り声を上げて、ぶるぶる震えて、いまにも飛び降りて死んでしまいそうで。僕はそんなのはごめんです。世界中がハイになったって興味はありません。

でも酒は飲む。

ええ、と私は言ってグラスを持ち上げ、ワインをもう一口飲んだ。それもすごく楽しんで飲みます。特にこれくらい美味しいのを飲むときは。

それからサラダに移って、次にフランスのチーズ盛り合わせ、そしてその午後にマルゴが焼いたデザート（林檎のタルト？　ラズベリーのタルト？）。その三十分くらいは、食事の出だしで炎上したドラマも徐々に鎮まっていった。ボルンはふたたび私に対して友好的になり、ワインは何杯も飲みつづけていたものの、これならもう大丈夫、この気まぐれで酩酊せるホストがこれ以上憤怒や侮辱を爆発させることもなく食事の終わりまでたどり着けるものと私は思いはじめていた。やがて彼はブランデーのボトルを開け、キューバ葉巻に火を点けて、政治の話を始めた。

幸い、話は最高に陰惨というほどではなかった。コニャックを注いだころにはすでに相当酔っていて、その燃える琥珀を一、二オンス飲むと、もう筋の通った会話をするのも無理な相談になっていた。ベトナム行きを拒む臆病者、とふたたび私を罵りはしたが、大半は独り言のように喋って、いくつものバラバラな話題をめぐって長い、あちこち蛇行するモノローグにはまり込んでいった。私は黙って座って聴き、マルゴはキッチンで洗い物をしていた。ボルンが何を言ったか、もはやごく一部しか再現できないが、ポイントとなる事柄はいまも頭に残っていて、特に彼がアルジェリアで戦闘に加わった話についてははっきり覚えている。ボルンはフランス陸軍に二年間所属して、汚いアラブのテロリストどもを尋問し、かつては正義という観念に少しは抱いていた信頼もすべてなくした。大げさな断定、乱暴な一般論、過去現在未来・左翼右翼中道すべての政府の腐敗に関する辛辣な批判。いわゆる文明なるものは、永久に終わらぬ野蛮・残虐行為を隠す薄っぺらな衝立《ついたて》でしかない。人間は動物であって、君のようなお人好しの審美家はただの子供だ、美術や文学をめぐる理念の細かい違いにかかずらって世界の本質と向きあおうとしない。力こそが唯一不変であり、生の掟とは殺すか殺されるか、支配するか狂暴な怪物の餌食となるかだ。スターリンと、三〇年代の集団農場化のなかで失われた数百万の生命をボルンは語った。ナチと戦争を語り、ヒトラーは合衆国を高く評価していてアメリカの歴史に霊感を受けてヨーロッパ征服のお手本に使ったのだというショッキングな論を開陳した。並行関係を見たまえ、案外こじつけとも言えないはずだぜ——インディアン虐殺がユダヤ人虐殺に変換され、自然資源搾取のための西への領土拡大は同じ目的の東への領土拡大に変わり、低賃金労働のための黒人の奴隷化は同様の結果をめざすスラブ人征服となる。アメリカ万歳だよアダム、とボルンはコニャックを私と自分のグラスに注ぎ足しながら言った。我々の内に棲む闇万歳。

ボルンがこんなふうにわめき散らすのを聞いていると、だんだんこの男が憐れに思えてきた。たしかに恐ろしい世界観の持ち主だが、ここまでひどい悲観主義に陥ってしまう人間に同情しないわけには行かない。同胞たる人間たちのなかに、思いやり、慈悲、美しさを見出す可能性をここまで意固地に拒んでしまうとは。まだ三十六歳なのに、ボルンはすでに燃えつきた魂だった。崩れ落ちた人間の残骸だった。これまでずっと、胸の一番奥深くでひどく苦しんできたにちがいない。絶えざる痛みを抱えて生きつづけ、絶望と嫌悪と自己蔑視の鋭いナイフにえぐられてきたのだ。

マルゴがキッチンから戻ってきた。そしてボルンの有様を見てとると——目は充血し、言葉は呂律《ろれつ》が回らず、体は左に傾いていまにも椅子から転げ落ちそうだ——彼の背中に片手を当てて、フランス語で優しく、もう晩は終わりだから寝床に入った方がいい、と言った。驚いたことに、ボルンは逆らわなかった。うなずいて、糞《メルド》という言葉を何度か平板な、かろうじて聞こえる程度の声で呟きながら、マルゴに手を貸されるままに立ち上がり、まもなく彼女に導かれて部屋を出て、アパートメントの奥に通じる廊下を歩いていった。彼は私にお休みと言っただろうか？思い出せない。私は何分かのあいだ、マルゴが戻ってきたら挨拶して帰ろうと椅子に残っていたが、ずいぶん長い時間が経ったと思えてもいっこうに帰ってこないので、立ち上がって玄関ドアの方に向かった。彼女の姿が見えたのはそのときだった。廊下の奥の寝室から出てきたところだった。彼女がこっちへ歩いてくるのを私は待った。二人で並んで立つとまず、彼女は私の腕に片手を当てて、ルドルフのふるまいを詫びた。

飲むといつもああなるんですか？　と私は訊いた。

いいえ、こんなことめったにないわ、と彼女は言った。でもいまはひどく気持ちが乱れているし、心配事もたくさん抱えているのよ。

まあ少なくとも退屈はしませんでした。

あなた、とても思慮深くふるまってくれたわ。

あなたもですよ。それと、ディナーごちそうさまでした。ナヴァラン、絶対忘れません。

マルゴはまたささやかな、つかのまの笑みを私に向けて、また料理してほしかったら知らせてね、ルドルフがパリに行ってるあいだよかったらもう一回作るわ、と言った。

それは有難いです、と私は、彼女に電話する勇気など絶対に出ないと知りつつ言ったが、と同時に誘ってもらったことには心を打たれていた。

ふたたび一瞬の笑みが浮かび、それから両方の頬に型どおりのキス。お休みなさい、アダム、と彼女は言った。あなたのこと考えてるわ。

彼女が私のことを考えていたかどうかはわからないが、ボルンが国外に出たいま、私は彼女のことを考えていた。その後二日間、頭のなかにずっと彼女がいて、彼女について考えるのをやめられなかった。パーティで初めて会って、マルゴが私に目を据えて私の顔を一心に観察した夜に始まり、ボルンがディナーの席で私が彼女にどれだけ惹かれているかをめぐって吹っかけた不穏な会話に至るまで、私と彼女のあいだにはずっと、何か性的なものが底流のように流れていた。向こうの方が十歳年上だからといって、彼女と一緒にベッドに入るところを想像するのが妨げられはしなかったし、彼女とベッドに行きたいという気持ちも変わらなかった。私にもう一度ディナーを作ってくれるという申し出は、擬装された性的な誘いなのだろうか？ それとも単に親切心のあらわれ、安食堂のみじめな定食や調理済みスパゲティの缶詰を温めた食事で生きている貧乏学生を助けてやりたいという欲求の表われなのか？ どちらだか探るには、私はあまりに臆病だった。彼女に連絡したかったが、電話機に手をのばすたびにとうてい無理だと思い知らされた。マルゴはボルンと暮らしている。将来も結婚の予定はないとボルンは力説していたが、マルゴはすでに他人のものであって、彼女を追いかける権利が自分にあるとは思えなかった。

やがてマルゴが連絡してきた。ディナーの晩の三日後、朝十時に私のアパートの電話が鳴って、電話線の向こう端に彼女がいて、少し傷ついたような、私が何も言ってこないことにがっかりしたような口調で、彼女らしい抑え気味の言い方ではあれ、出会って以来最高にはっきり感情を伝えてきた。

すみません、今日あとでお電話しようと思っていたんです、と私は嘘をついた。数時間の差でお電話いただいてしまいました。

変な子ねえ、と彼女は私の言い逃れを見抜いて言った。来たくなかったら来なくていいのよ。

いいえ、行きたいです、と私は百パーセント本音を言った。すごく行きたいです。

今夜は?

今夜で完璧です。

ルドルフのことは心配しなくていいのよ、アダム。あの人は出かけていて、私が何をしようと私の自由。人間、みんなそうなのよ。誰も他人を所有したりできない。それはわかる?

と思います。

魚はどう?

海にいる魚ですか、皿に載った魚ですか?

ヒラメのグリル。茹でた小さなジャガイモと、芽キャベツ。それでいいかしら、それとも何かほかのものがいい?

それでいいです。もうヒラメを夢に見はじめてます。

七時にいらっしゃい。今回は花とか気にしなくていいわよ。あなた、そんな余裕はないでしょう。

電話を切ってからの九時間を、私は期待の拷問のなかで過ごした。午後の授業のあいだもずっと夢想にふけって、肉体の魅惑の神秘に思いをめぐらし、マルゴの何に自分がこれほど興奮させられるのか理解しようと努めた。彼女に対する私の第一印象は、それほど好ましいものではなかった。奇妙な、活気のない人物に思えたし、まあ気は優しいかもしれないし見た目にもちょっと興味深いが、電流のようなものが流れてはいない。靄のかかった自分だけの世界にこもっていて、他人との真の関わりあいからあらかじめ閉め出された、どこか別の惑星から来た物言わぬ訪問者という感じだった。それが二日後にウェストエンドでボルンにばったり出くわし、パーティでの出会いに対する彼女の反応を聞かされたのを境に、私の気持ちは変わりはじめた。どうやら向こうは私のことを気に入っていて、私の身を案じてくれているらしい。誰かが自分のことを好いていると聞かされたら、こっちも好きになり返すのが本能というものだ。そうしてディナー。花を切って花瓶に挿す彼女のしぐさの気だるさと精緻さが私のなかの何かを揺さぶり、ただ単に彼女が動くのを眺める営みがにわかに魅惑的になり、ほとんど催眠術のような魔力を帯びた。彼女のなかに官能の深みがあることを私は発見し、頭に何の考えも入っていないそうでまるで面白味がないと思えた女性はもっとずっと鋭敏であることがわかった。ディナーのあいだ少なくとも二度、ボルン相手に私を弁護し、事態が炎上してしまう直前に介入してくれた。終始一貫落着いていて、ほとんどささやきのような小声で話すが、毎回その言葉は意図したとおりの結果を生む。あのとき私は、ボルンの執拗な当てつけに動揺し、この男は何か覗き趣味的な欲求に私を引きずり込もうとしているんだと確信し——私がマルゴと愛しあうのを見たいのか？——マルゴも彼とグルなのだと思ったので、あくまで自分を抑え、誘いに乗るまいと努めた。だがいま、ボルンが大西洋の向こう側に渡っても、マルゴは私と会いたがっている。目的はひとつしかないではないか。パーティで私が一人で立っているのを彼女が目にとめた瞬間から、実はずっとそのひとつだったことを私は理解した。だからこそボルンも、ディナーの席であんなに棘々しくふるまったのだ。倒錯した性的遊戯の一夜を煽動しようとしたからではなく、私に惹かれていると言ったマルゴに腹を立てていたのである。

彼女は五晩続けて私と自分のディナーを作ってくれて、五晩続けて私たちは廊下の奥の客用寝室で一緒に寝た。もうひとつの、もっと広くて快適な寝室を使うこともできたわけだが、二人ともそこには入りたくなかった。そこはボルンの部屋であり、ボルンのベッドの世界なのだ。その五晩のあいだ、私たちは自分たち二人だけの世界を作ろうと努めた。だから、ひとつしかない窓には格子が入っているしベッドも狭い小さな部屋で眠り、やがてそのベッドはラブベッドと称されるようになったけれど、つきつめて考えればその五日間に私たちの身に起きたことにラブなんて何の関係もなかった。私たちはべつに、世に言うようにたがいに惚れ込んだのではない。むしろ二人とも、相手のなかへ墜ちていったと言うべきだ。その短い、ごく短い期間に二人で棲んだこの上なく親密な空間にあって、私たちの唯一の関心事は快楽だった。食べることと飲むことの快楽、セックスの快楽、見て触って噛んで味わって撫でるという言語によって営まれる言葉なき動物の対話に携わる快楽。話をしなかったわけではないが、それも最小限にとどめ、大体は食べ物に集中したし——明日の夜は何を食べようか？——ディナーの席で交わした言葉はわずかであり陳腐であり何の重要性もなかった。マルゴは決して私に個人的な質問をしなかった。私の過去に何の好奇心も抱かなかったし、文学や政治をめぐる私の意見もどうでもよさそうで、私が何を勉強しているかにも興味はなかった。彼女は単に私を、彼女の心のなかで私が体現していたものとして受け入れたのだ——目下のお気に入りとして、望みどおりの肉体的存在として。彼女を見るたび、彼女が私を吸収しているのが感じられた。腕の届くところに私がいるだけで満足であるように見えた。あの日々に私はマルゴについて何を知ったか？　ごくわずか、ほとんどゼロである。彼女はパリで育ち、三人きょうだいの末っ子で、ボルンとはまたいとこなので昔から知っていた。一緒に住みはじめて二年になるが、もう長続きしそうにないと彼女は思っていた。ボルンが私に退屈してきているようだし私も自分に退屈してきているから、と彼女は言った。そう言いながら肩をすくめ、その顔にあの遠くを見るような表情が浮かぶと、私は恐ろしい直感を得た――彼女はすでに、自分をなかば死んだ身と見ている。そのあとはもう、彼女が私に向かって心を開くようせっつくのはやめた。二人一緒にいるだけで十分だ。何か彼女に痛みをもたらすものにうっかり触ってしまったら、と思うと身がすくんだ。

化粧をしていないマルゴは、人前に出している印象的な女性のオブジェよりも柔らかで、もっと地に根ざしていた。服なしのマルゴは痩せた、ほとんど貧弱と言ってもいい体付きで、思春期のような小さな胸で、腰は細く、腕と脚は筋肉質だった。ふっくらした唇、臍がわずかに突き出た平たい腹、細い手、巣のように粗い陰毛、引き締まった尻、いままで触れたこともないほど滑らかな手触りの極端に白い肌。肉体のいろんな要素、本質的ではないけれどかけがえのない細部。私ははじめ彼女にどう接していいかわからずためらったし、自分よりずっと経験豊かな女性を前にしていくぶん圧倒されてもいた。ベテランの腕のなかの初心者、裸になるといつも恥ずかしがりぎこちなくなってしまう男。それまで私は暗いところでしかセックスしたことがなく、それも毛布のなかに入る方が好ましかったし、相手の女の子もこっちと同じくらい恥ずかしがってぎこちなかったのに対し、マルゴは自分の体にしっくりなじんでいて、嚙む、舐める、キスするといった技巧にも長けていて、少しも臆せず手や舌で私の体を探り、迷わず襲い、恍惚に酔い、媚びやためらいも見せずにわが身を差し出してくれた。だから私もじきに抑制を解けるようになった。気持ちがよければそれはいいことなのよ、とある時点でマルゴは言った。それこそが、この五夜のあいだに彼女が私に与えてくれた贈り物だった。もはや自分を怖がらなくなることを、彼女は教えてくれたのだ。

私はこれが終わってほしくなかった。不思議な、測りがたきマルゴと一緒にその不思議な楽園で暮らすことは、それまで私の身に起きた最良の、最高にありえない出来事だったのだ。だが次の日の晩にはボルンがパリから帰ってくる。私たちはこれを断ち切るしかなかった。そのとき私は、これは一時的な休戦にすぎないと思っていた。最後の朝に別れをマルゴに告げたとき、心配は要らない、じきに続けるやり方が見つかるよと私は言ったが、そんな私のはったり気味の自信とは裏腹に、マルゴは心乱れたような表情をしていて、私がアパートメントを去ろうとすると突如彼女の目に涙があふれた。

いやな予感がするの、とマルゴは言った。なぜだかわからないけど、これで終わりだという気が、あなたと会うのもこれが最後だという気がするのよ。

そんなこと言わないで、と私は答えた。僕はここからほんの数ブロックのところに住んでるんです。来たければいつでも僕のアパートに来ればいい。

やってみるわ、アダム。できるだけのことはする、でもあんまり期待しないでね。私はあなたが思ってるほど強くないのよ。

わかりませんね、どういうことか。

ルドルフよ。戻ってきたら、あの人は私を追い出すと思う。

追い出されたら、僕の部屋に越してくればいいじゃありませんか。

で、汚い部屋で大学生の坊や二人と暮らすの？　私はもうそんな歳じゃないのよ。

僕のルームメートはそんなにひどくないですよ。部屋だって案外きれいです。

私はこの国が嫌いなのよ。あなた以外、この国のすべてが嫌いなの。あなただけでは、私をこここにとどめてはおけない。もしもうルドルフに求められないんだったら、荷物をまとめてパリに帰るわ。

何だかそれを望んでるみたいな口ぶりですね。まるでもう、自分からおしまいにする気みたいな。

どうかしらね。そうなのかもしれない。

僕はどうなるんです？　この五日間はあなたにとって何の意味もなかったんですか？

もちろんあったわ。あなたといてすごく楽しかった。でももう終わったのよ。ここから出ていった瞬間、あなたももう、私が必要なくなったことがわかるはずよ。

そんなことありませんよ。

あるわよ。あなたにはまだわからないだけよ。

何を言ってるんです？

可哀想なアダム。私はあなたにとっての答えじゃない。たぶん誰にとっての答えでもないのよ。

それが、あれほど素晴らしかった時間の暗澹たる結末だった。私は打ちひしがれた、戸惑った、いくらか怒りも混じった気分でアパートメントを去った。その後何日も、この最後の会話を頭のなかで反芻し、すればするほどますます訳がわからなくなった。一方では、マルゴは私が出ていく段になってすっかり取り乱し、もう二度と会えなくなるのが心配だと打ちあけた。つまり私との関係を続けたいということに思える。だが、私のアパートで会えばいいと提案すると、とたんに煮えきらなくなり、そんなのは不可能だと言わんばかりの口調になった。なぜだ？　理由などない――私が思ったほど彼女が強くはない、ということ以外は。そしてそれがどういうことなのか、私にはさっぱりわからなかった。そこへボルンの話が出てきて、それがたちまち矛盾やら相容れないいろんな欲望やらのごた混ぜになった。ボルンに追い出されるのが心配だと言って、次の瞬間にはまさにそれこそが望みのような口ぶり。それどころか、自分から進んで彼を捨てて出ていきそうな勢いだった。全然訳がわからない。私を求めていて、求めていない。ボルンを求めていて、求めていない。口から出てくる一言一言が、すぐ前に言ったことを覆し、結局何を考えているかはまったく見えてこない。ひょっとしたら彼女自身もわかっていないのだろうか。それが一番説得力のある解釈に思えた。苦悶するマルゴ、相反する同等の力に引き裂かれたマルゴ。そうは言っても私は、あの五晩を一緒に過ごしたあとでは、やはり傷つかずには、見捨てられたと感じずにはいられなかった。気を強く持とうと努め、彼女から電話が来るはずだ、気が変わって私の許に駆け戻ってくるはずだと望みを抱きつづけたが、もう終わりなのだと心の底ではわかっていた。もう二度と私に会えないのではという彼女の不安は、実のところ予言だったのであって、彼女は私の人生から永久に消えてしまったのだ。

一方、ボルンはニューヨークに戻ってきたが、まる一週間経ってもまだ連絡はなかった。沈黙が長引けば長引くほど、彼からの電話を自分がどれほど恐れているかを私は思い知った。留守中、私たちが何をやっていたかマルゴは彼に話しただろうか？　彼ら二人はまだ一緒なのだろうか、それとも彼女はもうフランスに帰ったのか？　三、四日経った時点で私は、ボルンがもう私のことを忘れてくれていたらいい、もう二度と彼に会わずに済めばいいと考えるようになっていた。もちろん雑誌の話は消えてしまうが、もはやそれもどうでもよかった。私は彼の恋人と寝たことで彼を裏切ったのだ。たしかに向こうからそそのかしたという面も多々あるわけだが、それでも私は自分のやったことに誇りは持てなかった。とりわけ、私がもう彼女を必要としていないとマルゴに言われたことを考えると、その思いはなおさら募った。私はいまや理解した。あれはつまり、彼女がもう私を必要としていないという意味だったのだ。私は何もかも滅茶苦茶にしてしまったのだ。たぶん私は臆病者なのであり、二人のいずれかと向きあうよりも、ベッドの下に隠れることを選ぶだろう。

だがボルンは私を忘れていなかった。すべて終わったのだと私が思いはじめた矢先、ある夕方に彼から電話がかかってきて、お喋りをしにアパートメントに寄ってくれと言われた。それが彼が使った言葉だった――お喋り《チャット》。電話の彼がひどく快活そうなので私は驚いてしまった。活力に満ちあふれ、この上なく上機嫌。

連絡が遅くなって済まない、と彼は言った。申し訳ないウォーカー、でもすごく忙しかったんだ、あれやこれやいろんなことを次々さばかないといけなくて。本当に済まない。だが時は刻々過ぎていく。もう腰を据えてビジネスの話をする時期だ。創刊号分の小切手を君に渡さないといけない。二人でささやかなお喋りを済ませたら、どこかの店に君をディナーに連れていく。久しぶりだからね、いろいろ積もる話もあると思うんだ。

私は行きたくなかったが、行った。怯えはあったし、腹のなかでパニックの念がぴくぴくひきつっていたが、結局選びようはないと思った。何らかの奇跡によって、どうやら雑誌はまだ生きているらしい。向こうが雑誌について話がしたいと言っていて、目的を支えるべく小切手も切る気でいるのだとすれば、その招きを断れるわけがない。い、ろ、い、ろ、積もる話もあると思うんだ。自分がいない間に何が起きていたか、ボルンが知っているかどうか——そしてもし知っているなら、それに基づいてこれまでに何をやったか——じきに嫌でもわかるのだ。

今回もボルンは白を着ていた。上下白のスーツ、シャツの襟は開いているが今日は清潔で皺もなく、完璧なスペイン貴族というところだった。髭は剃りたて、髪にも櫛が入っていて、いままで見たなかで一番小ざっぱりしている。ドアを開けると温かい笑みを浮かべ、入ってきた私とがっちり握手し、私の肩を親しげにぽんと叩きながら酒のキャビネットの前に連れていって、何を飲むか訊ねた。だがマルゴはいない。彼女の気配はどこにもない。そのことに何か意味があると決まったわけではないが、最悪の可能性を私は考えはじめていた。公園が見えるフランス窓のそばに我々は行き、私はソファに、彼は反対側の大きな椅子に、コーヒーテーブルをはさんで向かいあわせに座った。ボルンは満ち足りた様子でニタニタ笑い、さも得意げに、さも嬉しそうな顔で、パリ行きは大成功だった、同僚たちが四苦八苦していた厄介な問題を何とか片付けてきたと語った。それから、私の勉強のことや私が最近読んでいた本などについて取りとめのない質問をいくつかしたあと、椅子に深々と座り直し、出し抜けに、君に感謝するよウォーカー、君には大いに助けられた、とボルンは言った。

感謝？　なぜです？

真実の光を見せてくれたからさ。君には大きな借りができた。

まだわかりませんね、何の話か。

マルゴだよ。

マルゴがどうしたんです？

私を裏切った。

どうやって？　と私は、知らんぷりを決め込もうとして訊いたが、我ながら馬鹿みたいだと感じるばかりで、己を恥じる思いに内心縮こまってしまった。ボルンは相変わらずニコニコ笑って私を見ている。

彼女は君と寝た。

彼女がそう言ったんですか？

どんな欠点があるにせよ、マルゴは絶対嘘はつかない。私の理解が正しければ、君は彼女と五晩続けて寝た――まさにこのアパートメントで。

申し訳ありません、と私は言った。あまりに気まずくてボルンと目を合わせることもできず、ただ床を見ていた。

謝ることはない。私があと押ししたも同然だろう？　もし私が君の立場だったとしても、たぶん同じことをしたと思う。マルゴが君と寝たがっているのは明らかだった。健康な若者がそんなチャンスを逃すか？

彼女にそうしてほしいと思ったんだったら、どうして裏切られたと感じるんです？

いや、そうしてほしいと思ったんじゃない。ふりをしていただけだ。

で、どうしてふりなんかしたんです？

彼女の忠実さを試すためさ。そしてあのあばずれは罠にはまった。心配するな、ウォーカー。彼女がいなくなって私はせいせいしているんだ。あの女を追い出してくれた君に、礼を言わないといかん。

彼女はいまどこに？

パリだろうね。

あなたが力ずくで追い出したんですか、それとも彼女が進んで出ていったんですか？

それは何とも言いがたい。たぶん両方が少しずつ合わさっていたと思う。双方の同意による別離、と言っておこう。

マルゴ、気の毒に……。

料理は素晴らしい、ファックも素晴らしい、だが根はただの空っぽ頭の売女《ばいた》だ。同情する必要はないよ、ウォーカー。そんなものには値しない女だ。

二年生活を共にした人間にひどいことを言うんですね。

かもしれない。君もすでに気づいてのとおり、私の口は時おり抑えが効かなくなる。だが事実は事実だ。そして事実は、私が日々若返ってはいないということだ。もう結婚を考えるべき時期であって、正気の男ならマルゴみたいな女と結婚を考えはしない。

誰か候補がいるんですか、それともただ未来の意向を言ってるだけですか？

もう婚約している。二週間前から。これもパリ行きの成果だ。だから今夜はこんなに気分がいいのさ。

おめでとうございます。で、晴れの日はいつです？

まだはっきりしない。いろいろ厄介な問題があって、式を挙げられるのはどう早くても来年の春だ。

残念ですね、そんなに長く待たないといけないなんて。

仕方がないのさ。法的には彼女はまだ別の人間と結婚していて、法の処理を待たないといけない。だがそれだけ待つ値打ちはある。この女性とは私が君の歳だったころから知りあいだが、まさに模範的人物、私が生涯求めてきた伴侶だ。

そんなにその人のことを想っているんだったら、どうしてこの二年間マルゴと暮らしていたんです？

パリで再会するまで、彼女に恋していることが自分でもわからなかったのさ。

マルゴ退場、妻登場。あなたのベッドはつねに温かというわけですね。

君は私を見くびっている。いますぐにでも彼女と暮らしたいところだが、結婚するまでは控えるつもりだ。主義の問題さ。

騎士道精神の実践。

そのとおり。騎士道精神の実践。

ペリゴール出の我らが旧友と同じですね、つねに優しく平和を愛するベルトラン。

詩人の名を聞いたとたん、ボルンの思考がぴたっと止まったように見えた。いかん《メルド》！　と彼は言って左の手のひらで膝をぴしゃっと叩いた。忘れるところだった。君に金を渡さなくちゃいけないんだよな？　小切手帳を持ってくるからここで待っていてくれ。すぐ来る。

そう言ってボルンは椅子から跳ね上がり、アパートメントの向こう端に飛んでいった。私は両脚をのばそうと立ち上がったが、ソファから三メートルかそこらのダイニングルームのテーブルに達したころにはもう彼が戻ってきていた。すばやく椅子を引いて、腰かけ、小切手帳を開いて、書きはじめた。緑のまだら模様の万年筆だったことを覚えている。ペン先は太く、インクはブルーブラック。

六二五〇ドル渡す、と彼は言った。創刊号の費用が五千ドル、加えて君の年俸の四分の一が一二五〇。ゆっくりやれよ、アダム。目次が、そうだな……八月末か九月初めまでに揃えば十分だ。もちろんそのころにはとっくに私はいなくなっているが、郵便で連絡は取りあえるし、何か緊急の用事があったらコレクトコールで電話してくれればいい。

こんなに巨額の小切手を見るのは初めてだった。ボルンがそれを小切手帳から破りとって私に渡したとき、その数字を見て私は不安のあまりめまいがしてきた。本当に進めていいんですか？と私は訊いた。これってものすごい金額ですよね。

もちろん進めていいさ。我々は取決めをしたんだ。あとは君が、精一杯いい創刊号を作ることだ。

でももうマルゴはいない。もはや彼女に何の義務も負っていないでしょう。

何の話だ？

マルゴの思いつきだったわけじゃありませんか。彼女のためにあなたはこの仕事を僕にくれた。とんでもない。初めから私の発案さ。マルゴが望んだのはただひとつ、君とベッドにもぐり込むことだけだ。仕事だの雑誌だの、君の危なっかしい将来だのは彼女にはまるっきりどうでもいいことだった。彼女にそのかされたと言ったのは、単に君に気まずい思いをさせたくなかったからさ。

いったいなぜ僕にここまでしてくださるんです？

正直言って、自分でもわからん。でもウォーカー、君には何かあるのが私には見えるんだ。私の気に入った何かが。それで、何らかの不可解な理由ゆえに、君に賭けてみる気に私はなっている。君が成功する方に賭けているのさ。私の正しさを証明してくれ。

それは暖かい春の晩、空には雲ひとつない穏やかで美しい晩だった。あたりには花の香りが漂い、風は少しも吹かず、そよ風の気配すら感じられなかった。ボルンは私を、ブロードウェイと一〇九丁目の角にあるキューバ・レストラン〈行きつけの店〈イデアル〉〉に連れていくつもりでいたが、コロンビアのキャンパスを西へ横切っている最中、このままブロードウェイを越えてリバーサイドドライブへ行こう、あそこでしばらくハドソン川を眺めて、それから公園の縁に沿って南に降りていこうと彼は言った。今夜はそういう晩だよ、急ぐことはないんだし、少し寄り道して爽やかな陽気を楽しもうじゃないか。というわけで、春の心地よい空気のなかを私たちはそぞろ歩きながら雑誌の話をし、ボルンが結婚するつもりの女性、リバーサイドパークの木や藪、川向こうのニュージャージーパリセーズの地質学的構成の話をした。ひどくいい気分だったことを私は覚えている。幸福感に包まれて、ボルンに関して持っていた不安も溶けて消えはじめていた――少なくとも当面は鎮まっていた。マルゴに誘惑された私を、ボルンは責めていない。彼はついさっき巨額の小切手を私にくれた。歪んだ政治観をしつこく押しつけたりもしない。いまばかりは彼もリラックスして、防御を解いているように見えた。本当に恋に落ちたのか、本当に人生がよりよい新たな方向に転じつつあるのか。とにかくこの一夜に限っては、私としてもいい方に考えようという気分だった。

我々はブロードウェイを越えて、リバーサイドドライブ東側の歩道まで行き、南に向かって歩き出した。街灯がいくつか切れていて、西一一二丁目の角に近づいていったあたり、一ブロックまるまる、四つ角から四つ角まで黒々とした闇になっているところへ入っていった。もうそのころにはすっかり日も暮れていて、目の前一、二メートル以上先を見通すのも難しかった。私が煙草に火を点けると、口のそばで燃えるマッチの光を通して、どこかの暗い戸口から現われた人影の輪郭が一瞬見えた。一秒後、ボルンが私の腕を掴んで、止まれと私に言った。止まれ《ストップ》、と一言だけ。私は手からマッチを落とし、煙草を溝に投げ捨てた。人影はこっちへ、明らかに私たちめざして歩いてくる。さらに何歩か歩くと、それが黒っぽい服を着た黒人の男の子であることを私は見てとった。背は低めで、歳はせいぜい十六か十七、だがさらに三、四歩近づいたところで、なぜボルンが腕を掴んだのかを私はやっと理解した。彼がすでに見たものが、やっと私にも見えたのだ。子供は左手に銃を持っていて、銃は私たちに向けられていた。そんなふうにして、時計がコチッと一回鳴っただけで、宇宙全体が変わった。子供はもう人間ではなかった。彼は銃そのものであり、ほかの何物でもなかった。すべてのニューヨーカーの想像のなかに生きている、悪夢の銃――無情の、冷酷な、いつかの夜に暗い通りを一人で歩いているときに行きあたって、まだ先のある命をあの世へ送り出す銃。金を出せ。ポケットに入ってるものみんな出せ。黙れ。ついさっきまで私は世界の頂上にいた。それがいまいっぺんに、これまで味わったことのない恐怖の奈落へ突き落とされていた。

子供は私たちの五十センチ手前で止まり、銃を私の胸に突きつけ、動くな、と言った。

私から顔が見えるくらい近くにいて、私が見る限り、その顔は怯えているように、自分がやっていることに全然自信が持てずにいるように見えた。どうして私にそこまでわかったのか？　彼の目に浮かんだ表情ゆえかもしれないし、下唇のわずかな震えが見てとれたのかもしれない。何とも言えない。恐怖で目は見えなくなっていたから、彼に関し何を感じとったにせよ、それはすべて毛穴を通して、いわば閾値《いきち》下の浸透、意識なき知によって感じたにちがいない。だが彼が初心者だったこと、まだこれが初めてか二度目の新米だったことはほぼ断言できる。

ボルンは私の左側に立っていた。少しして、彼が言うのが聞こえた――君、何が望みだ？ 声に少し震えはあったが、少なくとも喋れはしたわけで、それだけでも私より上だった。

お前らの金だ、と子供は言った。金と、時計。二人ともだ。まず財布を出せ。さっさとやるんだ。一晩中こんなことやってられねえぞ。

私は札入れを出そうとポケットに手を入れたが、ボルンは意外にも、言い返すことを選んだ。愚かな真似だ、下手に逆らったら二人とも殺されかねない、と思ったが私にはどうしようもない。もし金は渡したくない、と言ったら？ と彼は訊いた。

あんたのこと撃つよミスター、と子供は言った。あんたを撃って、財布を持ってく。

ボルンは長い、芝居がかったため息をついた。坊や、こんなことやって後悔するぞ、と彼は言った。馬鹿な真似はやめて、大人しく帰った方が身のためだぞ。

うるせえ黙れ、さっさと金よこせ、と子供は答え、銃を二度宙に突き上げて脅しをかけた。

君の言うとおりにするさ、とボルンは言った。でも忘れるなよ、警告はしたからな。

私は依然子供を見ていた。したがってボルンのことは漠然と、目の端でしか見ていなかった。だがふと頭をわずかに左に回すと、彼が上着の内ポケットに手を入れるのが見えた。札入れを出すのだろうと思ったが、ポケットから出てきた手は握り拳になっていた。何かを隠しているように、閉じた手のひらに何らかの物体を持っているかのように見えた。それが何なのか、見当もつかない。次の瞬間、カチッと言う音が聞こえて、ナイフの刃が飛び出した。ボルンは確かな手付きで刃を上向きに突き上げ、あっという間に子供を飛出しナイフで刺していた——腹の真ん中をまっすぐ一刺し。鋼に肉を切り裂かれるとともに、子供はうなり声を洩らし、右手で腹を押さえてゆっくり地面にくずおれた。

ひでえなあ、弾も入ってねえのに、と子供は言った。

銃が彼の手から抜け出て、歩道にカタカタと落ちた。私は目にしたことをうまく呑み込めなかった。あまりにも短時間にあまりにも多くのことが起きて、もはやそのどれも現実とは思えなかった。ボルンが銃をさっと拾い上げ、上着の脇ポケットに放り込んだ。子供はいまやうううううとうめき、両手で腹を押さえながら舗道の上でのたうち回っていた。暗くて細かいことはわからなかったが、少し見ていると地面に血がじわじわ流れ出るのが見えたように思った。

病院へ連れていかないと、と私はやっと言った。ブロードウェイに電話ボックスがあります。ここで待っていてください、急いで電話してきますから。

馬鹿言うな、とボルンは言って私の上着を摑み、乱暴に揺すった。病院なんて冗談じゃない。こいつは死ぬんだ、関わりあうわけには行かん。

救急車が十分か十五分で来れば死にませんよ。

死ななかったらどうなる？　君、今後三年を法廷で過ごしたいか？

構いませんよ。行きたければあなたは行けばいい。家へ帰ってもう一本ジンを飲めばいい、僕はいますぐブロードウェイに走っていって救急車を呼びます。

結構。君の好きにするさ。ではよい子のボーイスカウトごっこをやろう。私はここでこのゴミ屑と一緒に君の帰りを待つ。それが君の望みか？　君は私がどれだけ阿呆だと思ってるんだ、ウォーカー？

私は答えもせず、踵を返して一一二丁目をブロードウェイに向かって駆け出した。離れていたのはせいぜい十分、十五分だったと思うが、ボルンと傷ついた少年を置いていったところに戻ってみると、二人とも消えていた。歩道に一か所、血が固まりかけているのを別にすれば、二人のどちらであれここにいたという形跡は何もなかった。

私は自分のアパートに帰った。もう救急車を待っても意味はない。坂道をブロードウェイの方にのぼり直し、南へ向かった。頭の中は空っぽで、何ひとつ筋の通った思考ができなかった。が、アパートのドアの前に立って鍵を開けると、自分が泣いていることに、この数分ずっと泣いていたことに気づいた。幸いルームメートは出かけていて、そんな有様で口を利かずに済んだ。私は部屋に入っても泣きつづけ、やっと涙が止むと、ボルンの小切手をビリビリに破って、破った紙吹雪を封筒に入れ、翌朝早く彼に宛てて投函した。手紙は添えなかった。意図は自明だろうと思ったのだ。もう彼とは縁を切るということ、彼の金で出す雑誌になど関わる気はないということは伝わるはずだ。

その日、『ニューヨーク・ポスト』の午後版に、十八歳のセドリック・ウィリアムズの死体がリバーサイドパークで発見されたという記事が載った。ナイフで胸や腹を十数か所えぐられていたという。私はボルンの仕業だと信じて疑わなかった。私が救急車を呼びにあの場を離れたとたん、血を流しているウィリアムズの体を彼は持ち上げ、公園に運んでいって、歩道で始めた作業を完了させたのだ。リバーサイドドライブを走る車の量から考えて、子供を両腕に抱えて道路を横断するボルンを誰も見なかったというのは信じがたい話に思えたが、警察はいまだ何の手掛かりも見つけていないと新聞は報じていた。

真相を知る私には、明らかに義務がある。地元の警察署に電話して、ボルンと、ナイフと、ウィリアムズが我々相手にはたらこうとした強盗行為について伝えないといけない。私はたまたまその新聞記事を、学部生センター一階の軽食堂〈ライオンズ・デン〉でコーヒーを飲んでいる最中に見つけた。公衆電話は嫌なので、歩いて帰ってアパートから電話することにした。起きたことはまだ誰にも話していない。すでにさっきポキプシーに住んでいる姉には電話してみたが——姉にだけは何でも打ちあける気になれる——留守だった。一〇七丁目に帰り着くと、ロビーのメールボックスに入った郵便を出してからエレベータに乗った。手紙は一通だけだった。切手も貼っていない、誰かが直接ボックスに入れていった、表に私の名前を活字体で書いて三つに折り畳み、狭いスロットから押し込んだ手紙だ。九階まで上がるエレベータのなかで私は開けてみた。

何も言うなよ、ウォーカー。忘れるな、まだナイフは持っているんだ、使うのをためらったりはしないぞ。

文末に署名はなかったが、そんなもの要りはしない。これは狂暴な脅迫だ。ボルンの行動をこの目で見たいま、あの男がどれだけ残忍な真似をやりかねないか目撃したいま、彼が脅しを迷わず実行に移すだろうと私は確信した。私が警察に事実を伝えようとしたら、きっと彼は私を襲うだろう。私が何もしなければ、私のことを放っておくだろう。私としてはまだ通報する気は十分あったが、日々はずるずる過ぎていき、さらに何日かが過ぎても、私は行動することができなかった。怖さのせいで、沈黙に追いやられたのだ。だが、沈黙だけが唯一、彼と二度と顔を合わせずに済むすべであって、いまの私にはそれが何より大事だった――ボルンを永久に、私の人生の外に保つこと。

ああして行動しなかったことは、私がこれまで為したなかでも図抜けて最高に非道の行ないだ。人間としてのキャリアの最低点と言ってもいい。これによって、人殺しが自由に歩き回れただけでなく、私自身、己の倫理的弱さに直面させられるという隠微な悪影響も生じた。自分はこういう人間だ、とこれまで思っていたのは全然違っていて、考えていたほど自分が善でもなく強くもなく勇敢でもないことを私は思い知った。おぞましい、容赦ない真実。自分の臆病さにほとほと嫌気が差したが、とはいえあのナイフをどうして恐れずにいられよう？　ボルンはそれを、何のためらいも良心の呵責もなしにウィリアムズの腹に突き刺したのであり、たとえ最初の一刺しは正当防衛ということで容認されるとしても、公園で刺した残り一ダースはどうなのか、殺すという冷酷な決断はどうなのか？　一週間近く自分を苛んだ末に、やっと姉にもう一度電話する勇気を私はふるい起こした。二時間に及んだ会話のなかで、忌まわしい出来事を洗いざらい姉グウィンにぶちまける自分の声を聞いて、選ぶ余地はないことを私は悟った。何としても警察に行かねばならない。そうしなかったら、私は自尊心をすべてなくしてしまうだろう。己を恥じる思いが生涯ついて回るだろう。

たぶん警察は、私の話を信じてくれたのだと思う。まずボルンの手紙も渡した。署名はなかったもののナイフは言及されていたし、脅迫の内容も明らかだ。書き手が誰なのか疑いがあったとしても、筆蹟鑑定の専門家が見ればボルンの書いたものであることは容易に確定できるはずだ。リバーサイドドライブと西一一二丁目の角付近の歩道には血痕も残っている。私が救急車を呼ぼうとしてかけた緊急電話の時間も残っている記録と一致するし、救急車が到着したとき現場には誰もいなかったと私が断定できるという事実もさらに加わる。はじめ彼らは、コロンビア大学の国際情勢研究所の教授がそんな卑劣な街頭犯罪を犯すなどとは信じたがらなかったし、ましてやその人物がポケットに飛出しナイフを入れて持ち歩いているとは考えたがらなかったが、最終的には、ではまあ調べてみますと約束してくれた。事件はじき解決するものと確信して私は警察署を去った。いまは五月末、学期が終わるまでにはまだ二、三週間あり、ウィリアムズの死体が発見されてから警察へ報告に行くのを私はずるずる六日も引きのばしてしまったから、ボルンはきっと、あの脅迫の手紙が効いたものと信じているだろう。だが私は間違っていた。惨めに、悲劇的に間違っていた。警察は約束どおりボルンを尋問しに行ったが、研究所の職員からあっさり、ボルン教授は今週早くにパリに帰ったと聞かされた。お母さまが急死されたというお話でして、もう学期も終わり近くですので、残りの授業は代理の教員が教えることになりましたと職員は言った。要するに、もうボルン教授は帰ってこない。

結局のところ、彼も私に怯えていたのだ。手紙は出したものの、私が脅しを無視して警察に行くだろうと考えたのだ。そう、私は警察へ行った。だが十分早くはなかった、全然早くなかった。余分な時間を与えてしまったために、ボルンはそれに乗じて国外に脱出し、ニューヨークの法律の及ぶ場から逃れたのだ。母親の死という話が嘘っぱちであることが私には事実としてわかった。四月にパーティで初めて会ったときに交わした会話のなかで、両親はどちらも死んだと彼から聞いていたからだ。その間に母親を生き返らせたのでもない限り、二度死ぬのは無理な相談だ。刑事から電話があって結果を知らされると、私は打ちのめされた思いだった。屈辱にまみれ、体じゅうが麻痺した気分だった。私はボルンに敗北したのだ。ひどく醜悪な何かが自分のなかにあることを、私はボルンに思い知らされた。生まれて初めて、人を憎むというのがどういうことか私は理解した。私は絶対にボルンを許せないと思った。そして絶対に自分を許せないと思った。

II

我らが青春の暗黒時代、ウォーカーと僕は友人だった。一九六五年、二人ともニュージャージー出の十八歳の新入生として一緒にコロンビアに入学し、その後の四年間、同じ知人の輪のなかで暮らし、同じ本を読み、同じ野心を共有した。やがて我々は卒業して、僕は彼との接触を失った。七〇年代前半、どこかでばったり会った誰かから、アダムがロンドンに住んでいると聞いた（それともローマだったか、その誰かもよくわかっていなかった）、彼の名が口にされるのを聞いたのはそれが最後だった。その後の三十数年、彼について考えることはめったになかったが、たまに考えるといつも、どうしてあいつはここまで完全に消えてしまったんだろう、と思ったものだった。大学での、我々の小さな集団に属していた若き不適応者たちのなかで、ウォーカーはもっとも有望な人物だと僕には思えたのだ。いずれきっと、あの男が書いた本についての記事を目にすることになるだろう、でなければどこかの雑誌に本人が書いた文章に出くわすだろう。詩か小説か、書評か、ひょっとすると彼の愛するフランスの詩人の誰かの翻訳か。それは不可避のことに思えた。だがそうした瞬間はいつまで経っても訪れなかった。文壇に地歩を築く運命の男だと思っていたが、きっと別の営みに携わることになったのだろう。僕は結局そう結論せざるをえなかった。

ほぼ一年前の二〇〇七年春、UPSの小包がブルックリンにある僕の自宅に届いた。中にはルドルフ・ボルンをめぐるウォーカーの物語（本書第一部）の原稿と、アダムからの次のような添え状が入っていた。

ディア・ジム

長いあいだ何も連絡しなかった末にこんなものを突然送りつける無礼を許してほしい。記憶が正しければ、僕たちが最後に口を利いてからもう三十八年になる。でも最近たまたま、君が来月サンフランシスコでイベントをするという告知を見て（僕はオークランドに住んでいる）、ひょっとして君の時間が空いていて、久しぶりに会ってもらうことはできないだろうかと考えたんだ――たとえば僕の家に夕食に来てもらうとか。というのも、僕は切実に助けを必要としていて、君は僕が知っている（知っていた）なかで唯一それを与えられる人間なんだ。こんな言い方をして君を脅《おど》かすつもりはない。こう言うのは、君がこれまで書いた本に、僕が非常に大きな敬意を抱いているからだ。どの本も、僕をとても誇らしい気持ちにしてくれた。かつて自分を君の友人の一人と数えていたことが本当に誇らしかった。

一種の予告として、いま僕が書こうとしている本の第一章の、まだ未完の原稿を同封する。僕はこの先へ進みたいのに、どうやら壁にぶちあたってしまったように思える。僕はあがき、不安に——恐怖に、と言った方がいいかもしれない——駆られている。それで、もし君と話せれば、その壁を乗り越えるか叩き壊すかする勇気が湧くのではという気がするんだ。君がどっちだろうと思っているかもしれないから言い添えると、これはフィクションではない。

メロドラマチックに聞こえてしまうかもしれないが、僕の健康が優れないこと、実のところ白血病で徐々に死にかけていてあと一年持てばいい方だということも言い添えておこうと思う。君がもし関わりあいになってくれると決めたらいかなる事態と対することになるか、知ってもらった方がいいと思うので。近ごろの僕は見るに堪えない姿だが（髪はなし！　枝みたいに痩せている！）、僕の世界にはもう見栄などというものの居場所はない。治療と格闘を続けながら、わが身に起きたことと折りあいをつけるべく僕は最善を尽くしてきた。二、三世紀前、六十歳というのは老齢と見なされた。僕らだって、自分たちの誰一人、三十より先まで生きるとは思っていなかったよね。その倍まで来たんだから、大したものじゃないか？

まだいくらでも書けるが、これ以上君の時間を奪いたくはない。この原稿を送るのは容易な決断ではなかったが（君はきっと頭のおかしい奴や自称小説家から山ほど手紙を受けとるんだろうね）、もし君が誘いに応じてくれるなら——そして応じてくれることを僕は切に願っている——過去四十年の僕の動向を喜んでお話しする。原稿については、いまからイベントまでずっと忙しいなら、カリフォルニア行きの飛行機で読んでもらったらどうだろう。そんなに長くないから、一時間足らずで読めると思う。

返事をもらえますように。

連帯せる君の友

親しい間柄ではなかった。秘密を打ちあけあったりもせず、一対一で長いこと話し込んだり、手紙をやりとりしたりもしなかった。だが僕がウォーカーを素晴らしいと思っていたことに疑いの余地はないし、彼が僕を同等の人間と見てくれたことも間違いないと思う。いつも変わらず敬意と友好の念をもって接してくれたのだ。いくぶんおどおどしたところがある男だったことは覚えている。こんなに鋭い知性の持ち主で、しかもキャンパス有数の美男子でもあるのに——映画スターみたいにハンサム、と僕のガールフレンドの一人は評した——妙なものだと思った。まあでも傲慢より内気の方がいいし、耐えがたい完璧さで皆を萎縮させてしまうよりひっそりみんなに溶け込んでいる方がいい。というわけで、一人ぽつんとしている傾向はあるが、ひとたび繭の外に出てくればいつでも愛想好く剽軽で、鋭い風変わりなユーモアのセンスを持つ男だった。僕が特に気に入っていたのはその関心の広さであり、カヴァルカンティ(ダンテの友人だった文人)やジョン・ダン(十七世紀イギリスの詩人)について語りもすれば、それと同じ深い洞察と知識をもって、野球についてこっちが考えたこともないようなことを言ったりするところだ。だが彼の内的生活となると、僕は何も知らなかった。姉がいるという事実を除けば(ちなみに姉はとびきりの美人だった。どうやらウォーカー一族は天使の遺伝子に恵まれたらしい)家族についても育った環境についてもまったく無知だったし、むろん弟の死についても細かいことは何も知らなかった。そしていまウォーカー本人が死にかけていて、六十歳の誕生日を過ぎて一月が経ったいま、世に別れを告げはじめている。ためらい混じりの、胸を打つ手紙を読んだ僕は、これが始まりなのだ、遠い昔の輝かしき若者たちはついに老いてきたのだと思わずにいられなかった。まもなく僕たちの世代全体がいなくなってしまうだろう。アダムの忠告どおりカリフォルニア行きの飛行機に乗るまで原稿を放っておく代わりに、僕はただちに腰を据えて読みはじめた。

僕の反応をどう言い表わしたらいいだろう？　魅入られ、面白がり、だんだん不安になってきて、しまいには恐れ。実話だと知らされていなかったら、たぶんすんなりのめり込んで、この六十数ページを長篇小説の冒頭部と考えたことだろう（作家は時おり、自分の名前を持つ登場人物を作品内に導入するではないか）。そうして、終わりの部分はさすがに無理があるのではと思ったかもしれない。いささか唐突すぎて、章の結びとしては物足りないと思ったかもしれない。でも僕ははじめから、自伝的文章としてこの原稿に近づいたのだ。ウォーカーの告白に僕は動揺し、胸に悲しみが満ちた。気の毒なアダム。あまりに自分に厳しすぎる。ボルンとの関係における自分の弱さを徹底的に蔑み、自分のチャチな野望と若き奮闘をとことん嫌悪し、自分が怪物を相手にしているのが見えなかったことを心底責めている。だが、ボルンのような人間がくり出す詭弁と邪悪の靄のなかで、二十歳の若者が現実を見失ったことを誰が責められよう？　ひどく醜悪な何かが自分のなかにあることを、私はボルンに思い知らされた。だがアダムがいったいどんな間違いを犯したというのか？　刺傷《ししょう》があった夜、彼は救急車を呼ぼうと電話をかけたではないか。それに、しばし怖気づきはしたものの、やがて警察に行ってすべて話したではないか。こうした状況で、それ以上できた人間がいるとは思えない。自分自身をウォーカーがどれだけ嫌悪しようと、それは彼が結末に採ったふるまいが原因だったとは考えられない。彼の心を乱したのは、終わりではなく始まりなのだ。誘惑されるがままに行動してしまったという事実。そのことについて彼は自分を生涯苛みつづけた。人生が終わりに近づいてきたいま、もう一度その過去に立ち返ってわが恥辱の物語を語らずにいられないほど自分を苛んだ。手紙によれば、これは第一章にすぎない。いったい次には何が来るのだろう?

その晩僕はウォーカーに返事を書いた。小包が届いたことを知らせ、彼の健康状態に対して心配と同情の念を述べ、それでもこうやってすごく久しぶりに連絡をもらって喜んでいること、僕の本に関する好意的な言葉を有難く思ったことなどを伝えた。お誘いありがとう、スケジュールを調整して君のお宅へディナーに伺えるようにします、君が回想録の第二章に関して直面している問題についても喜んで相談に乗ります。手紙の写しは取っていないが、励まそう、助けようという気持ちで書いたことは覚えているし、送ってもらった第一章についても、素晴らしい、心乱される、あるいはそういった趣旨の言葉を使い、この作品はぜひ完成させる価値があると思うと書いた。それ以上言う必要はなかったが、好奇心に惑わされて、もしかすると出しゃばりだったかもしれない言葉で僕は締めくくった。こんなことをお願いして申し訳ない、でも最後に会ってから君の身に何があったか知るのを来月まで待てる自信がないんだ。もし君がその気になれたら、そちらに僕が出向く前にもう一通手紙をもらえたら嬉しいのだが。もちろん逐一語ってもらうには及ばない。要点だけでも、とにかく好きなように書いてもらえたらと思う、と。

米国郵政公社の気まぐれに任せたくないので、翌朝手紙を速達で送った。二日後、ウォーカーから速達の返事が届いた。

何とも有難いお返事、感謝している。来月が楽しみだ。

君の要請に応えて、喜んでお話しするが、僕の話は君にはいささか退屈ではないかな。一九六九年六月、僕たちが別れの握手をしたことを覚えている。連絡を取りあおうと誓い、たがいに反対の方向に歩き去って、二度と会わなかった。僕はニュージャージーの両親の家に戻って、二、三日いるだけのつもりが、その晩姉としこたま飲んで、転んで階段から落ちて脚の骨を折った。不運と思えるこの出来事が実は最高の幸運だった。十日後、コンニチワ！　入隊用身体検査においでください、と連邦政府から招待状が届いた。僕は松葉杖をついてぴょんぴょん跳ねて徴兵委員会まで行き、脚の骨折のためI‐Y徴兵猶予（国家的緊急時にのみ兵役に就く）を与えられ、骨が治ったころには選抜徴兵に抽選制が導入されていた。僕はずいぶん大きな、醜悪なくらい大きな数を引いた（３４６）。こうして突然、文字どおり一瞬にして、長年ずっと直視を恐れてきた問題が永久に僕の未来から消し去られた。

若いころこうして神々から贈り物を与えられたあとは、おおむねどうにか前に進んでいるという感じだった。悪戦苦闘して何とか精神のバランスを保ち、時おり湧いてくる楽天と、目もくらむほどに広がる絶望とをよたよた往復してきた。はたから見ればきっと不可解で、人をまごつかせる人間だったろうし、自分でもまごついていた。一九六九年の秋にロンドンに移った。イギリスに惹かれたからではなく、あれ以上アメリカに住むことに耐えられなかったからだ。ベトナムの毒、ベトナムの涙、ベトナムの血。あのころ我々はみな頭がおかしくなっていたよね。自分たちが忌み嫌いながら、やめさせることもできずにいる戦争によって、誰もが狂気に追い込まれた。それで僕は麗しの祖国を去って、ハマースミスにあるゴミ溜めみたいなフラットに行きつき、その後の四年間、グラブ・ストリート（三文文士の世界）の下水道であくせく働いた。フリーランスで無数の書評をひねり出し、回ってきた翻訳の仕事は何でも引き受け（大半はフランス語の本、一、二冊はイタリア語）、中東史の退屈な学術書からヴードゥーの人類学的研究書、果ては犯罪小説に至るまで、片っ端から英語に変換して吐き出した。そのあいだも小難しい神秘めいた詩は書きつづけていた。一九七二年にマンチェスターを拠点とする無名の小出版社から詩集が出て、部数は三百か四百、等しく無名のリトルマガジンにひとつだけ書評が載って、売り上げは五十部かそこら、ベケットの『クラップ最後のテープ』（君の大のお気に入りの本だったよね）のあの爆笑ものの一節をなぞれば「売り上げ十七部、うち十一部は海外の公立図書館が卸値で購入。世に知られてきた」。世に知られてきた、だよ、まさに。

もう一年そうやって頑張ったが、自分相手に苦しく激しい議論を重ねた末に、十分進歩していないという結論に至って、やめた。書くものが駄目だと思ったわけじゃない。時おりきらめくものはあったし、新鮮で切実なものがあるように思える詩もいくつかあって、本心から誇りに思う行もあったが、全体としては凡庸な出来映えだった。凡庸な書き手として一生を送るかと思うと恐ろしくなって、それでやめてしまったんだ。

ロンドンの年月。希望が潰《つい》えたことを陰鬱に思い知る日々。娼婦のベッドでの愛なきセックス。ドロシーという名のイギリス人女性と本気の関係になりかけたが、僕がユダヤ人だと向こうが知ったとたんにそれも崩壊した。とはいえ、信じがたいかもしれないが、何もかも気の滅入る話に聞こえると思うけれど、僕はだんだん強くなっていたと思う。やっとのことで大人になって、自分の人生を掌握しはじめていた。一九七三年六月に最後の詩を書き終え、台所の流しでそれを麗々しく燃やし、アメリカに戻った。最後の米軍兵士がベトナムを去るまでは戻らないと誓っていたが、いまの僕には新しい計画があって、そういう高尚なたわごとにこだわってはいられなかった。僕は塹壕に身を投じて素手で戦い抜く気でいたのだ。さらば、文学。物自体へようこそ、現実へようこそ。

カリフォルニア州バークリー。三年間のロースクール。要は何か善を為すということ、貧しい人踏みにじられた人を助けるということだった。唾を吐きかけられた者たち、不可視《インヴィジブル》の者たちと関わり、アメリカ社会の残酷さと無関心から彼らを護れないかやってみる。それも高尚なたわごとだろうって？　そう思う人もいるかもしれない、でも僕にはそうは感じられなかった。かくして、詩から正義へ。何なら詩的正義と言ってもいい。だが悲しい事実は残る――この世には詩の方が正義よりはるかに多い。

病気のせいで仕事を辞めざるをえなかったから、こういう人生を選んだ自分の動機について最近は考える時間がたっぷりあった。きわめて具体的な意味で、始まりは一九六七年のあの夜にボルンがセドリック・ウィリアムズの腹を刺したとき、僕が救急車を呼びに電話をかけに行ったあと彼がウィリアムズを公園に運んでいって殺したときだったと思う。その行為には何の理由も、まったく何の理由もなかったし、さらにおぞましいことに、ボルンはまんまと国外に逃れ、法の裁きも受けなかった。この出来事に僕の心がどれだけ痛んだか、いまでも痛んでいるか、いくら言っても言い足りない。裏切られた正義。その怒りと無力感はいまも薄れていないい。それが自分の気持ちであり、そうした正義感が自分のなかで何より明るく燃えているのなら、自分が正しい道を選んだことを僕は確信できる。

二十七年にわたる法律扶助、オークランドとバークリーの黒人居住地域でのコミュニティ活動、家賃不払い運動、さまざまな企業を相手どった集団訴訟、警察による暴力事件への対応……リストはいくらでも続く。長い目で見れば、大したことはなしとげていないと思う。まあたしかに嬉しい勝利もいくつかあったが、この国の残酷さは始めた当時と少しも変わっていない。むしろもっとひどくなっていると思う。とはいえ、僕としては何もしないわけには行かなかった。何もしなかったら、自分自身とインチキの関係を結んで生きていると感じたことだろう。

独善者の自慢話に聞こえてきただろうか？　そうでないといいが。

もちろん収入は乏しかった。僕がやった仕事は人を金持ちにするたぐいのものじゃない。だが両親が死んで（母が一九七四年、父が七六年）僕の許に――僕と姉の許に――家の資産が転がり込んできた。我々は家と父のスーパーマーケットをかなりの額で売り、姉のグウィンは賢明で現実的な女性であり金を上手に運用してくれたから、おかげで僕の手許には（つましくではあれ心地よく）暮らしていくだけの金がつねにあって、仕事でいくら稼げるかはさほど心配せずに済んだ。システムを打ち負かすためにシステムのゲームに加わったわけだ。ひとひねりした偽善ということになるのだろうが、誰であれ食卓に食べ物は置かねばならないし、頭の上には屋根を持たないといけない。過去二年の医療費で蓄えもずいぶん減ってしまったが、終わりまで何とかやっていけるくらいはあると思う。案外長く持ちこたえたりしたら危ないが、どうやらその心配もなさそうだ。

愛の問題に関しては、昔と変わらない不器用で未熟なやり方で長年――あまりにも長年――

よたよた進んでいた。さまざまなベッドから出ては入り、さまざまな女性と恋に落ちては醒め、結婚して身を落着けたいという気にもなかなかならなかったが、三十六になって、僕にとって唯一本当に大切な人物にめぐりあった。サンドラ・ウィリアムズという名のソーシャルワーカーだ――そう、殺されたあの少年と同じ名字、奴隷の名前、何十万何百万というアフリカ系アメリカ人が有していたごく普通の奴隷の名前だ。異人種間結婚というのは無数の社会的問題が(両陣営から)降ってくるものだが、僕はそれを障害と見たことは一度もなかった。なぜなら僕はサンドラを愛していたからだ。最初の日から最後の日まで、ずっと愛していた。賢い女性、勇気ある女性、覇気ある美しい女性で、僕より半年若いだけで、出会ったときにはすでに結婚と離婚を経ていて、十二歳になる娘レベッカがいた。わが継娘《まま》もいまでは結婚していて二児の母だ。サンドラと過ごした十九年間は僕を前よりも善い人間にしてくれた。もし一人でいたりほかの人間といたりしたらここまで善い人間にはなれなかったと思う。彼女が死んだいま(五年前、子宮頸癌)、彼女に焦がれない日は一日としてない。唯一残念なのは二人で子供を作らなかったことだが、生まれつき不妊だったと判明した男にとって家族を持つのは無理な相談なのだ。

ほかに何を言えばいいか? いまはハウスキーパーにしっかり世話してもらっていて(君が来てくれる夜も彼女がディナーを作ってくれる)、レベッカと彼女の家族にも頻繁に会うし、姉とはほぼ毎日電話で話し、友人も大勢いる。健康状態が許せば本はいまもよく読むし(詩集、歴史書、小説、なかでも君の小説は発売と同時に)、野球はいまでもきっちりフォローして(不治の病だ)、時おり発作的に映画に逃避する(世の孤独者、引きこもりの忠実なる友DVD

プレーヤーのおかげだ）。けれどたいていは、過去のこと、昔のことを考えている。一九六七年、あのずっと昔の、きわめて多くが僕の身に起き、僕のなかで起き、僕の周りで起きたあの年のこと。あの年の思いもよらぬ転回と発見、あの年の狂気――それがよかれ悪しかれ、結果として生きることになった人生へと僕を押し出したのだ。不治の病ほど人間の思考を研ぎ澄まし、これまでの人生を総括しよう、最終報告を作成しようという気にさせるものはない。計画としてはこの本は三つの部分、三つの章に分けて書く。長い本でも複雑な本でもないが、きちんとやらないといけない。それが第二章でつっかえてしまって、僕はひどく困っている。安心してくれていい、君にその問題を解決してもらおうと思っているわけじゃない。でも何となく思うんだ、根拠はないかもしれないが、君と話したらそれが、いま僕が必要としている尻への一蹴りになるんじゃないかと。そしてそれより先に――そして前に――つまり僕のきわめて些細な難儀は別として、君に再会できるという途方もない喜びがある……

返事が来ることは僕としても期待していたが、せいぜい二、三段落程度だろうと思い、まさかこれほどきちんと手間暇かけて自分のことを打ちあけてくるとは予想していなかった。何しろ僕は、現時点では彼にとってほとんど赤の他人なのだ。友人も大勢いるといっても、この男は寂しかったにちがいない、耐えがたい寂しさを少なからず味わっていたにちがいないと僕は思った。告白相手として僕を選んだ理由はまだいまひとつ摑めなかったが、ここまで頼りにされたら、こっちとしてもできるだけのことはしようという気になろうというものだ。天気はいかに早く変わることか。死にかけた友人がほぼ四十年ぶりに再登場し、僕は突如、この男を裏切ってはいけないという義務感を抱く。だがいったい、どんな助けを与えてやれるだろう？　彼は本を書くのに苦心していて、何か説明不能な理由で、ふたたび前へと押し出してくれる魔法の言葉を言う力が僕にあると思い込んでいる。作家を行き詰まりから救う薬の処方箋を渡してくれるとでも思っているのか？　望みはそれだけか？　あまりに些末な話ではないか、痛々しいほど的外れではないか。ウォーカーは知性ある男だ。書かれる必要がある本ならば、いずれ彼はその道を見つけるはずだ。

次の手紙ではだいたいそういうことを書いた。すぐさま切り出したわけではない。まずほかにも触れるべき事柄がいくつもあった（彼の妻の死についてのお悔やみ、彼の選んだ職業に対する驚き、彼が為した仕事と携わった戦いに対する讃嘆の念）。それをひととおり済ませると、僕は単刀直入、ごく簡潔に、君は自分で道を見出せるはずだと書いた。恐怖はいいことだ、と僕は彼が最初の手紙で使っていた言葉を反復して書いた。僕らは恐怖につき動かされてリスクを冒し、普段の限界の向こう側まで自分を拡張する。安全な場に立っていると感じている書き手に大したものは書けない。壁のことを君は書いているが、そういう壁は誰もが行きあたる、と僕は書いた。多くの場合その壁は、書き手の考えのなかにある欠陥が原因だ——言おうとしていることを自分で十分理解していないとか、あるいはもっと微妙な話として、主題に対して間違ったアプローチを採ってしまっているとか。例として僕は、自分の体験から、初期作品に取り組んでいたときに遭遇した問題の話をした。これも（まあ一応）回想録で、二部に分かれていた。第一部は一人称で書き、第二部（こちらの方が一部よりもっと直接的に自分の話だった）を書きはじめたときも同じく一人称で書いたのだが、出来映えにだんだん不満が募ってきて、やがて書くのをやめてしまった。この休止が数か月続き（困難な数か月、苦悩の数か月）やがてある夜、解決策が頭に浮かんだ。アプローチが間違っていたことに僕は気がついたのだ。自分のことを一人称で書くことによって、自分を押さえつけ、自分を不可視にしてしまい、求めているものが見つからなくなってしまったのだ。自分を自分から切り離すこと、一歩下がって自分と主題（つまり自分自身）とのあいだに空間を切り拓くことが僕には必要だった。そこで僕は第二部の冒頭に戻っていき、三人称で書きはじめた。「私」は「彼」になり、そのささやかな移動によって生じた隔たりのおかげで、僕は本を書き終えることができた。もしかしたら君も同じ問題を抱えているのではないかな、と僕は書いた。君は主題の近くにいすぎるのかもしれない。君にとってあまりに辛い、個人的な素材なので、一人称で適切な客観性をもって書くには無理があるのかもしれない。どう思う？　アプローチを変えればまた走り出せる可能性はあるだろうか？

その手紙を送った時点では、カリフォルニア行きはまだ一か月半先の話だった。すでにディナーの日にちと時間も決め、家までの道順も知らされていたから、出発前にまた手紙が来るとは思っていなかった。一か月か、もう少し長い時間が過ぎてから、まったく予想していなかったときにふたたび連絡があった。今回は郵便ではなく電話。最後に話してから長い年月が過ぎていたが、ウォーカーの声だとすぐにわかった。だが同時にそれは、どう言ったらいいのか、覚えていたのとまったく同じ声ではなく、あるいは同じ声なのだけれど何かが足されるか引かれるかしていて、わずかに違う音域の同じ声だとも思えた。自分と世界から少し隔たったウォーカー。体の自由が利かなくなり、病気を抱えた彼はゆっくり穏やかに話し、口から漏れ出る一言一言にごくわずかな震えが埋もれている——あたかも、ありったけの力をふり絞って気管の向こうから空気を押し出し、何とか電話口まで届かせているかのように。

やあジム、ディナーの邪魔をしたりしていないといいけど、と彼は言った。

大丈夫、食べはじめるまであと二、三十分あるから、と僕は答えた。

よかった。じゃあカクテルアワーだね。いまも君が飲むとして。

いまも飲むよ。実は目下まさにそうしているところさ。妻と二人でワインを開けて、オーブンでチキンが焼けていくのをよそにしこたま飲んで人事不省に陥るのさ。

家庭生活の悦びだね。

で、君は？　そっちはどうなってる？

絶好調だよ。先月はちょっと調子を崩したが、いまは元に戻って、ガンガン仕事をしている。

そのことを知らせたかったんだ。

本に取り組んでいるのか？

本に取り組んでいる。

じゃあ行き詰まりは脱したわけだ。

だから電話したのさ。君がこのあいだくれた手紙のお礼が言いたくて。

じゃあ、新しいアプローチを？

そのとおり。それがものすごく役に立った。

こいつはいい報せだ。

だと思うね。まあなかなか暴力的な内容ではある。もう何年も直視する度胸も意志もなかった醜い事柄がいっぱいある。でももうそこは過ぎて、いまは第三章の構成を懸命に練っているところなんだ。

じゃあ第二章は終わったのか？

第一稿はね。十日ばかり前に終わりにたどり着いた。

どうして送ってくれなかったんだ？

わからない。緊張してしまったのかな。自信が持てなくて。

何言ってるんだよ。

全部終えてから見せた方がいいかなと思ったのさ。

いやいや、すぐ送ってくれ。そうしたら来週オークランドで会うときに話しあえる。

読んだら来る気が失せるかもしれないぜ。

どういうことだ？

おぞましい話なんだよ、ジム。考えるたびに反吐《へど》が出そうになる。

いいから送ってくれ。どう思ったとしても、ディナーの約束は反古《ほご》にしないと誓うから。君にまた会いたいんだ。

僕も君に会いたい。

よし。じゃあ決まりだ。二十五日、七時。

君にはとても親切にしてもらったよ。

僕は何もしちゃいないぜ。

自分じゃわからないくらいよくしてくれたのさ——自分じゃわからないくらい。

とにかく体を大事にしろよ、いいな？

ベストを尽くすよ。

それじゃ二十五日に。

うん、二十五日。七時きっかりに。

電話を切って初めて、この会話に自分がどれだけ動揺させられたかを僕は悟った。まず僕は、ウォーカーが自分の健康状態について嘘を言っていると確信した。彼の健康状態はよくない、全然よくないのであって、明らかにますます悪くなってきているのだ。真実を僕から隠したがることと自体無理はない。同情を誘うのは極力避けようと、ストイックに強がって偽の陽気さを装うのも理解できる（絶好調だよ！）。にもかかわらず僕は（いささか矛盾する話なのだが）彼の言葉のなかに、自分を憐れむ思いが流れているのを感じたのだ。会話の始めから終わりまで、彼が涙をこらえているように、耐えきれずに電話口で泣き出してしまうのを必死で抑えているように思えたのだ。彼の体の状態ははじめから大いに気がかりだったわけだが、いまではその精神状態も等しく心配になってきた。話しているあいだ何度か、いまにも精神が崩壊しかねない人間と相対《あいたい》している気にさせられた。すり切れた何本かの紐と針金だけで、この男はどうにか自分をまとめ上げている。新しい章を書きはじめたことによって、そこまでひどく消耗してしまったのだろうか？　それともそれは、いくつか――いくつも――ある要素のひとつにすぎないのか？　何と言ってもウォーカーは死にかけている。死が迫っているという事実、迫りくる死が心を蝕むその恐ろしさだけを取っても、もはや直視しがたいものになっているのではないか。とはいえ、あの声に混じっていた、震えるような、涙っぽいつっかえにしても、実は単に、飲んでいる薬の副作用だったという可能性もある。彼を生かしておくのに役立っている薬物の避けがたい影響かもしれないのだ。わからない。僕には何もわからない。だが、本の第一部での自分自身をめぐる明晰で率直な書き方を想い、送ってくれた二通の勇気ある整然とした手紙もあわせて考えると、実際に話したときの落差には、やはりいささか戸惑わざるをえなかった。この人物と一緒に晩を過ごすというのはどういう感じだろう。縮みゆく、自分一人の荒涼たる世界に彼は閉じ込められている。招待に応じて以来初めて、ウォーカーとの対面を僕は恐れはじめていた。

電話があった二日後に、フェデックスの封筒に入った第二部が届いた。簡単な添え状が入っていて、『一九六七年』という書名をようやく思いついたこと、それぞれの章には季節の名が冠されることが書いてあった。第一部は「春」、届いたばかりの第二部は「夏」、そしていま取り組んでいるのは「秋」。電話ですでにこの章の話は聞いていたし、「暴力的」「醜い」「おぞましい」といった言葉もまだ耳に残っていたから、何か耐えがたいもの、「春」よりもっと苛酷で不穏なものが出てくることを僕は覚悟した。

夏

春は夏になる。君にとってそれはルドルフ・ボルンの春のあとの夏だが、世界にとっては第三次中東戦争の夏、百を超えるアメリカの都市での人種暴動の夏、サマー・オブ・ラブだ。君は二十歳で、大学の二年目を終えたところ。中東で戦争が勃発すると、イスラエル軍に入って兵士になろうかと君は——公然たる平和主義者でシオニズムに興味を持ったことなど一度もないのに——考えるが、決断して計画を立てる間もなく戦争はあっさり終わり、君はニューヨークにとどまる。

にもかかわらず、この国を出たい、どこでもいいからここを離れたいという思いは強く、君はすでに学務主任のところに行って三年次留学プログラムに申し込みたいと告げた（父親とは長々話しあってやっと許してもらった）。選んだ場所はパリ。パリには二年前の夏に初めて行って気に入ったが、選んだ理由はそれだけではなく、いまもまずまずだがまだ改善の余地はあるフランス語を完全なものにしたいと思っているのだ。ボルンがパリにいることも意識している——少なくとも想定している——が、確率を天秤にかけた結果、彼にばったり出くわす危険は小さいと君は判断する。もしかりに出くわしたとしても、その場に相応しい形で対応する態勢が自分は出来ていると思っている。そっぽを向いてそのまま歩き去るのなら訳ないだろう？　そう自分に言い聞かせるが、心の奥の奥では、自分がそっぽを向かない場面を君は何度も演じている。そのなかで君は通りの真ん中でボルンと向きあい、素手で彼を絞め殺す。

君は西一〇七丁目の、ブロードウェイとアムステルダム・アベニューのあいだにあるビルの二寝室アパートに住んでいる。ルームメートはちょうど卒業して街を出ようとしているところで、代わりの同居人が必要なので、もうひとつの寝室の住人として君はすでに自分の姉を招いた。折よく姉はヴァサーでの四年間を終え、これからコロンビアの英文科の大学院に通うことになっている。君と姉とは昔から仲よしだった。最良の友人同士、共謀者同士、死んだ弟をめぐる記憶の偏執的保管者二人組であり、共に文学を学ぶ学生、秘密を打ちあけあう仲だったので、この取決めに君は喜んでいる。君は九月にパリに行くのだからむろんこれは夏のあいだだけだが、六月の一部と七、八月を通してずっと一緒だ。何年ぶりかで、同じ屋根の下で暮らすのだ。君がいなくなったら姉が賃借権を引き継ぎ、君が空けわたした部屋で暮らす別の人間を探すことになる。

君の家族はひとまず裕福だが、ものすごく裕福というわけではなく、金持ちの基準からすれば金持ちとは言えない。君の父親は基本的な生活費に足りるだけの金は出してくれるが、買いたい本やレコード、観たい映画、喫いたい煙草を考えればもっと金が必要なので、夏のあいだのアルバイトを君は探しはじめる。姉はもうアルバイトを見つけている。彼女は君と一歳四か月しか違わないが、世界とのつきあい方はつねづね君より常識的で分別があり、秋からコロンビアで学び夏は弟と西一〇七丁目のアパートで暮らすと決まった数日後にはもう、自分の興味や能力とも適合するアルバイトを探しにかかった。かくして万事前もって手配は済み、ニューヨークにやって来るとすぐ彼女はミッドタウンの大きな商業出版社で編集助手として働き出す。一方君は、いかにも君らしく散漫かつ運任せにぐずぐず職探しを引きのばし、首にネクタイを巻いてオフィスで週四十時間過ごすことだけは避けたいので、それとは違うチャンスが現われたとたんに迷わず飛びつく。友人が夏のあいだ街を離れることになり、君は彼の代役に収まろうと、コロンビアのバトラー図書館の図書整理係の仕事に応募するのだ。給料は姉の半分以下だが、職場まで歩いて通えるのだからと考えて自分を慰める。汗びっしょりの通勤客で満員の地下鉄に、毎日二度体を押し込んだりせずに済む。

雇われる前に君はまずテストを受ける。ベテランの図書館員にカードの束を、八十枚か、百枚くらいか渡され、それぞれのカードに書名、著者名、発行年、どの棚に収めるべきかを示したデユーイ十進分類番号が書いてある。図書館員は背の高い、厳めしい顔をした六十歳くらいの女性で、名をミス・グリアーといい、早くも君のことを疑わしく思っていて、明らかに少しも譲るまいという気でいる。会ったばかりで、君が何者か知っているはずはないのだから、この人は若者全員を原則疑ってかかるのだろうと君は考える。つまり彼女が見ているのは君自身ではなく、権力相手に戦闘を遂行するまたもう一人のゲリラ戦士、彼女の図書館の聖域にずかずか入ってきて職を求める資格などまったくないならず者なのだ。そういう時代に君は、君たち二人は生きている。カードを順番に並べ替えるよう君はミス・グリアーに命じられ、君がやり損なうことを彼女がどれだけ望んでいるか、君の採用を拒めたらどれだけ嬉しいかがよくわかる。だが君も、この仕事に就きたいという気持ちは等しく強いから、やり損なうまいと気合いを入れて課題に取り組む。十五分後、君は彼女に束を渡す。彼女は座って、一枚一枚、じっくり最後まで見ていく。君が見守るなか、顔に浮かんだ懐疑の表情が、まずは当惑のようなものに溶けていき、君は自分が上手くやったことを知る。石のような顔に小さな笑みが浮かぶ。彼女は言う。いままでこれが完璧にできた人はいません。三十年やっていて初めて見ました。

君は朝十時から夕方四時まで、月曜から金曜まで勤務する。毎朝きちんと時間どおり出勤するよう心がけ、茶色い紙袋に入った昼食を提げて、横に広い、仰々しい、ジェームズ・ギャンブル・ロジャーズ設計になる擬似古典様式の建物に入っていく。派手派手しさ、物々しさはともかく、その大きさ、壮大さは何度見ても感心させられるが、阿呆らしさの極めつけ、最高の赤恥は前面《ファサード》に彫り込まれた過去の偉人たちの名前だと——ヘロドトス、ホメロス、プラトン等々——君は思い、これが別種の名前の集まりだったらこの図書館もどれだけ変わって見えることか、と毎朝想像をめぐらせる。たとえば、ジャズミュージシャンたちの名（ファッツ・ウォーラー、チャーリー・パーカー、ベニー・グッドマン）、一九四〇年代の銀幕の女神たち（イングリッド・バーグマン、ヘディ・ラマー、ジーン・ティアニー）、あるいはほとんど誰も覚えていないような地味な野球選手（ガス・ザーニアル、ウェイン・ターウィリガー、クライド・クラッツ）、あるいはあっさり君の友人たちの名。こうして一日が始まる。磨き込んだ真鍮の把手が付いた重たい正面扉から中に入り、大理石の階段をのぼって、アイゼンハワー（元学長、そして君の少年時代はずっと大統領）の肖像写真をちらっと見て、正面受付の右にある小さな部屋に入って上司のゴインズ氏に挨拶し、フクロウ眼鏡を掛けて腹の突き出たこの小柄な人物からその日の仕事を割り当てられる。基本的に、為すべき仕事は二つだけである。本を棚に戻すか、請求のあった本を小型エレベータを使って上の階から中央受付に送り出すか。どちらの仕事にも良い点悪い点があり、どちらの作業も果実《ミ》蠅《バエ》の知能があれば誰でもできる。

本を棚に戻すときは、その分類番号が左隣の本の一段階上であり右隣の本の一段階下であることを確認し、もう一度再確認する。本はキャスターが四つ付いた木のカートに、一回の棚戻し作業につきおおよそ五十冊から百冊載っていて、この小さな運搬具を押して迷路のような書架を進むなか、君はつねに一人、いつもかならず一人だ。閉架は館員以外立入り禁止で、唯一顔を合わせるのは、小型エレベータの前の机に就いている整理係仲間だけである。どの階も構成はまったく同じで、窓のない巨大な空間に、高々とそびえる灰色の金属棚が何列も連なり、すべての棚に本がぎっしり詰まって、何千、何万、何十万、何百万の本が並び、この世の誰にも負けず本好きの君でさえ、ここにある本のなかにいったい何億、何兆の言葉があるのかを考えるとさすがに呆然とさせられ、不安になり、吐き気を催すことすらある。君は毎日何時間も世界から遮断され、空気なき泡、と思えるようになったもののなかに棲む。もちろん呼吸はしているのだから空気はあるに決まっているのだが、それは死んだ空気、もう何世紀も動いていない空気であり、その息苦しい環境のなかで君はしばしば眠気に襲われ、意識もなかば失われてきて、床に横になって眠りたいという欲求を追い払わねばならない。

それでもこの書架業務は、時おり思いがけない発見に繋がり、君を包む退屈の雲がつかのま晴れたりもする。たとえば、一六七〇年版の『失楽園』に行きあたったとき。一六六七年の初版ではないものの、それにごく近い、ミルトンがまだ生きていたあいだに印刷所から届けられた、詩人その人が両手で持った可能性もなくはない一冊。この貴重な書物が、温度も一定に保たれたどこかの稀覯《きこう》本室にしまい込まれもせず、黴臭い閉架に当たり前のように置いてあることに君は驚いてしまう。なぜこの発見が君にとってそんなに重要だったのか、なぜ本を開いてページをじっくり見はじめると君の手は震えたのか？　それは君がこの数か月ジョン・ミルトンに没頭していて、いままで読んだどの詩人よりも綿密にミルトンを熟読していたからだ。苦悩に満ちたルドルフ・ボルンの春のあいだ、君はエドワード・テイラーの授業を受講していた学部生数人のうちの一人だった。この一年のあいだに教わった最高の教授によるこの有名なミルトン講読授業の、講義とゼミ両方に君は出席し、『アレオパジティカ』『失楽園』『復楽園』『闘士サムソン』をこつこつ読み進め、その他一連の短い作品にも目を通して、いまではミルトンを愛するようになり、その時代のほかのどの詩人よりも偉大だと思うようになった。したがって、バトラー図書館閉架の整理係として鬱々と棚を回っている最中、この三百年前に作られた書物に出くわして、君は瞬時に幸福の大波を感じるのだ。

あいにくそういう幸せな瞬間は、そう多くない。図書館で働いていて特に不幸だというわけではないのだが、そこで過ごす時間が蓄積されてくるにつれて、やるべきことに神経を集中しているのが——集中なんてほとんど要しない仕事なのに——だんだん難しくなってくる。音もない書架に足を踏み入れるたび、非現実感が忍び寄ってくる。自分が本当にここにはいないような感覚、もはや自分に属さなくなった身体のなかに閉じ込められてしまったような感覚。かくしてある午後、図書整理係の年代記における唯一の満点でもって職を得てからちょうど二週間後、ふたたび書架業務にくり出し、中世ドイツ史の棚で仕事している最中、誰かにうしろから肩をとんと叩かれて君は心臓が飛び出すくらい驚く。触った人間と対峙しようと本能的にさっとふり向くと——きっと相手はこの立入禁止区域にこっそり忍び込んだ、行きあたった者を襲っておそらくは金品を奪おうとしている人間だ——大いにホッとしたことにそれはゴインズ氏で、氏は悲しげな表情を浮かべて君を見ている。そして何も言わずに右手を宙に上げ、君に向けて人差指を曲げて、苛立たしげに身をくねらせてみせる。ついて来いという合図だ。ゴインズ氏の小さな体がよたよたと通路を進んでいき、廊下まで来ると右へ曲がり、棚を一列、そしてもう一列過ぎてからまた右に曲がって中世フランス史の列に入っていく。つい二十分前、君はまさにここへカートを押してきて、十世紀のノルマンディーの生活に関する本数冊を棚に戻していたのだ。果たせるかな、ゴインズ氏はまっすぐ、君が作業していた地点に行く。氏が棚を指差し、これを見てくれ、と言うので君はかがみ込んで見てみる。はじめ何もおかしなところは見あたらないが、やがてゴインズ氏が棚から二冊の本を引き出す。両者は距離にして三十センチばかり離れていて、あいだには三冊か四冊の本が立っている。君の上司は二冊を君の鼻先に突きつけ、背表紙に貼られた整理番号のラベルが嫌でも君の目に入ってくる。そのとき初めて、君は自分の犯した間違いに気づく。二冊の場所を逆にして、二冊目があるべき場所に一冊目を置き、一冊目があるべき場所に二冊目を置いてしまったのだ。いいかね、とゴインズ氏はいささか尊大な口調で言った。二度とやらないでくれたまえ。間違った場所に置かれてしまったら、その本は失われてしまうんだ、下手をすれば二十年かそれ以上、ひょっとしたら永久に。

小さなことなのだろうが、怠慢を指摘されて君は屈辱を感じる。問題の二冊が本当に失われることになったとは思わないが（しょせん同じ棚にあって、二、三十センチ離れていただけではないか）、ゴインズ氏が言わんとしていることは理解できる。見下したような口調にはムッとするが、とにかく君は謝り、今後気をつけますと約束する。二十年！　永遠に！　と君は考える。その発想に愕然とする。何かを間違った場所に置けば、すぐそこにあっても――ひょっとしたらまさに鼻先にあっても――時の終わりまで消えてしまいかねない。

君は自分のカートに戻り、中世ドイツ史の本を棚に返す作業を再開する。いままで君は、自分が監視されているとは知らなかった。口のなかに嫌な味が湧いてきて、これからは気をつけろよと君は自分に言い聞かせる。気を抜いてはいけない、何事ももう二度と軽く見てはならない。たとえ大学図書館の無害な、催眠性豊かな領域にあっても。

棚へくり出す作業が一日のおよそ半分を占める。残りの半分は、どこか上の階の小さな机に就いて座り、図書館の腸《はらわた》とも言うべき気送管を通って金属の筒が跳び上がってくるのを待つことに費やされる。筒には請求票が入っていて、どれそれの本を、下の階で請求した学生か教授のために取りに行くよう指示が記されている。目的地に向かって高速で上昇する筒はかたかたと独特な音を立てるので、筒が上昇を始めた時点から君にもそれが聞こえる。書架はいくつかの階にわたっていて、君はそのいくつかの階それぞれの机に座っている幾人かの整理係の一人にすぎないから、丸めた請求票を入れた筒が自分のところに来るのか、同僚の誰かのところに行くのかは知りようがない。最後までわからないわけだが、事実君のところへ来たのであれば、その金属の筒が君のうしろの壁の開口部から飛び出してきて、そこに置いた箱のなかへどさっと音を立てて落ち、これによりメカニズムが作動して天井の端から端まで並んだ四十か五十の赤い電球が点灯する。これらの電球は非常に重要である。なぜなら筒が着いたときに君が机を離れて別の本を探していることも多く、そんなときは明かりが点くのを見て初めて新しい請求が来たことがわかるからだ。机から離れていなければ、さっそく筒から請求票を取り出し、指示された本を取りに行って、机に戻り、請求票を本にはさんで（票の上五センチが突き出ているよう留意する）、机のうしろの壁にある小型エレベータに載せ、二階のボタンを押す。作業の仕上げに、空になった筒を、壁にある小さな孔に押し込む。ふうっと心地よい音がして、円筒は真空のなかへ吸い込まれていき、君はよく少しのあいだそこに立ち、そのミサイルがかたかたと気送管を通って階下へ急降下していく音を聞く。そして机に戻る。椅子に身を落着ける。座って次の請求を待つ。

表面的には何でもない仕事である。本をエレベータに載せて、ボタンを押す。これほど単純で楽な仕事があるだろうか？　棚作業の単調さのあとでは、机業務は歓迎すべき休息と思えていいはずだ。取りに行くべき本がない限り（そして金属の筒が三、四時間で三、四回しか来ない日もしょっちゅうある）、何でも好きなことをしていいのだ。読んだり書いたりもできるし、フロアを歩き回って神秘なる書物を覗くこともできれば、絵を描いても、時おりこっそり昼寝をしてもいい。いずれかの時点で君はそのすべてを実行する——少なくとも実行を試みる——が、閉架の空間にはものすごく圧迫感があって、本を読んでも詩を書こうとしても、長時間集中することは難しい。培養器に閉じ込められたような気がしてしまう。だんだんと君には見えてくる。図書館で上手く行くのは、唯一上手く行くのは、性的妄想にふけることだけだ。どうして自分はそうなのかわからないが、とにかくその耐えがたい空気のなかで時を過ごせば過ごすほど、頭のなかは裸の女たちの、美しい裸の女たちの姿で満ちていき、君に考えられるのは（考えという言葉がこの場合正しいとして）美しい裸の女とファックすることだけなのだ。どこかの官能的に飾られた閨房《けいぼう》だの、静かなアルカディアの草原などではなく、まさにこの図書館の床で、万巻の埃があたりに漂うなか、汗にまみれて奔放に転がり回る……君はヘディ・ラマーとファックする。イングリッド・バーグマンとファックする。ジーン・ティアニーとファックする。金髪と交わりブルネットと交わり、黒人女性と中国人女性と、君がこれまでに欲情に駆られたすべての女たちと、一人ずつ、二人ずつ、三人ずつ交わる。時間はのろのろとしか進まず、バトラー図書館四階の机に就いた君はペニスが硬くなっていくのを感じる。いまやそれはつねに硬い。つねに最高の勃起の最高の硬さである。時にはそのあまりの重圧に、君は机を離れ廊下を走ってトイレに駆け込み、便器に向けて自慰をする。君は自分を嫌悪する。欲望にあっさり屈してしまう自分に呆れてしまう。ジッパーを閉めながら、もう二度としないと誓うが、二十四時間前にもまったく同じことを誓ったのだ。机に戻っていく君に恥の念がついて行き、僕はどこかが本気でおかしいのだろうかと考えながら君は席につく。こんなに寂しくなったのは初めてだ、僕は世界一寂しい人間だ、と君は思う。このまま行ったら、自分が壊れてしまうんじゃないかと君は思う。

姉が君に言う。どう思う、アダム？　あたしたち週末は家に帰るべきかしら、それともニューヨークにいて暑さに耐える？

ここにいようよ、と君は、ニュージャージーまでのバスと、両親と話して過ごすことになる長い時間を考えて答える。アパートが暑くなりすぎたらいつでも映画に行ける。土日は〈ニューヨーカー〉と〈セーリア〉でいいのをやってるし、エアコンも効いていて涼しいよ。

いまは七月初旬、君と姉が一緒に暮らしはじめてから二週間になる。友人たちはみんな夏のあいだ消えてしまったから、君が顔を会わせるのはグウィンだけだ。まあ図書館で一緒に働いている人たちはいるが、彼らは勘定に入らない。君は当面ガールフレンドもいないし（最後に寝た女性はマルゴ）、姉も過去一年半つきあっていた若い教師と最近別れたばかり。したがって二人とも話し相手はたがいしかいないわけだが、君はそれで全然構わないし、全体として彼女が越してきて以来の状況に十二分に満足している。姉といると心底くつろげるし、知っているほかの誰よりも心を開いて話せる。君たちの関係にはまったく何の軋轢もない。時おり、君が皿を洗わなかったりバスルームを綺麗にせず出たりして彼女が気を悪くすることもあるが、そうやって家事でヘマをしでかすたびにこれからはもっときちんとやると君は約束するし、事実少しずつましになってきてはいる。

というわけでこれは、そもそもこのアイデアを君が提案したとき思っていたとおりにいいことずくめの取決めであり、欠伸《あくび》の城における仕事でじわじわ参ってきているいま、姉と一緒に暮らしていることが正気を保つ上で大いに役立ってくれているのが君にはわかる。ほかの誰にも増して、君が内に抱えている絶望を軽くしてくれる力が彼女にはある。一方、ふたたび一緒に暮らしているという事実はいくつかの奇妙な結果を生み出している。合流するという案を春に二人で話しあったときには予測しなかった結果だ。いま君は、何でこんな簡単なことが見えなかったのかと驚いてしまう。君とグウィンは弟と姉であり、同じ家族に属しているから、二人で長い会話を交わすなかで、当然家族の事柄が話題にのぼることになる。両親の話、過去への言及、子供のころに共有した生活のなかのささやかな出来事の記憶。一緒に過ごした数週間のうちに、こうした話題が何度も何度も出てくるものだから、一人でいるときですら君はそうしたことを考えるようになる。考えたくなくても考えてしまう。過去二年間、君は意識して両親を避け、彼らから腕一本分の距離を保つことに腐心し、グウィンも確実にいるとわかっているときしかウェストフィールドには帰らなかった。いまも両親を愛してはいるが、もはや特に好きではない。姉が大学に上がって家を去り、高校の二年間が残っている君が一人で両親と向きあうことになってまもなく、君はそんな結論に達した。やっと自分も大学に進学して家を出たときには、牢獄から脱走した気分だった。もちろんそんなふうに感じる自分が誇らしくはない。実際、我ながら胸が悪くなるし、自分の冷たさ、薄情さにぞっとして、父親から生活費も授業料も出してもらってるくせに、としじゅう自分を詰《なじ》っている。だが君は父と母から離れているためにも大学にいる必要があるのであり、自分の金はないのだし、奨学金をもらうには父の収入が高すぎるから、この偽善的立場の恥辱を忍ぶほかに手はない。こうして君は逃げる。逃げながら、命を賭けて逃げていることが自分でもわかる。両親とのあいだに距離を保たないかぎり、君は確実に萎えて、死んでしまうだろう。

一九五七年八月十日にニュージャージーのあの小さな湖で弟アンディが溺れ死んだのと同じくらい確実に。エコー湖——その不気味に相応しい名前。エコーもやはり萎えて死んだのであり、愛しいナルキッソスが溺れたあとは、エコーで残ったのは骨ひと山と、肉体を失いながらも消しようのない声、その声が上げる嘆きだけだった。

君はこんなことを考えたくない。両親のことや、悲しみの館に閉じ込められて過ごした八年間のことは考えたくない。アンディが死んだとき君は十歳で、君もグウィンもニューヨーク州のサマーキャンプに送り出されていたから、事故が起きたとき二人ともその場にはいなかった。母親が七歳のアンディと二人きりで湖畔のバンガローにいて、そこで一週間を過ごすことになっていた。毎年夏は、君の父が一九四九年、君も姉も幼かったころに買ったこの小さなバンガローに一家で来て、煙たいバーベキューや、蚊に苦しめられる夕暮れから成る日々を送っていたが、皮肉なことにこの時点で一家はバンガローを売却途中だった。自宅から車で一時間で行けるけれど、新しい家々が次々と建って、もはやかつてのような静かな隠遁地ではなくなったエコー湖で過ごす夏も、これが最後となるはずだった。かくして母は、上の子二人もいないなかノスタルジアに駆られて、父も忙しくて一緒に行けないので自分一人アンディを連れて湖にくり出そうと決めたのである。当時アンディの泳ぎはまだまだで、コツを摑もうとあがいている最中だったが、性格的には向こう見ずなところがあって、普段からあふれんばかりの活気で悪さをやらかし、末は悪戯学の博士号取得か、とみんなで言いあったものだった。湖へ来て三日目、朝の六時ごろ、母がまだ部屋で寝ている最中に、付添いなしの泳ぎに出かけようとアンディは思い立った。出かける前に、七歳の冒険家は短い、学があるとは言いがたいメッセージを書いて——ままえ　みづうみ

にいます　じゃねアンディ――それから忍び足でバンガローを出て、水のなかに飛び込み、溺れ死んだ。みづうみにいます。

君はそんなことを考えたくない。君はもう逃げたのであり、あの悲鳴と沈黙の家に戻る気はない。二階の寝室から響く母親の絶叫を聞いたり、薬のキャビネットを開けて安定剤と抗鬱剤の壜を数えたりする気にも、医者や神経衰弱や自殺未遂のこと、君が十二だったときの長い入院のことを考える気にもなれない。長年、君を向こう側まで見通しているように見えた父親の目も思い出したくないし、毎朝六時きっかりに起きて夜九時にやっと帰ってくるロボットのような父の生活や、君や姉の前で決して死んだ子の名を言おうとしない態度も思い出したくない。君たちはめったに父と顔を合わせなかったし、母はもう家事や料理はほとんどできなくなっていたから、一家揃った夕食の儀式も消滅した。掃除や食事作りは、次々入れ替わる、主に五十代か六十代の疲れた黒人のメイドの仕事で、たいていの夜母親は自室で一人で食べたから、ほぼいつも君と姉の二人だけで、キッチンのピンク色の合成樹脂のテーブルに向かいあわせに座っていた。父親がどこで夕食をとっているのか、君たちには謎だった。あちこちのレストランに行くのか、それとも毎晩同じレストランに行くのかなどと想像したが、本人はそれについて一言も言わなかった。

こうしたことを考えるのが君には辛かったが、姉と一緒に過ごすようになったいま、考えることは避けられず、意志に反して記憶が押し寄せてきて、机に向かって六月に書きはじめた長い詩に取り組むときも、しばしばフレーズの途中で中断し、ぼんやり窓の外を見て、子供のころをふり返るのだった。

自分で思っていたより実はずっと早く逃げはじめていたことが、いまの君にはわかる。アンディが死ななかったら、君はおそらく、家を出る日までずっと、親の言うことをよく聞く素直な子供でいただろう。が、母は罪悪感に苛まれた恒久的な喪に服し、父はもうほとんど姿を見せなくなって家庭が崩壊しはじめると、君はまっとうな生活を求めてよそへ目を向けるほかなかった。子供のころの限られた世界において、よそとは学校のことであり、友人たちとプレーする野球場のことだった。君はすべてに秀でたいと願い、幸い、それなりの知力と丈夫な体に恵まれていたから、成績はつねにトップクラス、どんなスポーツでも際立っていた。こうした事柄をじっくり考え抜いたことはなかったが（それにはまだ幼すぎた）、そうやって活躍できたおかげで、家で君を包囲する暗さもいくらか和らいだし、活躍すればするほど、父母からの独立を打ち立てることにもなった。もちろん二人とも君のためを思ってはくれたし、はっきり君に敵対したわけではないが、やがて（たぶん十一歳のときだ）両親の愛にいまだ焦がれはしても友人の賞讃にも焦がれる時期が訪れた。

母親が精神病院に運ばれていった数時間後、君は一生ずっと善人でいることを、弟の記憶にかけて誓った。一人でバスルームにいたことを君は覚えている。一人バスルームで、涙を懸命にこらえていた。善人とは正直で、親切で、寛大な人間のことであり、人をからかいもせず、見下しもせず、誰にも喧嘩を吹っかけたりしないということだ。君は十二歳だった。十三のときに神を信じるのをやめた。十四歳から夏は三年続けて父のスーパーマーケットで働いた（袋詰め、棚出し、レジ、配送受付、ゴミ捨て。コロンビア大学図書館図書整理係という栄誉ある地位に就く素地はこうして築かれた）。十五歳で、パティ・フレンチという名の女の子に恋をした。同じ年、詩人になるつもりだと姉に告げた。十六のときにグウィンが家を出て、君は内なる亡命生活に入っていった。

グウィンがいなかったら、絶対そこまでやって行けなかっただろう。家族の束縛の外で自分の生活を作り上げたいと願ってはいても、君はいまだ家で暮らしていたのであり、その家にグウィンがいて護ってくれなかったら、君は息の根を止められ、抹殺され、狂気の縁まで追いつめられただろう。ごく幼いころの記憶は存在しないが、初めて目に入った彼女は五歳で、君たちは二人とも裸でバスタブのなかにいて、母がグウィンの髪を洗っている最中で、シャンプーが泡立ち白いとんがりが屹立しては奇怪なうねりが現われ、姉は首をのけぞらせてケラケラ笑い、君はすっかり魅せられて見入っている。すでに君は彼女のことを世界中の誰よりも愛していて、六歳か七歳になるまでは、いつまでもグウィンと一緒に暮らすのだ、いずれは夫婦になるのだと決め込んでいた。言うまでもなく、たまにはつまらない喧嘩もするし、おたがいにたちの悪い悪戯を仕掛けたりもするけれど、年中そうしているわけではない。たぶん、たいていのきょうだいの半分もしないだろう。君たちは見かけもそっくりで、どちらも髪は黒く目は灰色がかった緑、体はほっそり長くて口はやや小さく、あまりに似ているので一人の人物の男版と女版と言っても通りそうだった。そこへ色白で金髪の巻き毛、ぽっちゃり短い胴のアンディが飛び込んできた。彼は最初から、君たち二人にとって滑稽な存在だった。ずぶ濡れのおむつをつけた、ひたすら君たちを愉しませる目的で家族に加わった知恵のあるこびと。彼の人生最初の一年間、君たちはアンディをオモチャかペットの犬のように扱ったが、やがて喋るようになると、君たちとしても彼が人間であることをしぶしぶ認めざるをえなかった。こうしていちおう人間にはなったが、おおむね大人しくて行儀の良い君や姉とは違い、君たちの弟はコロコロ気分が変わる、騒々しくはしゃぐかと思えばむっつり拗《す》ねたりする子で、突然抑えようもなく泣き出したり、ジャングルの咆哮のごとき高笑いをえんえん続けたりする。アンディにとっても、内なる輪のなかに入ること、姉と兄二人について行くことは容易でなかったにちがいないが、大きくなるにつれて隔たりも縮まっていき、思いどおりに行かないもどかしさも薄らいで、最後の方では、泣き虫だった赤ん坊もそれなりにいい子になっていった。時には相当馬鹿もやるけれど（みづうみにいます）、それでも、いい子。

アンディが生まれる直前、両親は君と姉を三階の隣同士の寝室に移した。そこは家のてっぺん、ひさしの下の別領域であり、家のほかの部分から切り離された小さな公国だった。一九五七年八月のエコー湖での大変動以降は、そこが君の避難所に、傷心の砦のなかで唯一、君と姉が悲しみに暮れる両親から逃れられる場になった。むろん君も悲しみはしたが、それは子供の悲しみ方であり、もっと利己的で、おそらくはもっと厳かだった。何か月ものあいだ君と姉は、自分たちがアンディに対して犯した優しいとは言えない行為を列挙して自らを苛んだ。からかった、きつい言葉を言った、笑い者にした、叩いたり突き飛ばしたりした、強く殴りすぎた。自分でもよくわからない罪悪感に駆られて罪を償おうとするかのように、長年犯してきた無数の不品行をえんえん列挙することで己の邪悪さにまみれようとするかのように、君たちはいつまでも自分を責めた。この営みはつねに夜の闇のなか、君たちがベッドに入ってから、二つの部屋のあいだの開いたドアを通して行なわれた。あるいは、どちらか一方が相手のベッドのなかに入って、仰向けに並んで横たわり、不可視の天井を見上げながら。そんなとき君たちは、両親の幽霊が下の階をさまよう孤児になった気がした。一緒に眠ることは自然な反射行動に、変わらぬ慰めになった。アンディの死後何か月かにくり返し生じた震えや涙を遠ざける療法になった。

こうした親密さが、姉との関係における、疑う必要もない基盤だった。それは一番最初まで、意識にのぼった記憶の縁の縁までさかのぼるものであり、姉の前で恥ずかしがったり怖がったりした瞬間を君はひとつとして思い出せなかった。小さいころは風呂も一緒に入り、お医者さんごっこにふけってたがいの体を熱心に探索した。嵐になって家から出られない午後など、グウィンの好みの遊びは素っ裸になって一緒にベッドの上を跳びはねることだった。跳ぶこと自体も楽しかったけれど、君のペニスが上下に揺れるのを見ることも彼女は面白がり、まだこの時点での君のその器官はおよそ小さなものだったにちがいないが、君としても喜んで姉の要望に応えた。そうすれば彼女は笑ってくれたのであり、姉が笑うのを見ることは何より嬉しかったのだ。あのころ君はいくつだっただろう。四つ？　五つ？　やがて子供はみな、幼年期の野蛮なキャリバン的裸体主義から尻込みするようになり、六歳か七歳になるころには慎みの障壁がすでに立ち上がってしまっている。だがどういうわけか、君とグウィンにはこれが起こらなかった。まあもはや浴槽のなかでばしゃばしゃ水を撥ねかけはせず、お医者さんごっこもやめて、ベッド上の跳びはねもなくなったが、それでもなお、肉体に関し、およそ非アメリカ的な気安さが持続していた。共有のバスルームのドアは開けっ放しのことも多かったから、ドアの前を通りかかってグウィンがトイレでおしっこをしている姿が何度目に入っただろう。君が何もまとわずにシャワーから出てくるところを何度彼女に見られただろう。たがいの裸を見るのは完全に自然なことに思えたし、一九六七年の夏、ペンを置いて窓の外を見ながら子供のころのことを考え、こうした抑制のなさに思いを巡らせると、あのころはきっと、自分の体は姉のものだ、たがいがたがいのものだと感じていたのであり、あれ以外のふるまい方なんてありえなかったにちがいないという結論に君は至る。たしかに、時が経つにつれて二人とも少しは控え目になったけれど、肉体が変化しはじめてもなお、たがいから完全に離れはしなかった。君は覚えている、グウィンが君の部屋に入ってきて、ベッドに腰かけ、ブラウスを持ち上げて彼女の乳首の最初のわずかな膨らみを、胸が大きくなりはじめる最初の兆しを見せてくれた日のことを。君の最初の陰毛と、君のほぼ最初の思春期的勃起を彼女に見せたことも覚えているし、バスルームに彼女と並んで立って初潮を迎えた彼女の両脚に血が流れ落ちるのを見たことも覚えている。これらの奇跡が起きるたび、どちらも迷わず相手のところに飛んでいったのだ。人生が変わるような事件には目撃者が必要であり、その役割を果たすのに君たち同士以上の人間がいるわけがなかった。

やがて、大いなる実験の夜が訪れた。両親が週末出かけることになり、君たち二人がもう監督なしでやれる歳だと両親は判断した。グウィンは十五で君は十四。彼女はほとんど大人で、君はようやく少年期から抜け出しかけている段階だったが、二人とも十代前半の絶望的煩悶のただなかにあって、朝から晩までセックスのことを考え、ひっきりなしに自慰にふけり、欲望に気も狂わんばかりになって、肉体は好色な妄想に燃え、誰かに触《さわ》られたくてたまらず、キスされたくてたまらず、飢えて満たされず、独り発情した呪われの身だった。両親が出かける前の週、君たち二人はこの悩みを大っぴらに話しあった。欲しい、と思うくらい大人なのに、手に入れるには若すぎるという大いなる矛盾。二十世紀なかばに、ほかならぬ先進工業国の住民として生きるよう強いることで、世界は君たちをペテンにかけたのだ。これがもし、アマゾンか南洋に住む原始部族に生まれ落ちていたなら、君たちはもはや処女でも童貞でもなかっただろう。この会話の直後に、君たちは計画を思いついたのだったが、実行は両親が出かけるまで待つことにした。

一度、一度だけやるつもりだった。あくまで実験であって、新しい生き方ではない。どれだけ気持ちよくても、その夜やったらもうやめないといけない。そのあとも続けたりしたら、手に負えないことになりかねない。二人ともあっさり暴走してしまいかねない。また、血のついたシーツをどう説明するかという問題が生じるだろうし、むろん言うまでもなく、グロテスクな危険、君たちのどちらもとうてい口にする気になれないおよそ考えることもできぬ危険もある。だから、何から何までやるが、挿入だけはなし。あらゆる機会、あらゆる体位を、二人が共に望む限りとことん試すが、あくまで性交はなきセックスの一夜。どちらも誰ともセックスしたことはなかったから、考えるだけでゾクゾクして、両親の出発までの日々を二人とも極度の期待と興奮に包まれて過ごした——死ぬほど怯え、計画の大胆さに我ながら愕然とし、気も狂わんばかりになって。

彼女のことをどれだけ愛しているか、これは君がグウィンに伝える初めてのチャンスだった。彼女のことをどれだけ美しいと思っているかを伝え、彼女の口のなかに舌を挿し入れて、何か月も前から夢見てきたやり方で彼女にキスをする、その初めてのチャンス。服を脱ぎながら君は震えていた。頭から爪先まで震えながらベッドにもぐり込み、彼女の両腕が君の体に絡みつくのを感じる。部屋のなかは暗かったが、姉の目の輝き、顔の曲線、体の輪郭はぼんやり見てとれた。ベッドカバーの下に入って、その体の裸さを感じ、十五歳の姉のむき出しの肌が君自身のむき出しの肌に押しつけられるのを感じると、君はぶるっと戦《おのの》き、さまざまな感覚が体内を駆けめぐるあまりほとんど息もできない気がした。しばしのあいだ君たちは相手の腕に抱かれて横たわり、脚を絡ませ、頬を触れあい、畏怖の念に打たれてただただたがいにしがみついて、掛け値なしの恐怖に体が破裂してしまわぬよう願っていた。やがてグウィンが両手を君の背中に滑らせ、それから口を君の顔に近づけて君にキスした——強く、君が思ってもいなかった荒々しさで。彼女の舌が口のなかに飛び込んでくると、いま彼女がしてくれているやり方でキスされることほどいいものはこの世にないことを君は理解した。これこそ議論の余地なく、生きることを意味あるものにしてくれるもっとも重要な根拠なのだ。君たちは長いことキスを続け、二人とも心地よく喉を鳴らし、たがいにべたべた触りあいながら、舌は激しく打ち、唾液が唇から流れ落ちた。とうとう、君は勇気を奮い起こして彼女の胸に、まだ十分育っていない小さな胸に両の手のひらを当て、人生で初めて君は思う、僕は女の子の裸の胸に触っているのだと。胸にしばらく手を滑らせたのち、その触れた場所に君はキスしはじめ、乳首の周りで舌を上下左右させ、乳首を吸い、すると乳首が硬くなってぴんと立ったので君は驚いてしまった——裸になった姉の上に君が乗った瞬間以降の君のペニスと同じくらい硬くぴんと立っているのだ。これはもはや君の手に負えない。女体の神秘へのこの入門儀式によって君はいまや限界の彼方まで押し出され、グウィンから何ら促しも受けることなく突如その夜最初の射精を遂げ、痙攣の如き噴出が彼女の腹一杯に広がった。有難いことに、君が気まずい思いを味わったとしても長くは続かなかった。精液が君のなかからあふれ出るさなかにもグウィンはすでにケラケラ笑い出し、君の達成を祝って片手で陽気に自分の腹をさすったのである。

それは何時間も続いた。君たちはまだひどく若くて経験もなく、二人ともエネルギーに満ちて疲れを知らず、たがいを求めて狂おしく飢え、そしてこれ一度きりだと約束していたから、君も姉もこれを終わらせたくなかった。だから続けた。君は十四歳の力とスタミナをもって、ただのるなる偶発的放出からたちまち回復し、ふたたび元気になったペニスを姉の手が優しく包み（崇高なる恍惚、言葉にしようのない悦び）、君は解剖学実習を続けるべく手や口を彼女のほかの領域にさまよわせた。首のうなじや太腿の、甘美な、羽毛のように柔らかい地帯を君は発見し、背中の窪みや尻の忘れようのない官能を、舐めた耳のほとんど耐えがたい快楽を発見した。触覚の至福。グウィンがこの夜のためにつけた香水のかぐわしさが加わり、二つの体はますます汗ばみますますつるつるになり、そして二人ともが夜どおし時に別々に時に一緒にさまざまな音のささやかなシンフォニーを奏でる――うなりとうめき、ため息と叫び声、それからグウィンが初めて絶頂に（自分の左手中指でクリトリスを撫でながら）達したときの鼻から空気が波のように出入りする音、なおも加速する二人の息、最後に訪れる勝ち誇った喘ぎ。はじめての絶頂に、さらに二回が続き、ひょっとしたら三回。一方君は、さっき一人でヘマをやらかしたあとは、ペニスを包み込む姉の手が、募る一方の刺激の霧に包まれた君が仰向けに横たわるなか上下に動く手があり、それから、これまた上下に動く口が、ふたたび硬くなったペニスを包む姉の口があり、その口のなかへ君が射精したとき二人が共に感じた深い深い親密さ――一方の肉体からもう一方の肉体に流れ込む体液、一人ともう一人の混ざりあい、結合した二つの精神。やがて姉がベッドに倒れ込み、脚を開き、触るよう君に命じた。そこじゃない、こっち、と彼女は言って、君の手をとって望みの場所に、君が行ったことのない場所に導いていき、その夜まで何も知らなかった君は、人間としての教育を少しずつ受けはじめたのだった。

その六年後、君は姉とシェアしている西一〇七丁目のアパートのキッチンに座っている。いまは一九六七年七月初旬、週末はニューヨークにいたい、バスで両親の家まで出かけていく気はないと姉に告げたところだ。グウィンはテーブルの向かいに座っていて、青い短パンに白いTシャツ、暑いので長い黒髪は上げてピンで留め、見れば腕は日焼けしている――オフィスでアルバイトしていて一日の大半室内にいるのに、日なたにもそれなりに出ていて肌がショウガっぽい茶色の美しい色合いに焼けていて、なぜか君はホットケーキの色を思い出す。いまは木曜日の六時半、君たちは二人とも仕事を終えて帰宅し、缶からじかにビールを飲み、フィルターなしのチェスタフィールドを喫っている。一時間もすれば、二人で安い中華料理店へ夕食に、食べ物よりも冷房を求めて出かけるだろうが、いまはひとまず、座って何もしないことで君は満ち足り、欠伸の城と呼びはじめた図書館でまたも過ごした退屈な一日からの回復に努めている。ニュージャージーには行きたくないという君の一言が引き金となって、グウィンが両親の話を始めるものと君は確信している。その覚悟はできているし、話さないといけないなら話す気でいるが、それでもその会話があまり長く続かないことを君は願っている。マージとバドの長い長い物語の第九百万章。君と姉はいつから両親をファーストネームで呼ぶようになっただろう。はっきり思い出せないが、おおよそグウィンが大学に上がって家を出たころだ。彼らと一緒にいるときはいまでもママとパパだが、君たち二人だけだとマージとバド。ちょっとした見せかけにすぎないが、君の頭のなかで彼らを切り離し、隔たりの幻想を作るには役立つ。それこそ僕に必要なものなんだ、と君は思う。それこそ何にも増して僕に必要なものなんだ。

どういうことよ、と姉は君に言う。あんたこのごろ全然帰りたがらないじゃない。

帰りたいって思えるといいんだけどさ、と君は弁解がましく肩をすくめながら答える。でもあの家に足を踏み入れるたび、過去に吸い戻される気がするんだよ。

それってそんなにひどいこと？　悪い記憶しかないなんて言わないわよね。そんなの馬鹿げてるもの。馬鹿げてるし、嘘だし。

いやいや、悪い記憶ばかりじゃない。いいのも悪いのも混ざってるよ。でもおかしなことに、あそこにいるといつも、悪い記憶のことしか考えないんだ。あそこにいなけりゃ、たいていはいい記憶のことを考えるんだけど。

どうしてあたしはそういうふうには思わないのかしら？

わからない。ひょっとして姉さんは男じゃないからかな。

それで何が違うのよ？

アンディは男だった。かつてうちには男の子が二人いて、いまは僕しかいない。難破の唯一の生存者。

だから？　ゼロより一の方がいいじゃないのさ。

あの人たちの目だよグウィン、僕を見るときにあの人たちの顔に浮かぶ表情だよ。ある瞬間には、僕を責めてる気がする。何でお前なんだ？　そう言ってるみたいなんだ。何でアンディは死んだのにお前は生きてるんだ？　で、次の瞬間、二人の目は優しさにあふれる――心配そうな、ぞっとさせられる、過保護の愛情に。一刻も早く逃げ出したくなるんだよ。

そんなの誇張よ。誰も非難なんかしてないわよ、アダム。二人ともあんたのことすごく自慢に思ってるのよ、あんたがいないときの二人のベタ褒めぶり聞かせたいわよ。自分たちから生まれた神童、ウォーカー一族の皇太子への果てしない讃歌。

誇張してるのはそっちじゃないか。

そんなことないわよ。あんたのことこんなに好きじゃなかったら、あたし嫉妬するところよ。姉さんどうして我慢できるんだよ――だから、二人が一緒にいるところを見るのを。僕なんか見るたびに、どうしてこの人たちまだ結婚してるんだろうって思っちゃうよ。

結婚していたいからよ、決まってるでしょ。

筋が通らないよ。いまじゃもう、二人で話すこともできないじゃないか。

二人で炎のなかをくぐり抜けてきたのよ、話したくなけりゃ話さなくたっていいのよ。二人が一緒にいる限り、あの人たちが生活をどう組み立てようと、あたしたちが口を出すことじゃないのよ。

母さんは前はほんとに綺麗だった。

いまだって綺麗よ。

あんなに悲しんでちゃ綺麗じゃないよ。あんなに悲しんでる人間がいまも綺麗でいるなんて無理だよ。

君は少し言葉を切って、いま自分が言ったことの意味を噛みしめてみる。そうして、姉から目をそらし、次のセンテンスを組み立てながら彼女の方を見られぬまま、こう言い足す。

僕は母さんのことがほんとに気の毒なんだよ、グウィン。何度家に電話して、母さんに言ってやりたいと思ったかわからないよ、何もかも大丈夫だよ、母さんもう自分を憎むのをやめていいんだよ、もう十分長いこと自分を罰してきたんだよって。

電話、すればいいじゃない。

母さんを侮辱したくないんだよ。同情なんて最低の、役立たずの感情だよ。そんなもの壜に入れてどこかにしまい込むべきなんだ。口に出して言おうとしたとたん、物事はますます悪くなるだけだよ。

姉は君を見て微笑む。何だか場違いな笑みだ、と君は思うが、彼女の顔をじっくり眺め、その目の重々しい、憂いを帯びた表情を見て、まさにいま言ったようなことを君に言ってほしいと姉が期待していたことを君は理解する。自分で見せかけようとしているほど君が心を閉ざしてもいないし冷淡でもなく、君のなかにもちゃんと同情心があるのがわかってグウィンがホッとしていることを君は理解する。彼女は言った。オーケー、弟。そうしたいんならニューヨークで汗かいてなさい。けどね、念のため言っとくけど、時おり家に帰るとね、それはそれで面白い発見があったりするのよ。

たとえば?

たとえば、あたしがこないだ行ったときベッドの下に見つけた箱。

中に何が入ってたの?

けっこういろんなもの入ってたわよ。ひとつには、あたしたちが高校生のときに書いた戯曲。

『ユビュ二世王』。

考えただけでぞっとする……

見てみたの?

見ずにいられなかったわよ。

で?

いまひとつだったわね、残念ながら。でも愉快な科白もけっこうあったし、もう少しで声に出して笑いそうになったシーンも二つあった。食卓でゲップした妻をユビュが逮捕する場面と、大陸をインディアンに返そうとユビュがアメリカに宣戦布告する場面。

思春期のたわごとだね。でも楽しかったよね？　たしか僕、床をゴロゴロ転がって、お腹が痛くなるくらい笑いまくって。

二人交代で一センテンスずつ書いたのよね。それとも科白ひとまとまりずつだっけ？

ひとまとまり。でも法廷で証言はできない。違ってるかもしれない。

あのころあたしたち狂ってたわよね。二人とも、おんなじくらい狂ってた。でも誰にも見抜かれなかった。みんなあたしたちのこと、出来のいい、安定した子供たちだと思ってた。あたしたち崇められて、妬まれたけど、心のなかは二人ともぶっ壊れてた。

君はもう一度姉の目を見て、彼女が大いなる実験のことを話したがっているのを感じる。あの夜のことは、二人とももう何年も口にしていない。いまそれをわざわざ話す価値があるだろうか、それとも話題をそらすべきか？　どうすべきか君が決める間もなく、グウィンが言う。

だから、あの夜二人でやったこと、あれってまるっきり狂ってた。

そう思う？

思わない？

そんなには。あのあと一週間ペニスがヒリヒリしたけど、いまふり返っても人生最高の夜だったよ。

グウィンはニッコリ笑う。たいていの人が自然に対する犯罪、死すべき罪と見なすであろう行ないについて、君がさも平然とした態度を見せたものだから、思わず気持ちが和らいだのだ。疚しさは感じない？　と彼女は訊く。

感じない。あのときも自分に罪があるとは思わなかったし、いまも思わない。姉さんも同じだろうとずっと思ってた。

あたしは感じたいのよ、疚しさを。感じるべきだって自分に言うんだけど、感じない。だからやっぱり狂ってたんだって思うのよ。あんなことやって、何の傷も残らずに済んだなんて。

自分が何か悪いことをしたと思わない限り、疚しさは感じないよ。あの夜僕たちがしたのは悪いことじゃなかった。誰も傷つけたりしなかったじゃない。おたがい相手に、やりたくないことを無理にやらせたわけでもないし、だいいち最後の一線は超えなかったんだし。ちょっとした若気の至りの実験、それだけだよ。そして僕はやってよかったと思う。正直、唯一残念なのはもう一度やらなかったってことだね。

へぇ。じゃああたしと同じこと考えてたんだ。

どうして言わなかったのさ。

怖かったんだと思う。あんなことやりつづけたら、大変なことになりかねないと思って、怖かった。

で、代わりにボーイフレンドを見つけたわけだ。デイヴ・クライヤー、動物たちの王。

あんただってパティ・フレンチに飛びついた。

過ぎてしまったことだよ、同志。

そうよね、みんな過ぎてしまったことよね。

＊

君と姉はこうして過去の話をする。両親の会話なき結婚の話、死んだ弟の話、何年も前の春休みに二人で共作したドタバタ劇の話。だがこれは、一緒に過ごす時間のごく一部を占めるにすぎない。家事に関する短い相談にも別の一部が費やされるが（買物、掃除、料理、家賃や光熱費の支払い）、その夏二人で交わす言葉の大半は、現在と未来をめぐるものだ。ベトナム戦争、書物や作家、詩人、音楽家、映画監督、さらにはそれぞれの仕事から持ち帰る逸話。君と姉は昔からよく話をした。ごく幼いころから二人で、込み入った、いつ終わるとも知れない対話に携わってきた。そうやって考えや発想を進んで共有しようとする姿勢に、おそらく君たちの友好関係が一番よく表われている。話してみると、たいていのことに関しては意見が合うけれど、決して全部についてではないし、合わない事柄をめぐってとことんやりあうのも楽しい。いろんな作家や画家それぞれのよさをめぐる君たちの小競りあいなどには、どこか滑稽なところもある。二人ともまずめったに、相手の意見を変えさせるには至らないからだ。例。十九世紀アメリカ最高の詩人はエミリー・ディキンソンだと二人とも思っているが、君がホイットマンにも惹かれるのに対し、グウィンは彼を大言壮語の、粗雑な、偽りの預言者と切り捨てる。ホイットマンの比較的短い叙情詩のひとつ（「鷲たちの戯れ」）を君はグウィンに読んで聞かせるが、彼女は説得されず、悪いけど鷲が空中でファックする詩を聞いても盛り上がらないのよねと片付ける。例。グウィンは『ミドルマーチ』をほかのどんな小説よりも上だと讃え、五十ページ以上進めなかったと君が白状すると、もう一度挑戦してごらんなさいと促すが、ふたたび君は五十ページも行かずに挫折してしまう。例。ベトナム戦争とアメリカ政治に関する立場は二人ほぼ同じだが、大学を出たとたん徴兵が待っている君は意見もはるかに声高で性急である。ジョンソン政権に対する怒りの激論を君がやり出すたび、グウィンは君に向かってニッコリ笑い、両耳に指をつっ込んで君が黙るのを待つ。

君たちは二人ともトルストイとドストエフスキーを、ホーソーンとメルヴィルを、フロベールとスタンダールを愛するが、この時点では君がヘンリー・ジェームズに耐えられないのに対し、グウィンはジェームズこそ巨人のなかの巨人だ、ジェームズの前ではほかの小説家はみなこびとみたいなものだと主張する。カフカとベケットについては完全に意見が一致するが、セリーヌも同じ次元に属すと君が言うと彼女はあざ笑い、あんなのはファシストの狂信者だと断じる。ウォレス・スティーヴンズまではいいが、次の詩人となると君はウィリアム・カーロス・ウィリアムズであってグウィンがすらすら暗唱できるT・S・エリオットではない。君はキートンを擁護し彼女はチャップリンを弁護し、二人ともマルクス兄弟は大爆笑だが君の偏愛するW・C・フィールズは彼女から笑みひとつ引き出せない。トリュフォー最良の作品群は君たち二人の胸を打つが、グウィンはゴダールを格好ばかりだと考え君はそう考えない。彼女はベルイマンとアントニオーニこそこの宇宙の双璧だと讃えるが、君は彼らの映画に退屈してしまうことをしぶしぶ白状する。クラシックに関してはバッハが最高ということで軋轢はないが、君はジャズへの関心を深めつつある一方、グウィンは依然、君にはほとんど何も訴えてこなくなったロックンロールの狂熱にしがみついている。彼女はダンスが好きで君は好きではない。彼女は君よりよく笑い、君ほど煙草を喫わない。彼女の方が君より自由で幸福な人物であり、君も彼女と一緒にいるたびに世界はより明るい、より友好的な、陰気で内向的な君の自我すらほとんどくつろげそうな場所に思えてくる。

会話は夏のあいだずっと続く。本や映画や戦争を君たちは語り、自分たちの仕事や将来の計画を、過去と現在を語り、加えて君はボルンのことを語る。君が苦しんでいることをグウィンは知っている。その経験が君の胸にいまだ重くのしかかっていることをわかってくれて、君がその話をするのを、何度も何度も同じ話をするのを辛抱強く聞いてくれる。いまや君の魂にまで食い込んだ、君という存在の本質的な一部と化した妄執的な物語。君がまっとうにふるまったこと、ほかにやりようはなかったことを彼女は力説してくれるし、セドリック・ウィリアムズ殺害自体は防ぎようがなかったことは君も同意するが、自分が臆病でためらって警察にすぐ行かなかったせいでボルンが罰されずに逃げることを許してしまったという事実も君ははっきり自覚していて、それについては自分を許す気になれない。いまは金曜日、ニューヨークで過ごすことにした七月初旬の週末第一日目の晩であり、君と姉はキッチンテーブルに座って、仕事のあとのビールと煙草を楽しんでいる。やがて話題はふたたびボルンに移る。

あたしずっと考えてたのよ、とグウィンが言う。で、これはけっこう確信があるんだけど、すべてはボルンがあなたに性的に惹かれたせいで始まったんだと思う。マルゴだけじゃないのよ。彼ら二人一緒だったのよ。

姉の説に仰天して、君はしばし、それが意味を成すかどうか考えてみる。ボルンとの錯綜した関係をこの新しい見地から、それなりの苦痛を感じつつふり返ってみるが、結局、いいや、それはないと思う、と言う。

考えてみてよ、とグウィンはなおも言う。

いま考えてるよ、と君は答える。もしほんとにそうだったら、ボルンは僕に迫ってきたはずだよ。でも彼は何もしなかった。僕に触ろうともしなかった。

そんなこと関係ないのよ。たぶん本人は意識もしていなかったと思う。だけど二十歳の赤の他人の将来が気がかりだっていうだけで何千ドルも渡す人間なんかいないわよ。そういうことをするのは同性愛的に惹かれているからよ。ボルンはあんたに恋したのよ、アダム。本人が自覚していたかどうかはポイントじゃないわ。

まだ納得しないけど、そういうことだったら、いっそ僕に迫ってくれればよかったのに。そしたら奴の顔にパンチ浴びせて、死んじまえって言えて、そしたらあんなふうにリバーサイドドライブを一緒に歩くこともなかったろうし、あのウィリアムズって子も殺されずに済んだんだ。

そういうこと、あんたにやろうとした人っている？

そういうことって？

だから、ほかの男が。ほかの男があんたに言い寄ってきたことある？

妙な目で見られたことは何度かあるけど、直接何か言われたことはないな。

じゃあやったことないのね。

何を？

男とのセックス。

ないよ、そんなの。

小さいころも？

何言ってるのさ？　小さい子供はセックスなんかしないよ。できやしないよ――小さい子供なんだから。

すごく小さいときじゃなくて。思春期の始まったあととかよ。十三、十四のころ。その歳の男の子って、みんなマスのかきっこするのかと思った。

僕はしなかったよ。

名高き輪になって手淫《サークル・ジャーク》は？　そういうのに仲間入りしたことくらいあるでしょ。

僕がサマーキャンプに最後に行ったときって、いくつだったっけ？

思い出せないわ。

十三かな……きっと十三だったよ、十四になったらショップ＝ライトでアルバイトはじめたから。とにかくさ、最後にキャンプに行った年、僕のキャビンで何人かはやってたよ。六人か、七人。でも僕は恥ずかしくて入れなかった。

恥ずかしかったから、それとも嫌だったから？

どっちも少しずつだね。男の体って、いつも何となく気持ち悪いって思ってた。

自分の体はそうじゃなかったのよね。

うん、ほかの男の体ってこと。触りたいなんて気はないし、裸を見たいとも思わない。実を言うとさ、どうして女って男なんかに惹かれるんだろうってよく考えるよ。もし僕が女だったら、たぶんレズビアンになるね。

君の発言の阿呆らしさにグウィンはニッコリ笑う。それはあんたが男だからよ、と彼女は言う。

で、姉さんは？　ほかの女の子に惹かれたことあるの？

もちろんよ。女の子ってしょっちゅうおたがい惚れあってるのよ。そういうのがつきものなのよ。

そうじゃなくて、性的に惹かれるっていうこと。女の子と寝たいって欲求を感じたことある？

あたし四年制の女子大を卒業したばかりなのよ、覚えてる？　そういう密室的環境ではさ、いろんなことが起きるものなのよ。

ほんとに？

ええ、ほんとよ。

そんなことといままで言わなかったじゃない。

だって訊かなかったじゃない。

訊かないといけないの？　一九六一年の無秘密協定はどうなんだよ？

これって秘密じゃないわよ。秘密というには些細すぎるわよ。あんたが見当違いしないようにはっきりさせとくと、きっかり二度やったわよ。一回目はマリワナでハイになってた。二回目は酔っ払ってた。

で？

セックスはセックスよ、アダム。両方の人間が望む限り、すべてのセックスは善なのよ。肉体は触《さわ》られたりキスされたりするのが好きなんだし、目を閉じたら誰が触ってるかキスしてるかはほとんどどうでもよくなるのよ。

原則としては僕もまったく異論はない。あとは姉さんにとってそれが楽しかったかどうかだけ知りたいね。そして楽しかったとしたら、なぜもっと頻繁にやらないのか。

ええ、楽しかったわよ。けどものすごく楽しかったってほどじゃないわね——男とのセックスほどじゃない。あんたとは違って、あたしは男の体を愛おしく思うし、特に女の体にないものが好きなのよ。女の子といるのも楽しいけど、古きよき両性の転がりあいには敵わないわね。

金額あたり、得るものは少ないと。

そのとおり。マイナーリーグね。

いわばブッシュリーグ（ブッシュリーグはマイナーリーグの別称だが、「ブッシュ」には「恥毛」「陰部」の意もある）。

グウィンは笑いをこらえつつ、煙草の箱を君に投げつけ、怒りを装って叫ぶ――あんたってどうしようもないわね！

君はまさにそれだ――どうしようもない《インポシブル》。姉の口からその言葉が出たとたん、卑猥で冴えないジョークを飛ばしたことを君は悔やみ、晩のあいだずっと、そして次の日も長いこと、その一言が呪いのように、君という人間を、君の人格を無慈悲に断罪する言葉として君に貼りついている。そう、君はどうしようもない。君も、君の人生もどうしようもない。いったいどうやってこんな、絶望と自己嫌悪の袋小路にはまり込んでしまったのか？　君の身に起きたことはボルン一人のせいなのか？　一度だけつかのま勇気が萎えたせいで、自分自身に対する信頼がどうしようもなく損なわれ、もはや自分の未来を信じる気も失せてしまったのか？　つい数か月前には、己の輝かしい才能で世界に火を点ける気でいたのに、いまは自分が愚かで無能な人間にしか思えない。忌まわしい仕事の、死んだ空気のなかに閉じ込められた低能の自慰機械。まるっきりのゼロ。これでもしグウィンがいなかったら、自分から進んで病院に入ろうかと考えるかもしれない。彼女は君が話すことができるただ一人の人物、君を生きている気にさせてくれるただ一人の人物なのだ。

とはいえ、グウィンとふたたび一緒にいられて嬉しいことは確かでも、君の悩みで彼女をあまり煩わせてはいけないことも承知している。彼女が神のごとき外科医に変身して、君の胸を切開して病める心を治してくれるなどと期待してはならない。自分で何とかしないといけない。君のなかの何かが壊れているなら、自分の手で元に戻さなくてはならないのだ。

寒々とした内省を二十四時間経たあと、苦悩はゆっくり鎮まってゆく。転機は土曜日、君たちがマンハッタンで過ごすことにした七月初旬の週末二日目の晩に訪れる。夕食のあと、君は姉と一緒に一〇四番バスに乗りブロードウェイを下って〈ニューヨーカー〉に行き、その涼しく暗い空間に入ってカール・ドライヤー一九五五年の映画『奇跡』を観る。普段ならキリスト教やら信仰の問題やらの映画に興味はないが、ドライヤーの映画作りはきわめて精緻かつ鮮明であり、君はたちまち物語に引き込まれる。なぜか音楽を君は思い浮かべ、バッハの二声のインベンションが視覚に翻訳されたものを観ているような気になる。ルター主義の美学だね、と君はある時点でグウィンに耳打ちするが、君の思考経路をたどっていない彼女には何のことかわからず、戸惑って眉をひそめるばかりだ。

複雑な物語をここであらためて語るには及ばない。意外な展開や逆転はたしかに見応えがあるが、つきつめればそれも、無限にある物語のうちのひとつにすぎず、無数の映画のうちのひとつにすぎない。もしあの結末でなかったら、長年観てきた一連のよい映画以上に心を動かされることもなかっただろう。大事なのは結末だ。それはまるで予想していなかった力で君を打つ。樫の木を伐り倒す斧の強さでもって、君のなかへ一気に食い込んでくる。

出産で死んだ農家の女性が蓋の開いた棺に横たわり、さめざめと泣く夫がかたわらに座っている。そこへ自分をキリストの再臨だと思っている、気のふれた弟が、夫婦の幼い娘の手を引いて部屋に入ってくる。悲しむ親族や友人の小さな集団が、この厳かな場でいったいどんな冒瀆、不敬が犯されるのかと固唾《かたず》を呑むなか、自称イエスの化身は穏やかな、静かな声で死んだ女に話しかける。立て、と彼は女に命じる。棺から起き上がって生者の世界に戻れ、と。何秒かして、女の手が動き出す。これはきっと幻覚だ、視点が客観的現実から狂った弟の内面に移ったんだと君は思う。だが違う。女は目を開け、数秒後には上半身を起こし、すっかり生き返っている。

劇場には客がたくさん入っていて、その半分くらいは、この奇跡の復活を見てゲラゲラ笑い出す。彼らの猜疑心を君は羨ましいとは思わない。君にとってそれは超越的な瞬間だ。座ったまま姉の腕を摑む君の頰に涙が流れ落ちる。起こりえないことが起きたのであり、たったいま目にしたことに君はただ呆然としている。

そのあと、君のなかで何かが変わる。それが何なのかはよくわからないが、女が生に戻ってきたのを見て流した涙が、君のなかに溜まりつつあった毒をある程度洗い流してくれたように思える。何日かが過ぎていく。そのなかで何度も君は、〈ニューヨーカー〉のバルコニー席で経験したしばしの虚脱状態は弟のアンディに関係しているのではないかと考える。あるいは、アンディでなければセドリック・ウィリアムズに――それとももしかしたらその両方に。かと思えば、あのときは主体と客体が共感を介して重なりあい、自分が死からよみがえるのを見ている気になったのだと確信する瞬間もある。いずれにせよ、その後の二週間で、君の足どりから徐々に重さが抜けていく。破滅の運命が待っているという感覚は消えないが、絞首台に導かれていく日が来るなら、別れのジョークのひとつも飛ばすか、あるいは頭巾をかぶった死刑執行人としばしお喋りするかくらいはできるかもしれない気がする。

弟が死んでからずっと、君と姉は毎年彼の誕生日を祝ってきた。二人だけで、両親や親戚その他の招待者はいっさいなし。最初の三年間は、君たちはまだ夏をサマーキャンプで過ごす歳だったから、戸外で祝った。真夜中にこっそりキャビンを抜け出し、暗くなった野球場を駆け抜けて、キャンプ場北端の草地まで行って、そこからは一気に、足下を懐中電灯で照らしながら木々と下生えのなかを森へ疾走していく。二人とも夕食のあとに食堂で盗んできたカップケーキかクッキーを持っていた。キャンプの時代が終わると、夏は二人とも三年続けて父親のスーパーマーケットでアルバイトしたので、七月二十六日は家にいて、三階のグウィンの寝室で弟の誕生を祝うことができた。次の二年が一番大変だった。二人とも夏のあいだ旅行していて、その日も遠く離れていたからだが、電話を使って何とか簡易版の儀式を行なった。昨年は君が、当時のボーイフレンドとボストンで同棲していたグウィンの許へバスで出かけ、二人でレストランに行って、いまは亡きアンディを偲んでグラスを上げた。そしていままた七月二十六日が巡ってこようとしている。一緒に過ごす久しぶりの夏、君たちは二人でシェアしている西一〇七丁目のアパートのキッチンでささやかな祝宴を催すつもりでいる。

それは伝統的な意味でのパーティではない。長年のあいだに、この営みに関していくつかの厳密な儀礼を君たちは築き上げてきた。君たちの年齢次第で若干のバリエーションを伴いつつ、毎年の七月二十六日は過去十年の七月二十六日の再演である。基本的に、この誕生日ディナーは三部に分かれた会話である。食べ物が供され、食されて、三部構成の会話が終わると、小さな、火を点した蠟燭を真ん中に一本だけ立てたチョコレートケーキが現われる。ハッピーバースデーは歌わない。ユニゾンで口を動かし、ほとんどささやきのような声を出すが、あくまで歌いはしない。蠟燭を吹き消しもしない。短くなるまで燃やして、溶けかけたチョコレートアイシングのなかで炎がジュジュッと消えていくのに耳を澄ます。ケーキを一口食べてから、スコッチのボトルを開ける。アルコールは一九六三年（スーパーマーケットでアルバイトした最後の夏、君は十六でグウィンは十七）に導入された新機軸だが、その後二年は離れていたので酒も飲まず、昨年は公の場にいたから飲む量に気をつけないといけなかった。今年はニューヨークのアパートに二人きりでいるのだから、どちらもしっかり酔払う気でいる。

グウィンはディナーのために口紅も塗って化粧もし、金のフープイヤリングをつけて薄緑のサマーシフトを着て、灰色がかった緑の瞳がよりいっそう活きいきとして見える。君は半袖でボタンダウンの白いオックスフォードシャツを着て、首には一張羅のネクタイ――春にボルンに馬鹿にされたネクタイだ――を締めている。そんな格好をした君を見てグウィンは声を上げて笑い、あんたモルモン教徒みたいに見えるわよと言う。家々のドアをノックしてパンフレット配って世界中を回る真面目な若者、聖なる使命を帯びた布教者って感じよ。何言ってるんだい、髪はクルーカットじゃないし金髪でもないんだからモルモンなんかに見えるわけないよ、と君は言う。まあそれはそうだけど、とにかくあんたすごく、すごく変テコに見えるのよとグウィンは言う。モルモンじゃないとしても、会計士の卵とか。数学科の学生とか。宇宙飛行士志望とか。いやいや、南部の公民権活動家だよ、と君は言い返す。わかったわよ、あんたの勝ちよ、と彼女は言い、君はすぐさまネクタイを外しシャツも脱いでキッチンを去り、別の服に着替える。戻ってくるとグウィンはニッコリするが服装についてはそれ以上何も言わない。

例によって暑い晩であり、キッチンの温度を上げたくないので君たちはオーブンも使わず、冷製スープ、冷肉の盛合わせ（ハム、サラミ、ローストビーフ）、レタスとトマトのサラダから成る軽い夏の食事を用意した。加えてイタリアンブレッド一斤と、藁《わら》包みのボトルに入った冷やしたキャンティ（当時学生のあいだで人気だった安ワインである）。冷やしたクレソンのスープを二、三匙口にしたところで、君たちは三部構成の会話を開始する。これこそがこの行事の核、毎年これを行なう上でのもっとも重要な要素である。ほかはすべて――食事、ケーキ、蠟燭、ハッピーバースデーの言葉、酒――装飾にすぎない。

第一段階。君たちはアンディのことを過去形で語り、まだ生きていたころの彼について思い出せることを片っ端から掘り起こす。これがつねに一番長い部分である。過去の年月に引き出した記憶も君たちは思い出すが、加えていつも、また新たな記憶が無意識から湧いてくるように思える。軽い、陽気な口調を保つよう君たちは努める。これは病的な感情の実践ではなく祝祭なのであり、ここでは笑いはつねに許容される。君たちはアンディが幼いころ犯した言い違い《おたがい》を復唱する。ハンバーガーをハンガバーガー、人間《ヒューマン・ビーイング》を人間豆《ヒューマン・ビーン》、イーチ・アザーをチャザーズ（「二人はキスした《ゼイ・キスト・イーチ・アザー》」が「二人はチャザーズにキスした《ゼイ・キスト・ザ・チャザーズ》」に）、そして母が「マイアミ」と言ったのを受けて言った、論理的には完璧だがやっぱり無茶苦茶な「ママのアミ」（「マイアミ」を「私のアミ」の意に受けとった）。アンディの昆虫コレクション、スーパーマンのケープ、水疱瘡にかかったときの様子を君たちは語る。彼に自転車の乗り方を教えてやったことを君たちは思い出す。彼がエンドウマメを嫌ったことを思い出す。学校へ行った第一日目のこと（涙と苦悶）、すり剝けた肱、よく出たしゃっくりのことを思い出す。この世に七年いただけなのに、毎年君とグウィンは同じ結論に達する——リストは無尽蔵だ。とはいえ毎年、また少し彼が消えてしまったことも君たちは感じずにいられない。君たちがいくら頑張っても、戻ってくる彼は少しずつ減っている。彼が朧《おぼろ》になっていくのを君たちには止めようがないのだ。

第二段階。君たちはアンディのことを現在時制で語る。今日まだ生きていたらどんな人間になっているかを想像する。もう十年にわたって、彼はこうやって君たちのなかで影の生を生きてきた。別次元で大きくなっていった幽霊的存在、不可視だけれど息をしている、息をしていて考えている、考えて感じている存在。そんな彼を君たちは八歳のときからずっと追ってきて、いまではもう生きた年月より死んだあとの年月の方が長く、十七歳になったいま、君たちとのあいだの隔たりはますます小さくますます軽くなっている。十七歳の彼がたぶんもう童貞ではなく、マリワナを喫ったことも酒で酔払ったこともあり、髭も剃ればマスターベーションもし、車を運転し、難しい本を読み、どの大学に行くかを考えていて、君たちと対等になる一歩手前まで来ている——そう考えると君はショックを、君と姉とは同時にショックを受ける。もう耐えられない、もうやめたいとグウィンは泣き出すが、いやいやもうちょっと頑張ろうよ、次からはもうやらなくていいから、これを生涯最後の誕生日パーティにしていいから、アンディのために今回だけはやり通そうよと君は言う。

第三段階。君たちは未来について、今から次の誕生日までのあいだにアンディの身に何が起きるかを語りあう。これがいつも一番容易で、一番楽しい部分であり、例年君もグウィンもこの予測ゲームに熱中してものすごく盛り上がる。でも今年は違う。君がこの第三部、最後のパートを始める間もなく、神経の昂ぶった姉は片手で口を押さえ、椅子から立ち上がってキッチンから飛び出していく。

君が追っていくと、彼女はリビングルームのソファでしくしく泣いている。君はその隣に座り、片腕を彼女の肩に回し、優しい声で話しかける。落着きなよ。大丈夫だよ、グウィン。ごめんね……ごめん、僕が無理にやらせすぎたね。僕のせいだよ。

彼女の震える肩の細さを君は感じる。肌の下の華奢な骨を、上下に揺れて君の肋骨を押している胸郭を、君の腰に当たる腰を、君の脚に当たる脚を感じる。いままでずっと姉を知ってきて、こんなに辛そうな、こんなに悲しみに押しつぶされた彼女を見たことがあるだろうか。

もう駄目、と彼女はやっと口を開き、うなだれて床に向かって言う。あたしはもうあの子との繋がりを失くしてしまったのよ。あの子はいなくなったのよ、あたしたち二度とあの子を見つけられないのよ。あと二週間で十年になる。それってあんたの人生の半分よ、アダム。来年にはあたしの人生の半分になる。そんなの長すぎるわよ。距離はどんどん開いていく。時間はどんどん長くなっていって、一分ごとにあの子はあたしたちから離れていく。さよなら、アンディ。いつか絵はがき送ってね、ね？

君は何も言わない。そこに座って、腕を姉の体に回したまま姉が泣くがままにさせている。邪魔しても無駄だ、この激情を終わりまで行かせるしかないとわかっているからだ。これがどれくらい続いたか、見当もつかないが、やがて、涙が止まったことに君が気づく瞬間が訪れる。君は左手で、彼女の肩を抱いていない方の手で姉のあごを摑み、その顔を自分の方に向ける。目が赤く腫れている。マスカラの細い流れが頬を伝って落ちている。鼻からは粘液が滴っている。君は左手を引っ込め、ズボンの尻ポケットに手を入れてハンカチを取り出す。ハンカチで彼女の顔をぽんぽん拭いていく。少しずつ、涙を、鼻汁を、黒いマスカラを拭きとる。その長い、綿密な作業のあいだずっと、君の姉は動かない。君を一心に見ている瞳からは、目に見える感情いっさいが洗い流され、嵐の残した惨害を君が修復するなか、彼女はぴくりとも動かず座っている。作業が済むと、君は立ち上がって彼女に言う。お酒の時間ですよ、ミス・ウォーカー。スコッチを持ってまいります。

君はキッチンに歩いていく。まもなく、カティサークのボトルと、グラス二つ、氷の入ったピッチャーを持ってリビングルームに戻っていくと、彼女はさっきとまったく同じ姿勢を保っている。ソファに座って、頭を背もたれに寄りかからせ、目は閉じて、息は正常に戻っている。出すべきものは出しきったのだ。ソファの前に三つ並べて立ててある木の牛乳箱のひとつに、君は酒の道具一式を下ろす。逆さに置いたそのボロボロに傷んだ箱たちは、君が前のルームメートと一緒に、ある日街から拾ってきたものであり、いまは一応コーヒーテーブルの役目を果たしている。グウィンは目を開け、君に向かって疲れた、力ない笑顔を見せ、あたかもさっき取り乱したことの許しを乞うような顔をしている。だが許すことなど何もないし、話すべきことも、彼女を非難する理由もありはしない。グラスに酒を注ぎ、氷を入れながら、アンディのことはもう終わったんだ、と君は安堵している。いなくなった弟のための誕生祝いがもう今後はないことに君は安堵し、この子供じみた儀式をやっと済んだことにできてホッとしている。

君はグウィンに酒を渡し、彼女と並んでソファに座る。何分か、どちらも一言も喋らない。スコッチをちびちび飲み、目の前の壁をじっと見ながら、今夜何が起こるかを君たちは二人とも知っている。それを確かなこととして血のなかに感じている。だが君たちは、あせってはいけないこと、アルコールが効いてくるのをじっくり待たねばならないことも知っている。酒のお代わりを作ろうと君が身を乗り出すと、グウィンはティモシー・クレールとの壊れたロマンスの話を始める。三十歳の大学講師、一年半以上前に彼女の人生に入ってきてこの四月に――君が初めてボルンと握手したのとほぼ同時に――去っていった人物。よりによって彼女が受講していたモダニズム詩の授業の担当教師だったこの男は、職を失う危険を冒して彼女を追いかけたのであり、グウィンも彼に、特に初めはすっかり夢中になって、最初の狂おしい数か月、人目を忍んだ密会を重ね、州境を越えた向こうにある忘れられたあちこちの町のモーテルで週末を過ごしたのだった。君も彼には何度か会ったことがあって、グウィンがこの男のどこがいいと思っているかは理解できたし、彼が魅力的で知的な人物であることも認めたが、この男にどこか枯れて渇いたところがあることにも気がついていた。他人から超然と離れていて、そのせいで彼に温かい気持ちを抱くのは困難だった。グウィンが結婚の申込みを断り、関係を終わらせたときも君は驚かなかった。まだ自分は若すぎる、長期的な関係に身を委ねる用意ができていない、と彼女はクレールに告げたが、それが本当の理由ではなかったことをいま君に打ちあける。別れたのは、愛しあう場でクレールが十分優しくなかったからだと彼女は言う。そりゃもちろんあたしを愛していたわ、それはわかってる、あの人が他人を愛せる限りにおいて精一杯愛してくれたわ、だけどベッドでは自分勝手で、不注意で、自分の欲求で頭が一杯で、そういう人を生涯許容するなんて想像できなかったのよ。そう言ってグウィンは君の方を向き、この上なく真剣で確信のこもった表情を目に浮かべて、彼女にとっての愛の定義を語り出す。君も同感かどうか聞きたいというのだ。本当の愛はね、と彼女は言う。悦びを与えることからも、悦びを受けとるのと同じくらい悦びを得るものなのよ。どう思う、アダム？　あたしの言ってること正しい？　間違ってる？　正しい、と君は答える。姉さんがいままで口にした言葉のなかで最高級に深い洞察だよと君は答える。

それはいつ始まるのか？　君たち二人両方の頭のなかで回っていた思いが、いつ物理的世界において行動として現われてくるのか？　おそらく三杯目の真ん中あたり、グウィンが背を丸めて前に乗り出し間に合わせのテーブルにグラスを置くときだ。こっちから最初の一歩は踏み出さない、と君はすでに自分に約束している。自分から最初の一歩は踏み出さない、彼女が触れてくるまでこっちから触れるのは控える、と。彼女からそうしてきて初めて、君が望んでいることを彼女も望んでいて彼女の欲望を君が読み違えたのではないことがはっきりするからだ。もちろん君は少し酔っているが、甚だしく酔ってはいない。知恵が働かなくなるところまでは行っていないし、自分がしようとしていることの意味合いも完全に自覚している。君と姉はもはや、あの大いなる実験の夜の不器用にあがく何も知らない仔犬ではない。君がいまもくろんでいることは途方もない違犯であり、人と神の掟から見れば暗く邪《よこしま》な行ないである。だが君は気にしない。それが単純明快な真実だ——自分が感じていることを君は恥じていない。君は姉を愛している。この惨めな地球でこれまで知ってきた誰よりも、これから知るであろう誰よりも愛していて、あと約一か月で君はこの国を去り丸一年帰ってこないのだから、これは君にとって唯一のチャンス、君たちどちらにとっても唯一のチャンスなのだ。君がいないあいだにグウィンの生活に新しいティモシー・クレールが入ってくることはほぼ避けられない。いいや、君は十二歳のときに立てた誓いを忘れてはいない。人の道に従って生きるという自分との約束を忘れたわけではない。君は善人でありたいと思っているし、死んだ弟の記憶にかけて誓ったことを守ろうと日々奮闘しているが、ソファに座って姉がグラスをテーブルに置く姿を見ながら君は自分に言う、愛とは倫理の問題じゃないんだ、欲望も倫理の問題じゃないんだ、たがいにも他人にも害を与えない限り僕は誓いを破ることにはならない、と。

少しして、君もグラスを置く。君たち二人はソファの背に寄りかかり、グウィンが君の手を握って指を君の指に絡ませる。彼女は訊ねる――あんた、怖い？　いいや、怖くない、ものすごく幸せだよ、と君は答える。あたしもよ、と彼女は言い、そして君の頬に、ひどく優しくキスする。ごくかすかに唇で撫でるだけ、口を君の肌にほんの少しかすめるだけ。万事ゆっくりやらないといけないこと、ごく小さなしぐさを積み重ねていかなくてはならないことを君は承知している。かなりのあいだこれはただたどしい、ためらいがちのイエスとノーから成るダンスとなるだろう。君としてもそれは好ましい。もし万一どちらかの気が変わったら、撤回して中止する余地がある方がいい。多くの場合、想像力を掻き立てるものは想像力のなかにしまっておくのが一番であり、グウィンもそれは理解している。思考と行動のあいだの隔たりがすさまじく大きい場合もありうることが――それが世界自体と同じくらい大きな溝でありうることが――わかるだけの知恵が彼女にはある。だから君たちは用心深く手探りで進む、赤ん坊のように小さな歩みで、たがいの首に口をかすめ、たがいの唇に唇をかすめるが、何分ものあいだ口を開けはしないし、きつく抱擁しあい両腕を相手の体に巻きつけてはいても手は動いていない。たっぷり三十分が過ぎ、どちらもやめようという素振りを見せない。そのとき君の姉が口を開く。そのとき君が口を開き、二人一緒に君たちは頭からまっさかさまに夜の闇へ墜ちていく。

もはやルールはない。大いなる実験は一度きりの出来事だったが、二人とも二十歳を過ぎているいま、思春期の戯れの拘束はもはや当てはまらない。君たちはその後の三十四日間、君がパリへ発つ当日まで毎日二人でセックスをしつづける。君の姉はピルを使い、タンスの引出しには殺精子クリームとゼリーがあり、君もコンドームを確保して、自分たちが護られていることはわかっている。口にできないことは絶対起きはしないし、したがって自分たちの人生を破壊してしまう恐れもなしにたがいに対しどんなことでもやれるのだ。君たちはそれについて話しあったりしない。弟の誕生日の夜に交わした短いやりとり（あんた、怖い？　いいや、怖くない）を除けば、起きていることについて一言も言わず、一か月続く結婚から派生しうる意味を探ろうともしない。そう、結婚。つきつめればこれはそういうことなのだ、いまの君たちは若い結婚したカップルなのだ、一瞬も途切れない圧倒的な性欲の疼きに囚われた新婚二人組、セックスの獣、恋人同士、無二の親友――宇宙に残された最後の人類二人。

表向きは、二人ともいままでと同じようにふるまっている。週五日、朝早く目覚まし時計に起こされて、オレンジジュース、コーヒー、バタートーストという最低限の朝食を済ませると二人ともアパートを飛び出しアルバイトに向かう。グウィンはマンハッタン中核のガラスの塔の十二階にあるオフィスに、君は零の宮殿のなかの荒涼たる整理係の持ち場に。君はできることなら四六時中彼女に見えるところにいてほしいし、もし彼女が君から一分も離れていないとしてもまったく何の不満もないだろう。が、こうした避けがたい別離がある程度の痛みをもたらしはしても、同時にそれは、彼女に焦がれる思いをいっそう高めてもくれる。まあそう悪いことじゃないかもしれないな、と君は判断する。昼の時間を、息もつけぬ期待に包まれて君は過ごし、胸はときめき、気は昂ぶり、ふたたび彼女の姿を見て彼女を抱くことができるまであと何時間あるかを数えて過ごす。熱烈《インテンス》。いまの自分自身を言い表わすのに君はこの語を使う。熱烈。君は熱烈だ。君の感情は熱烈だ。君の人生はますます熱烈になってきている。

職場ではもう、机に就いてもイングリッド・バーグマンやヘディ・ラマーのことを夢想はしない。時おりいまも勃起がズボンから飛び出しそうになるが、もはやそれに触る必要はないし、廊下の端のトイレまで駆けていったりもしない。何と言ってもここは図書館であって、裸の女性のことを考えるのは図書館で働くことの抜きがたい一部ではあるが、いま君が考える唯一の裸体は君の姉の裸体であり、夜を共にする現実の女性の現実の肉体であって君の脳内にしか存在しない想像の産物ではない。グウィンがヘディ・ラマーと同じくらい美しいことに疑いの余地はない。もしかしたらもっと美しいかも――間違いない、もっと美しい。これは客観的事実である。過去七年間、街ですれ違う彼女の姿に男たちがハッと足を止めて見とれるのを君は何度も見てきた。地下鉄、レストラン、映画館で、いったいいくつの頭が驚きとともにすばやく回ったことか。いったいいくつのまなざしがこっそり向けられたことか。何万何千の男たちが、みな同じ淫らな、靄のかかった、唖然とした表情を浮かべていた。そう、それは無数の希望を湧き上がらせた顔、無数の卑猥な夢を生んだ顔であり、机に座って次の金属の筒が二階からかたかた上がってくるのを待ちながら、君は頭のなかにその顔を見ている。大きな活きいきした灰色がかった緑の瞳に君は見入っている、そしてその瞳が君の瞳に見入るなか、君は見ている、彼女が白いサマードレスの背中のホックを外し、ドレスがするっと、細い長身の体から滑り落ちるのを。

君たちは一緒に風呂に入る。これが仕事が終わったあとの新しい日課であり、弟の誕生日パーティの前のようにキッチンで過ごす代わりに、二人でぬるい風呂に浸かりながらビールを持ち上げ煙草を吹かす。猛暑の重苦しさからつかのま逃れられるばかりか、いくら見ても飽きない気がするたがいの裸体を見るまた新たな機会ともなる。君は姉に何度も言う。彼女を見るのが嬉しくてたまらないこと、その生気あふれる光り輝く肌の一センチ一センチを崇めていること、男たちがみな夢想するあからさまに女性的な場所のみならず彼女の肱、膝、手首、くるぶし、手の甲、細長い指を神聖視していることを（親指の短い女性には絶対惹かれない、と君はある日彼女に言う――馬鹿げているが一寸の偽りもない発言だ）。こんなに華奢な体がこんなにも逞しくなれること、彼女が白鳥であり虎でもあること、神話的な存在であることに君はまごつき、かつ魅せられている。君の胸に生えてきた毛（この一年で現われた新展開）に彼女は興味津々であり、君のペニスの可変性にも一貫して関心を示しつづける。生物の教科書の図解どおりのぐにゃっと垂れた器官が、刺激の頂点において大口径の男根巨人に変容し、結合からの退却時には萎えた、疲れはてた小男と化す。彼女は君のペニスをバラエティショーと呼ぶ。これは多重人格者だと彼女は言う。養子にしたいと彼女は主張する。

かくも親密な関係で共に暮らしているいま、グウィンは君が生涯知ってきた彼女とは少し違った人間として立ち現われる。君が思っていたよりもっと剽軽な、もっと好色な人物であり、もっと下世話で酔狂、もっと情熱的、もっと茶目っ気ある人物であり、彼女が淫らな言葉遣いやセックスに関する奇怪なスラングを心底楽しむのを聞いて君は驚いてしまう。グウィンはこれまで君の前ではめったに汚い言葉を使わなかった。教養ある、洗練された、センテンスを最後まできちんと文法的に言い終える女の子であり、ずっと前の大いなる実験の夜を除けば彼女の性的な部分について君は何も知らずにここまで来たので、セックスをすることだけでなくセックスの話をすることも好きな成人女性になったとは知りようもなかった。ありきたりの二十世紀の言葉には彼女は興味を示さない。たとえば愛しあう《メイク・ラヴ》という当世風の言い方を避け、もっと古風で笑える言い回しを好む――ランプティ＝ランプティ、クォフィング、ボンカー・バング。よいオルガスムは骨揺すり《ボーン・シェイカー》と称される。自分の尻はラムデイダム。股間はスリッティ、クイム、クイム＝ボックス、クイムズビー。胸は双子の姉妹よろしくブーブズとティッツ、ブービーズとティティーズ。君のペニスは時に応じて水ギセル《ボング》であり、刃《ブレイド》であり、ズルズル飲み《スラープ》、槍《シャフト》、ドリル、渇き癒し《クェンチャー》、鎮めるもの《クェラー》、銛《ランスロット》、避雷針《ライトニング・ロッド》、チャールズ・ディケンズ、ディック・ドライヴァー（「ディック」はペニスの意）、アダム・ジュニアである。それらの言葉に彼女は興奮し、面白がり、君も当初のショックからひとたび立ち直ると一緒になって興奮し面白がる。だが、オルガスムが近づいてくると、彼女も現代の定番に戻りがちになり、気持ちを表わす上で英語の語彙のなかでももっともシンプルで粗雑な言葉に頼る。カント、プッシー、ファック。ファック・ミー、アダム。何度も。ファック・ミー・アダム。まる一か月、君はその一語の捕虜でありつづける。その語の自発的囚人、その語を体現する存在。君は肉体の国に棲み、汝の酒杯《さかづき》はあふるゝなり。汝《なんじ》世にあらん限りはかならず恩恵《めぐみ》と憐憫《あはれみ》と汝にそひきたらん（旧約聖書『詩篇』第二十三篇五―六節のもじり）。

それでも、君たちきょうだいは自分たちがやっていることについて決して語りあわない。なぜ語りあわないかをめぐっての会話さえ行なわない。君たちは共有された秘密の境界内に生きているのであり、その空間の壁は沈黙で出来ている。それは壊したら自分たちの頭に降ってくること必至の狂える沈黙だ。ゆえに君たちはぬるま湯のバスタブに入り、たがいの体に石鹸を塗り、夕食の前に床で愛しあい、夕食のあとにグウィンのベッドで愛しあい、石のように眠り、朝早く目覚まし時計に叩き起こされる。週末には二人でセントラルパークを長いことそぞろ歩き、手を繋ぎたいという欲求、人前でキスしたいという欲求に抗う。君たちは映画を観に行く。芝居を観に行く。六月に書きはじめた詩はアンディの誕生日の夜以来一行も進んでいないが、君は気にしない。いまはほかに関心の対象があるのであって、時はまたたく間に過ぎ、君が出発するまでの日にちはどんどん減っていき、君はすべての瞬間をグウィンと一緒に過ごしたいと願う。一緒に行なってきた狂気の営みを、残された時間の最後の最後まで生き抜きたいと君は願う。

最後の日が来る。これまで七十二時間、君は一刻も止まぬ動揺のなか、募る一方の狼狽のなかで生きてきた。君は行きたくない。パリ行きをキャンセルしてニューヨークで姉と一緒にいたい。が、と同時に、それが論外であること、彼女と聖ならざる婚姻の一か月を過ごせたのはあくまでそれが一か月だったからということ、君たちの近親相姦が続きうる長さには限りがあることも君は理解している。だがそれがもう終わってしまうという真実に向きあうことに君は耐えられず、すべてが壊れ、失われたという思いに包まれ、悲しみに麻痺している。

さらに悪いことに、最後の一日はニューヨークで両親と一緒に過ごさないといけない。バドとマージが大きな車を運転してやって来て、お別れ家族ランチをご馳走しようと君たちきょうだいをミッドタウンの高級レストランに連れていくのだ。そこからは空港に直行し、最後のキス、最後のハグ、最後の言葉。神経質で薬漬けの君の母親は食事中ほとんど何も喋らないが、父親はいつになく上機嫌である。彼は君のことを何度も名前ではなくお前《サン》と呼び、べつに悪気はないとわかっていても君はこの言い方に苛立たずにいられない。それは君から個人性を剝奪し、君を一個の客体に、物に変えてしまうように思えるからだ。アダムではなく息子《サン》。わが息子、わが被造物、わが後継ぎ。パリでお前を待っている冒険が羨ましいよ、とバドは言う。彼の言うパリとは身持ちの悪い女と夜遅くのお遊びの街であり（ハハと笑ってウィンク）、父自身はそんな機会を持ったことがなく、大学に行く金すらなかったし、ましてや一年の海外留学なんて夢の夢だったが、それがいまは立派に金も稼いで、わが子をヨーロッパへ送り出してやれる。父はそのことを見るからに誇りに思っている。アメリカ人にとって、これこそよき人生、豊かな人生の象徴であり中産階級的繁栄の表象である。そして自分はニュージャージー州ウェストフィールドにおけるそうした繁栄の輝かしき手本なのだ。君は縮み上がり、耐え、忍耐を失わぬよう堪《こら》え、グウィンと二人きりでいられたらと願っている。姉はいつものとおり落着き払い、その場を貫く緊張も敏感に感じとっているもののあくまで何も気づかぬふりを装っている。空港へ行く車中、君たちは後部席に一緒に座っている。彼女は君の手を摑んでぎゅっと握り、車で四十分走っているあいだずっと握りを緩めないが、このおぞましい日、この最悪の日に彼女が自分の気持ちについて示したヒントはこれだけであり、なぜかこれでは十分に思えない、この手が君の手をぎゅっと握っているだけでは十分ではない。そして今後、何があってももはや絶対に十分ではないことが君にはわかる。

　出発ゲートで、母親は両腕を君の体に回し、泣き出す。あなたに一年会えないと思うと耐えられない、と母は言う。あなたがいなくて寂しくなる、あなたのことを昼も夜も心配するわ、忘れずにしっかり食べてちょうだいね、手紙を書いてね、ホームシックになったら電話するのよ、あたしはいつでもいますからね。君は母をきつくハグしながら、可哀想な母さん、可哀想な惨めな母さん、と心のなかで思い、大丈夫だよ、万事うまく行くよ、と答えるものの本当にそうなのかまったく自信はない。君の言葉は確信を欠き、声が震えるのが自分でもわかる。母親の向こうに父親がいて、君をいつもの遠い、遮断された目つきで観察しているのが見える。君という人間をどう捉えたらいいか、父がさっぱりわからずにいることが君にはわかる。父にとって君はつねに謎だったのであり、理解を絶する存在だったのだ。そしていまだけは君も父に同意する。なぜなら君もまた、君自身をどう捉えたらいいのかさっぱりわからないからだ。そう、君自身にとっても、君は理解を絶する存在である。

最後に一目見るグウィン。姉の目には涙が浮かんでいるが、それが君のための涙なのか母親のための涙なのかは見分けがつかない、自分自身の苦悶の表われなのか、息子の腕のなかで泣いている神経を昂ぶらせた女性への同情の表われなのか。終わりが来たいま、君はグウィンにも、君と同じくらい苦しんでほしいと思っている。いまや痛みこそ唯一君たちを繋ぎとめる絆なのだ。彼女の痛みが自分のそれと劣らず大きくなければ、過去一か月君が棲んでいた完璧な小宇宙は何も残らなくなってしまう。彼女が何を考えているかは知りようがないし、両親が一メートルと離れていないところに立っているとあっては訊くこともできない。君は彼女を両腕で抱き、行きたくないよ、とささやく。そしてもう一度言う――行きたくないよ。やがて君は彼女から離れて一歩うしろに下がり、下を向いて、行く。

III

「夏」の原稿を読んだ一週間後、僕はカリフォルニア州オークランドにいて、ウォーカーの家の呼び鈴を鳴らしていた。彼の本の第二部の感想は手紙でも電話でも知らせていなかったし、向こうからも手紙や電話で訊ねてはこなかった。本人と会うまでは何か言うのを控えた方がいいような気がしたし、約束のディナーはもう間近に迫っているのだからと思ったのだ。なぜこれがそんなに大事に思えるのか自分でも説明できなかったが、彼が書いたものを僕が嫌悪していないこと、（彼の言葉を借りるなら）暴力的とも醜いとも感じなかったこと、いまではもう第一部第二部ともに読んだ妻も僕と同じ気持ちであることを伝えるときに、彼がこっちの目をまっすぐ見ていてほしいと僕は思ったのだ。タクシーが橋を渡ってサンフランシスコからオークランドへと向かう途上、そんなささやかな演説を僕は頭のなかで復唱したが、結局言おうとしたことは言う機会がないまま終わった。ウォーカーは僕に原稿を送った二十四時間後に死んでいたからである。彼の家の玄関に僕が着いたとき、灰は地中に埋められて三日経っていた。

こうしたことを話してくれたのはレベッカである。アダムが二通目の手紙で名を挙げていたあのレベッカ、二十五歳になる彼の義理の娘だ。背が高く肩幅も広い女性で、肌は薄茶色、鋭い目付き、普通の意味で綺麗とは言えずとも魅力ある顔立ちで、母親の白人の夫のことを義父《ステップファーザー》とは呼ばず父《ファーザー》と呼んでいた。彼女がその言葉を使うのを聞いて僕は嬉しかった。自分の子でない子供の心からそれだけの愛情と忠誠をウォーカーが引き出せたとわかって嬉しかった。その一語が、このオークランドの小さな家でウォーカーがサンドラ・ウィリアムズとその娘とともに築き上げた生活を物語っている気がした。サンドラ・ウィリアムズの娘はやがてウォーカーの娘となって、母が亡くなったあとも最後まで彼に付き添っていたのだ。

玄関のドアを開けて僕を中に入れてくれた数秒後にはもう、レベッカはその知らせを伝えていた。驚くべきではなかったのだろうが、僕はやはり驚いた。電話で話したときも彼の声に弱さや怯えが聞きとれたし、最期が近いことを僕としても確信していたが、それがこんなに早く起きるとは覚悟していなかった。まだ少し時間が、少なくともディナーを一緒にするくらいの時間は、ひょっとしたら本を書きおえる時間すらあるのではないかと思っていたのだ。父は六日前に亡くなりましたという彼女の言葉を聞いたとき、僕はものすごく動揺して、その発言の決定的な意味を受け容れる気になれなかった。めまいの波が突如押し寄せてきて、座ってもいいですかとレベッカに訊かねばならなかった。彼女はリビングルームにある椅子に僕を導いてくれてから、コップに水を汲みにキッチンへ入っていった。戻ってくると、馬鹿な真似をしてしまって済みませんと彼女は謝ったが、謝る必要なんか全然なかったし、彼女はおよそ馬鹿などではなかった。

父があなたとディナーをご一緒するつもりだったと知ってからまだ一時間も経っていないんで

す、とレベッカは言った。葬式が済んで以来、遺品の整理に通っていたんですが、間抜けなことに今晩六時にやっと、何かキャンセルしないといけない用件がないか父の予定帳を開けてみようと思いつきまして。今晩七時、と書いてあるのを見てすぐにブルックリンのお宅にお電話して、奥様からサンフランシスコのホテルの番号を教えていただいてお電話したんですが、部屋にはいらっしゃらないと言われました。きっともうこちらへ向かっておられるんだろうと思いまして、夫に電話して子供たちに夕飯を食べさせるよう頼んで、お見えになるまでここでお待ちすることにしたんです。お気づきかどうかわかりませんが、ちょうど七時に呼び鈴を鳴らしてくださいましたよ。

そういう取決めだったんです、と僕は言った。七時きっかりにここに来る、と約束したんです。そういう厳密ぶりをお父さまが面白がってくださるだろうと思いまして。

きっと面白がったと思います、とかすかな悲しみを声に込めて彼女は答えた。

僕が何を言う間もなく、彼女は話題を変え、謝る必要のないことをもう一度謝った。今後何日かのうちにあなたにもご連絡しようと思っていたんです、と彼女は言った。お名前がリストに入っていましたから。もっと早くご連絡せず申し訳ありません。父にはお友だちがたくさん、ものすごくたくさんいたものですから。連絡しないといけない人はすごく多くて、お葬式の手配もしないといけなかったし、ほかにもやることが山ほどあって、さすがに手一杯だったもので。べつに愚痴ってるんじゃありません。こういうときって、何もせずにくよくよしてるより忙しくしていた方がいいですよね。でもとにかくもっと早くお知らせせず、本当に済みませんでした。先月お返事をいただいて父はものすごく喜んでいたんです。あなたのことは物心ついたころからずっと父から聞かされているものですから、何だか生まれたときから存じ上げていたみたいな気がします。父さんの大学のときのお友だち、広い世間に出て名を挙げた方。やっとお会いできて光栄です。理想的な状況とは言いかねますけど、おいでいただけて嬉しいです。

こちらもです、と僕は、よく通る、心和む彼女の声にいくぶん気持ちも落着いて言った。お父様は何かを書いていらっしゃいました。そのことはご存じでしたか？

書いているとは言っていました。『一九六七年』と題した本を。

お読みになりましたか？

いいえ。

一語も？

一文字も。二か月くらい前に、もし書き終える前に自分が死んだらコンピュータから文書を削除してくれと頼まれたんです。あっさり消して忘れてくれ、全然重要じゃないから、と言っていました。

で、削除なさったんですか？

ええ、もちろん。死んでいく人の望みに背くのは罪ですから。

よかった、と僕はひそかに思った。この女性がウォーカーの原稿を目にせずに済むのはいいことだ。父親の秘密を知らずに済むのはいいことだ。知ったらきっと深く傷つき、混乱し、打ちのめされるにちがいない。僕はまあ耐えられるが、それはウォーカー家の人間ではないからだ。彼の子供があの五十ページを読まされたら……考えるとぞっとする。

僕たちはリビングルームで向かいあわせに座り、それぞれが柔らかな、年季の入った肱掛け椅子に体を埋《うず》めていた。家具は最低限、壁には額入りのポスター二枚（ブラック、ミロ）、別の壁には本が上から下まで並ぶ。部屋の真ん中には小さな綿の絨毯、窓の外には暖かなカリフォルニアの夕闇が黄色っぽく、ほの暗く漂う。まさにウォーカーが手紙で触れていた、心地よいがつましい暮らしだ。レベッカが持ってきてくれた水の残りを僕は飲み干し、僕たちのあいだに置かれた丸くて低いテーブルの上にグラスを置いた。それから僕は言った。アダムのお姉さんは？　六〇年代に少し知っていたんで、その後どうなったかなってよく思っていたんです。

グウィン伯母さん。東部に住んでるんで、私はあんまりよく知らないまま来てしまいました。でも前々から大好きでした。心の広い、剽軽な人で、うちの母とも気が合って、とても仲よしでした。もちろんお葬式には来てくれて、この家に泊まっていって、けさ帰ったばかりです。父さんが死んで本当にショックを受けていました。病気でもう長くなさそうだってこと私たちはみんなわかってましたけど、伯母さんは最近来ていなかったんで、どこまで進んでいるかも知らなくて、まさかこんなに早いとは思っていなかったんです。お葬式で大泣きしてました――すっかり取り乱して、わあわあ泣いて、私も伯母さんの体を抱いて自分が取り乱さずにいるだけで精一杯で。あたしのアダム、と何度も言っていました。可哀想なあたしのアダムって。

可哀想なグウィン。

可哀想なみんな、とレベッカは言い、突如彼女の目も濡れて光り出した。何秒かして、一粒の涙が左目から落ちて頬を流れ落ちたが彼女はそれを拭おうともしなかった。

お姉さん、結婚はしてるんですか？

フィリップ・テデスコっていう建築家と。

聞いたことあるな。

ええ、すごく有名です。もう長年結婚していて、大人の娘が二人います。一人は私とまったく同い歳です。

最後に会ったときは英文科の大学院生だったな。博士号は取ったのかな？

よくわかりません。出版社に勤めてるっていうことは知ってますけど。ボストンのあたりにある大学出版局の局長です。大きな、一流の出版局ですけど、いまどうしても名前が出てこなくて。参ったなあ。またあとで思い出すかも。

気にしないで。大したことじゃないから。

僕は何も考えずに、ポケットに手を入れてシンメルペニンクの缶を取り出した。二十代前半からずっと喫っている小型のオランダ製葉巻だ。蓋を開けようとして、レベッカがこっちを見ているのを見て僕はためらった。家のなかで喫ってもいいかとこっちが訊ねる間もなく、彼女は椅子から飛び上がり、灰皿を持ってきますと言ってくれた。率直で友好的、いまだ喫煙警備隊に加わっていない残り少ないアメリカ人。それから彼女は、父の書斎にあると思うんです、と言ったところでぴしゃっと手の横で額を叩き、腹立たしげに呟いた――まったく私、今日はどうしちゃったんだろう。

何か問題が？　と僕は、彼女がひどくうろたえているのに戸惑って訊いた。

あなたにお渡しするものがあるんです、と彼女は言った。父の机の上に置いてあるのに、いまのいままですっかり忘れていたんです。郵便でお送りしようと思ったんですけど、予定帳を見たら今夜いらっしゃるとわかったんで、じゃあ直接お渡ししようと思いまして。でもほんとに、もし書斎のことを口にしなかったら、きっと手ぶらでお帰りいただいていたにちがいありません。私もう、老化始まってますよね。

こうして僕は彼女と一緒に書斎に入っていった。一階にある中くらいの広さの部屋で、木の机があって、ここでもひとつの壁は本で埋まり、あとはファイルキャビネット、ノートパソコン、電話。弁護士の小型版ホームオフィスというよりは、考えるための空間、かつての詩人としての生の名残りだ。二十センチ×三十センチ程度のマニラ紙封筒がひとつ、閉じたコンピュータの上に載っている。レベッカはそれを手にとり、僕に手渡した。表に活字体で僕の名前が書いてあり、そのすぐ下に、ずっと小さい筆記体で、「秋」のためのメモ、とあった。

亡くなる二日前に父さんから渡されたんです、とレベッカが言った。たしか六時くらいでした。病院の仕事が終わって様子を見にここへ直行しましたから。二時間前に電話でお話ししたと父は言っていました。それで、もしも万一、かりに、すみません、もうあの言葉は言いたくないんです、だからもしそうなったら、これをできるだけ早くあなたにお渡しするようにって言われたんです。もうすっかり元気が抜けて見えて……そう言うあいだも疲れきっていて、これはだいぶ悪くなってるな、力が消えかけてるなってわかりました。それが父の最後の二つの要望でした。コンピュータから『一九六七年』のファイルを消すことと、あなたにこの封筒をお渡しすること。これでそれも果たしました。「秋」のためのメモ、って何のことかわかりません。おわかりになりますか?

いいえ、と僕は嘘をついた。さっぱりわかりませんね。

＊

その夜僕はホテルの部屋に戻って封筒を開け、ウォーカーの短い手書きの手紙と、コンピュータで清書してプリントアウトしてくれた、行間も詰まった三十一ページのメモを取り出した。手紙にはこうあった。

君と電話で話してから五分後。励ましてくれて本当にありがとう。明日の朝一番で、ハウスキーパーに頼んで第二章を君宛てに速達で送ってもらう。もし読んで不快だと思ったら——たぶん思うだろうという気がする——僕の謝罪を受け容れてほしい。この封筒に入っているメモについては、第三部のアウトラインだということがわかると思う。大急ぎで、電報調で書いたが、急いで書いたおかげで記憶も一気に、洪水のように戻ってきた。アウトラインはひとまず出来上がったが、これを適切な形の文章に引き上げるだけの力が自分に残っているかはわからない。僕は非常な疲れと、怯えを感じていて、おそらく少し錯乱もしている。プリントアウトした原稿を封筒に入れて娘に渡すので、僕がもし、名にしおうディナーまで持ちこたえなかったら、娘がこれを君に送ってくれる。もう力はない、ほとんど残っていない、時間は尽きかけている。僕は老年を奪われることになる。それを恨みに思うまいとしているが、時にはどうしても思ってしまう。人生なんてクソだとわかっているが、いま唯一僕が欲しいのは人生だ、この救いようのない地球での更なる年月だ。同封のメモは、君の好きなようにしてくれ。君は友であり、最良の人だ、すべてのことに関する君の判断を僕は信頼する。僕の旅の幸運を祈ってくれ。それじゃ　アダム。

その手紙を読んで、僕の胸に巨大な、抑えようのない悲しみが広がった。ほんの何時間か前、ウォーカーが死んだとレベッカから知らされて衝撃を受けたのに、いままた彼が僕に語りかけている。死人が僕に語りかけている。手紙を手に持っている限り、手紙の言葉がまだ目の前にある限りはウォーカーがよみがえったようなものなのだと僕は思った。自分が書いた言葉のなかで、彼はつかのま世に連れ戻されているのだ、と。奇妙な反応だろう。間違いなく、恥ずかしいほど馬鹿げた反応だろう。だが僕はあまりに混乱していて、自分のなかを駆けめぐるさまざまな感情を検閲している余裕などなかった。だからその手紙をさらに六回か七回、十回、十二回と、すべての言葉を覚えてしまうまで読んで、やっとそれを片付ける気力が出た。

ミニバーを開けて、スコッチの小さな壜を二つ、背の高いグラスに空けてベッドに戻り、ウォーカーの本の最終第三部の要約を手に腰を下ろした。

電報的。完全なセンテンスはなし。初めから終わりまでこんな書き方。店へ行く。眠りにつく。煙草に火を点ける。今回は三人称。三人称で、現在時制。そこで僕も、その導きに従い、彼の記述をまさにそういう形で再現しようと思う——三人称、現在形。同封のメモは、君の好きなようにしてくれ。僕は彼から許可を得たのであり、暗号化されたモールス信号的走り書きを完全なセンテンスに変えてしまったことを裏切りとは考えない。僕が編集者的に介入したとはいえ、物語を語るという営みのもっとも深い、もっとも真の意味において、「秋」のすべての言葉はウォーカー自身によって書かれたのだ。

授業が始まる一か月前にウォーカーはパリに着く。学生寮に住むという案はすでに却下しているので、住みかは自分で確保しないといけない。大西洋を渡って最初の朝、二年前初めてパリを訪れたときに数週間泊まったホテルに戻っていく。ここを拠点にして、もっといい住居を探そうという日論見だが、無精髭の、なかば酔払った支配人はウォーカーのことを覚えていて、まる一年いるつもりだと言うと、一泊二ドル以下の月決めレートを持ちかけてくる。一九六七年のパリの物価は決して高くないが、そんな当時の基準からしてもこれはきわめて安く、ほとんど慈善行為と言ってもいいくらいで、ウォーカーは衝動的にその申し出を受け容れる。二人は握手して話を決め、相手はお祝いに一杯やろうとウォーカーを裏の部屋に連れていく。いまは朝の十時。グラスを口に持っていき、苦いテーブルワインを一口飲みながら、ウォーカーは胸の内で言う――さらば、アメリカ。よかれ悪しかれ、お前はもうパリにいるんだ。バラバラになるんじゃないぞ。

オテル・デュ・シュッドは六区のマザリーヌ通りにある古い崩れかけた建物で、サンジェルマン大通りにある地下鉄オデオン駅からも遠くない。アメリカだったらこれほど老朽化した建物は取壊し命令が下るところだが、ここはアメリカではないのであり、しかもオンボロの目障りとはいえこれは歴史的な建造物である。建ったのは十七世紀、いやもっと前かもしれないと彼は考える。したがって、不潔で老朽化しているし、狭くてグルグル回る螺旋階段はくたびれ果ててギシギシ軋むとはいえ、まったく魅力を欠く新居というわけでもない。まあたしかに部屋は壁紙がポロポロ剝がれるし木の床もひびだらけ、ベッドは年代物のバネ式でマットレスは凹み枕は石のように硬く、小さな机はグラグラ、机の椅子はヨーロッパ中でもっとも座り心地が悪く、衣裳ダンスの扉は片方なくなっているが、こうした欠陥をひとまず措《お》けば部屋はそれなりに広く、二組の二重窓から陽が入るし、街頭からの騒音も聞こえない。支配人にドアを開けてもらって中に入ると、ここは詩を書くのにいい場所だとウォーカーは感じる。結局のところ大事なのはそれだけだ。詩人はこういうたぐいの部屋で詩作に励むことになっているのだ――意気が挫けそうになる、つねに自分と格闘するよう強いられるたぐいの部屋で。スーツケースとタイプライターをベッドの足下に置くと、一日最低四時間は執筆に費やすことをウォーカーは誓う。これまで以上に勤勉に、一心不乱に創作に取り組むのだ。電話がないことも、トイレは共用で廊下の突き当たりにあることも、シャワーも風呂もないことも、周りのものすべてが古いことも問題にならない。ウォーカーは若く、彼はこの部屋で自分を再創造する気でいる。

大学の事務手続きがあり、留学プログラム主任との鬱陶しい面談もあるし、取る授業を決め、書類もあれこれ書いて、一年パリにいることになるほかの学生たちとの昼食会にも出席しないといけない。全部で六人いて（バーナードの女子学生三人とコロンビアの男子学生三人）、みんな熱心そうで友好的で、ウォーカーを仲間の一人と認めてくれる気も十分あるようだが、彼らとは極力関わるまいとウォーカーは決心する。徒党を組みたいという気はないし、英語を喋って時間を無駄にするなんて冗談じゃない。パリに来た目的は、フランス語を完璧にマスターすることなのだ。そのためには、内気で無口な性格を捨てて、地元の人たちと交わらねばならない。

衝動に駆られて、ウォーカーはマルゴの両親に電話してみることにする。ジュフロワ一家が七区のユニヴェルシテ通り、ホテルからもさほど遠くないところに住んでいることを彼は覚えている。両親に訊けば、彼女の居所を教えてもらえるだろう。なぜもう一度マルゴに会いたいのか、これは答えが難しい問いだが、いまここでウォーカーはそれを問うてみることすらしない。パリに来てこれで六日目、実を言えば少し寂しくなってきているのだ。留学生仲間とつるまないという決心を翻しもせず、これまでずっと一人で過ごし、午前中は部屋にいてグラグラの机にしがみついて新しい詩を書いては書き直し、それから、空腹に背中を押されて街へ出て食べ物を探し（たいていはマゼ通りの角の、味も何もないが腹は膨らむ昼食を一、二フランで食べられる学食で）、昼間の残りの時間はあてもなく街をさまよって、本屋を覗いて回り、公園のベンチで本を読み、周りの世界を敏感に感じてはいるがまだそこに馴染みはせず、いまだ手探りで進み、不幸ではなく――そう、不幸ではない――だが不断に一人でいるせいで少し萎《な》えてはいる。ボルンを除けば、マルゴはパリ中で唯一、ウォーカーが過去に何かを共有した人物なのだ。もし彼女とボルンがふたたび一緒にいるのであれば、何としても避けなければならないしそれで構わないが、もし二人が綺麗さっぱり別れて、決裂が本当にこの三か月余り続いているのであれば、会って無邪気にコーヒーを飲むことに何の害があろう？　マルゴに彼との肉体的関係を再開する気があるとはあまり思えないが、万が一あるなら、彼女とふたたび寝られるチャンスはもちろん大歓迎だ。何と言っても、あの無謀な、抑制なきマルゴこそが、彼のなかの官能の大渦巻を解き放ち、それが夏後半の狂躁に至ったのだ。その繋がりをウォーカーは確信している。マルゴの影響がなかったら、マルゴの肉体が彼自身の心の入り組んだはたらきについて教えてくれなかったら、グウィンとの物語はありえなかっただろう。恐れを知らぬマルゴ、物言わぬマルゴ、一個の謎マルゴ。そう、ウォーカーはぜひもう一度マルゴに会いたい。たとえ無邪気にコーヒーを一緒に飲むだけでも。

角のカフェに歩いていって、バーテンから電話用のコインを買い、下の階へ降りていって電話帳でジュフロワ家の番号を調べる。ベルが一回鳴っただけで相手が出たのでウォーカーは気をよくし、それから、出た相手がマルゴその人だとわかって愕然とする。

ウォーカーはフランス語で会話を続けることに固執する。春にも何度かマルゴとフランス語で話したことはあったが、大半は英語だった。いくらマルゴが無口とはいえ、自分の言語の方が気持ちを楽に伝えられることをウォーカーは知っている。彼としては、こうしてパリにいるいま、いわばマルゴのフランス人性を彼女に返そうという気でいる。自分の国で自分の言語を使えば、いくぶん違った人物が現われるのではないか。いわば本物のマルゴ、生まれた街でくつろいでいるマルゴ、耐えがたい国アメリカで身動きとれずにいる不満と敵意を抱えた訪問者ではないマルゴ。

二人は通り一遍のやりとりをする。ウォーカーはパリでいったい何をしているのか？　元気にやっているか？　マルゴが電話に出たのはすごい偶然なのか、それともまた両親の家で暮らしているのか？　いま彼女は何をしているのか？　コーヒーを一緒に飲む時間はあるか？　彼女は一瞬ためらうが、それから、いいわね、と答えてウォーカーを驚かせる。彼らは一時間後に〈ラ・パレット〉で会う約束をする。

午後四時、ウォーカーが先に、十分早く到着する。コーヒーを注文して、三十分座って待ち、すっぽかされたんだという確信がだんだん募ってくるが、もう帰ろうと思った矢先にマルゴがふらっと入ってくる。あのゆっくりした、心ここにあらずという様子の歩き方、一瞬の笑みに唇が開き、ウォーカーの左右の頬に温かくキスして、向かいの椅子に腰を下ろす。遅れたことを詫びはしない。彼女はそういうことをする人間ではないから、ウォーカーもそれを期待しない。他人のルールに従って行動するようマルゴに強いるなんて考えもしない。

じゃ、フランス語で《アン・フランセ、アロール》？　と彼女は言う。

はい、そのためにここにいるんです、と彼はフランス語で答える。フランス語を練習するために。僕が知っているフランス人はあなた一人なので、あなたと練習できたらって思ったんです。

あ、そういうことね。私を勉強の道具に使いたいわけね。

ある意味ではそうです。でも話すというのは一部にすぎません。つまり、あなたが望まないなら四六時中話す必要はありません。

マルゴはニッコリ笑って、彼に煙草をたかることで話題を変える。ゴロワーズに火を点けてやりながらマルゴを見ていて、ウォーカーは突然、頭のなかでもう二度と彼女をボルンと切り離せないだろうと理解する。それはグロテスクな実感であり、いまここで作ろうとしていた遊びっぽい、誘惑的な雰囲気を完璧に打ち砕いてしまう。彼女に電話するなんて愚かだった、とウォーカーは胸の内で思う。何て愚かだったのか、春のあの恐ろしい出来事がなかったかのようにふるまい彼女を口説いてまたベッドに連れ込めると思ったなんて。たとえマルゴがもはやボルンの人生の一部でなくとも、ウォーカーの記憶のなかで彼女はボルンと結びついている。彼女を見ることはボルンを見ることと変わらないのだ。自分を止めることもできず、彼女がニューヨークを去ったあとの五月の晩にリバーサイドドライブを歩いたときのことをウォーカーは語り出す。ナイフで刺した瞬間も詳しく語る。単刀直入に、ボルンは間違いなくセドリック・ウィリアムズの殺害の犯人だとマルゴに告げる。

その夜と、それ以後の日々の陰惨な詳細を物語りながら、マルゴの顔をウォーカーは注意深く観察する。いまばかりは彼女も普通の人間に見える――良心と、痛みを感じる能力を備えた、死んでいない、人類としての同胞に。もちろんマルゴのことを好いてはいるが、こうして彼女に殴打を浴びせるのを自分が楽しんでいることをウォーカーは悟る。こうやって彼女を傷つけ、二年間一緒に暮らし愛してもいたはずの男に対する彼女の信念を破壊することを彼は楽しんでいる。マルゴはいまや泣いている。こんな真似を彼女に対してするのは、ニューヨークであんなふうにあしらわれたからだろうか？　関係が始まったときに何の警告もしてくれず、あっさり彼を捨てたことへの復讐だろうか？　いや、そうは思わない。こうして話しているのは、もはや彼女を見ればボルンを見ずにはいられないからだ。だから彼女と会うのもこれが最後であって、それぞれ別々の道を行く前に真実を知ってほしいからだ。ウォーカーが物語を語り終えると、マルゴはテーブルから立ち上がり洗面所の方へ駆けていく。

彼女が戻ってくるかどうかもウォーカーにはわからない。ハンドバッグは持っていったし、外は陽気もよく暖かいので入ってきたときコートも上着も着ていなかったから椅子の背には何も掛かっていない。十五分待とう、とウォーカーは決める。もしそれまでに戻ってこなかったら、自分も帰ろう。ひとまずはウェイターにもう一杯飲み物を頼む。いや、今度はコーヒーじゃなくてビールにしてください。

マルゴは十分弱で戻ってくる。ふたたび腰かけた彼女を見ると、瞼の周りは腫れぼったく目にもどんより膜が張っているが、化粧は崩れていないし頰にももはやマスカラのしみはない。ウォーカーは思う。アンディの誕生日の夜のグウィンのマスカラ、パリの九月の午後のマルゴのマスカラ。すすり泣く死のマスカラ。

ごめんなさいね、と彼女は抑えた声で言う。あなたから聞いた話……私すごく……もうどう考えていいかわからない。

でも、信じてくれますよね？

ええ、信じるわ。そんな話、でっち上げる人間はいない。

済みません。あなたの気持ちを乱すつもりはなかったんです、でも何があったかは知ってもらった方がいいと思って——もしかして、あの男のところへ戻る気になるかもしれないから。

妙な話だけど、私、驚いてはいないの……

ボルンに殴られたこと、あるんですか？

一度だけ。顔をひっぱたかれた。力一杯、怒りを込めて私の顔をひっぱたいたのよ。

一度だけ？

一度だけ。でもあの人のなかには暴力があるのよ。見かけはいかにもチャーミングで、気の利いたジョークを飛ばしたりしていても、本物の怒りが、本物の暴力がある。いまこんなこと言いづらいけど、たぶん私はそれに興奮させられたんだと思う。この人を信頼していいのかどうかわからないということ、次に何をするかわからないということに。私を殴ったのはその一回きりだけど、一緒に暮らしているあいだに二度ばかり、よその男たち相手に喧嘩もしたのよ。あの人が癇癪を起こすところはあなたも見たわよね。酔ったらどうなるかも知っている。あれはきっと軍隊にいたころに、戦争にまでさかのぼるんだと思う。戦争中にあの人がやった恐ろしいことに。

捕虜の虐待。アルジェリアで捕虜を虐待したって一度私に告白したわ。次の日には否定して、私も信じるふりをしたけど、本当は信じなかった。前の日の話が真実だったのよ、私にはわかる。

ポケットに入れていたナイフは？　あれ、怖くなかったですか？

私は人をそのまま受け容れるのよ、アダム。あれこれ訊いたりはしないのよ。あの人がナイフを持ち歩きたいんだったらそれはあの人の勝手だと思った。世界は危険な場なんだ、自分のことは自分で護らなくちゃいけないんだとあの人は言っていた。その夜にニューヨークであなたの身に起きたことを思えば、反論もできないでしょう？

僕の姉がひとつ説を立てたんです。いい説かどうかわからないけど、ボルンがあのパーティで僕に声をかけたのは、性的な魅力を感じたからだって姉は言うんです。同性愛的魅力を、って。どう思います？　これって一理ある？

可能よ。世の中、何だって可能なのよ。

男に惹かれるっていう話をボルンがしたことはありました？

いいえ。でもそれは問題じゃないわ。私と暮らしはじめる前にあの人が何をしていたかはわからないし。一緒にいた時期に何をしたかだって、すべては言えないもの。人間の秘密の欲望なんて誰にもわからないのよ。人がその欲望に基づいて行動したり、そのことを話したりしない限り手がかりはないもの。私に話せるのは自分の目で見たことだけであって、自分の目で見たことは、これよ。まだ一緒になって間もないころ、ルドルフと私と、もう一人の男と三人でやったことがあるの。私が言い出したのよ。ルドルフは賛成してくれた。私を喜ばせよう、私に頼まれたら何だってする気でいることを証明しようとしたのよ。もう一人は私のずっと前からの友だちで、前にも寝たことがあった、ものすごくハンサムな男。もしルドルフがこの人に惹かれていたら、きっとキスしたんじゃないかしら。ペニスだって吸ったと思う。でも実際には何もしなかった。私がフランソワとやるのを眺めて楽しんでいて、フランソワのペニスが私のなかに入るのを見てすごく熱くなっているのもわかったけど、フランソワに性的なやり方で触ったりはしなかった。これって何かの証明になるかしら？　私にはわからないわ。私に言えるのは、ニューヨークのパーティで私たちがあなたを見たとき、あんなに美しい男の子は見たことがないってルドルフに言ったのは私だったということ。あの人も賛成したわ。苛まれたアドニス、神経衰弱一歩手前のバイロン卿だね、とルドルフは言った。それってあの人があなたに惹かれていたっていうこと？　そうかもしれないし、そうじゃないかもしれない。あなたは特別な人なのよ、アダム。何が特別って、自分が他人に及ぼす影響をあなたは全然わかっていない。ストレートの男があなたに惚れ込むってことも完璧にありうると私は思う。ルドルフももしかしたらそうだったのかもしれない。でも確かなことはわからない。仮にそうだったとしても、口では何も言わなかったから。

あの男、結婚するんですよね。知ってましたか？　少なくとも最後に会ったとき本人はそう言ってました。

ええ、知ってるわ。そのことは全部知ってる。それが私の出国ビザだったのよね。さらば裏切り者のあばずれマルゴ、こんにちは天使のエレーヌ・ジュアン。

恨んでるみたいに聞こえますね……

いいえ、恨んじゃいない。戸惑ってるのよ。だってね、私はエレーヌを知ってるのよ、もう長いこと知ってる、で、私には全然理解できないのよ。エレーヌはきっとルドルフより五つか六つ年上で、十八になる娘がいて、彼女について私が言えるのは、すごく退屈で、すごく普通で、すごくきちんとしてるってことだけ。もちろんいい人ではあるわよ、いい人で働き者で、悲愴な物語を抱えたブルジョワよ、でもルドルフがあの人のどこがいいと思ってるかはわからない。元々狂ってるルドルフが、退屈でもう一回狂ってしまうにちがいないわ。

愛してるって言ってましたよ。

たぶんそうなんでしょうね。でもだからって結婚しなきゃいけないことにはならない。悲愴な物語。それって最初の夫のことですよね？　ボルンの話はよくわからなかったんだけど。ジュアンはルドルフの親友なのよ。六、七年前にひどい交通事故に遭ったの。体じゅう骨が砕けて、頭蓋骨にもひびが入って、内臓もそこらじゅうやられたんだけど、それでも何とか生きのびたのよ。というか、一応は。それ以来ずっと昏睡が続いていて、ほぼ脳死状態、病院で生命維持装置に繋がれている。何年ものあいだ、エレーヌは望みを捨てようとしなかったんだけど、いっこうによくならなかったし、今後もよくなりっこない。それでやっと友人や家族に説き伏せられて離婚手続きを始めたのよ。来年の春に申請が認められれば、また自由に結婚できる。それはそれでいいけど、あの人が一番選びそうにないと思えた相手がルドルフなのよ。二人が一緒にいるときに、私も最低十回は夕食に同席したけど、どちらも相手に強い気持ちを抱いてるみたいには全然感じられなかった。友情はあるかもしれない、だけど……だけど……私が探してる言葉は何かしら？

火花。

それよ。火花はないのよ。

あなたはいまもあの男が恋しいんですね？

もう違うわ。今日あなたの話を聞いたあとでは。

でもそれまではそうだった。

ええ、そうだった。嫌だったけど、そうだった。

あの男は狂人ですよ。

そのとおり。でも狂人を愛しちゃいけないっていう法律はある？

二人ともそこで黙り込み、さらなる言葉、さらなる思いが浮かんでこずにいる。マルゴが腕時計を見る。もう行かないと、次の約束に遅れちゃうわ、といまにも彼女が言い出すものとウォーカーは覚悟する。代わりに彼女は、あなた夕食の予定はあるの、なかったら一緒に食事しない、とウォーカーを誘う。グラン・ゾーギュスタンにいい店を知ってるのよ、お金があまりないんだったら喜んでご馳走するわ。それは無理です、もうあなたには会えません、僕たち友だちづき合いも終わらせるべきだと思うんです、とウォーカーは彼女に言いたいが、その言葉を口にする気にはなれない。誘いを断るには彼はあまりに孤独だし、パリで知っている唯一の人物に背を向けるには意志が弱すぎるのだ。ええ、喜んでご一緒します、と彼は答える。でもまだ早いですよね、六時にもなってません、それまでどうします？　何でもあなたのしたいことを、とマルゴは言う。それはまったく文字どおり、何でもウォーカーのしたいこと、という意味に聞こえる。ウォーカーが一番したいことは彼女とベッドにもぐり込むことだから、じゃあ僕の泊まってるホテルに来ませんか、マザリーヌ通りにあるんです、ものすごく醜い地獄みたいな部屋をお見せしたいから、とウォーカーは持ちかける。そしてマルゴも、セックスをめぐる思いはつねに脳裏から近いところにあるから、ウォーカーの意図を即座に理解し、その理解を、彼に向かって軽く微笑むことによって伝達する。

私、ニューヨークであなたにひどいことしたわよね、とマルゴは言う。

いいえ、とてもよくしてくれましたよ。少なくともしばらくのあいだは。でも、まあ、最後はちょっと。

あなたを傷つけてしまって悪かった。私にとっても辛い時期だったのよ。自分が何をやってるのかもわからなくて、それから突然、とにかくニューヨークから出たくなった。私のこと、恨まないでね。

恨みません。二、三週間は腹が立ってたけど、それ以上は続きませんでした。もうずっと前に、あなたを責めるのはやめました。

私たちいま、友だちになれるわよね？

と思いたいですね。

そんなに強烈なことじゃなくてよ。四六時中とか、毎日とかじゃなくて。私、まだそういう気はないの。今後そういう気になることがあるかどうかもわからない。でも私たち、たがいにちょっと世話しあうくらいはできるわよね。それってどちらにとってもいいことかもしれない。

二人でホテルに歩いていきながら、隣に並んで歩いている女性が、春にニューヨークで知っていたマルゴともはや同じでないことをウォーカーは感じる。自分の言語を喋り、自分の街に住み、ボルンと別れた余波のなかにいる彼女が少し違っているだろうと思ったのは間違っていなかった。カフェで話をしたいま、彼女は明らかに、前に想像したより率直で、自分の考えをはっきり口にする、より傷つきやすい人物であるようだ。とはいえ、じきホテルに着くことに胸を膨らませながらも——螺旋階段をのぼり、鍵をドアの鍵穴に差し込み、二人とも服を脱いで、マルゴの小柄な裸体を目にし、自分の体に触れる彼女の体を感じるのを予期しながら——僕はとてつもない過ちを犯したんじゃないだろうかとウォーカーは自問せずにいられない。

はじめはなかなか上手く行かない。部屋についてマルゴは何も言わない。礼儀正しいからか、それともまったく無関心で口にする気もないからか。それでもウォーカーは、彼女の目で部屋を見ずにはいられない。気まずさに襲われ、こんな見苦しい気の滅入る場所に彼女を引っぱり上げたことに愕然としてしまう。そのせいで彼は不機嫌に陥り、二人でベッドに腰かけてキスを始めてもどこか上の空で、さすがにこれはまずいと思うくらい身が入らない。マルゴは身を引き、どうかしたのと訊ねる。変なふうにならないでよ、アダム。これって楽しいことなのよ、覚えてる？

グウィンのことを考えているのだ、なんて言えはしない。マルゴと口が触れあった瞬間、最後に自分の口が姉の口に触れた記憶に襲われたなんて言えない。いまここでマルゴとキスしようとあがいても、頭のなかにあるのは、もう二度とこんなふうに姉を抱くことができないという思いだけだ。

どうしたのか自分でもわからないんだ、と彼は言う。何だかすごく悲しくて……馬鹿みたいに悲しくて。

私、帰った方がいいかも、とマルゴは彼の背中を優しくぽんぽん叩きながら言う。セックスってべつに義務じゃないもの。また別の日にやってみればいいわ。

ううん、帰らないで。帰ってほしくない。ちょっと時間をくれれば。じききっと大丈夫になるよ。

マルゴは彼に時間を与え、やがて彼は憂鬱な落ち込みから立ち直ってくる。まあ完全にではないにせよ、それなりに立ち直って、するっと服を脱いだ彼女のむき出しの肌に両腕を回すときもぞくっと感じるし、彼女とも首尾よく愛しあう――一度のみならず、二度。そして結合のあいだの小休止には、その日部屋に持ってきておいた赤ワインを二人で飲みながら、マルゴがほかの女たちとの性的邂逅《かいこう》の物語を生々しく語って彼をさらに刺激する――大きな胸に触ってキスするのが彼女は大好きだし（自分のはひどく小さいので）、女の股間を舐めて愛撫するのも女の尻の穴深くに舌を突き入れるのも大好きだという。これが本当の話なのか、あるいは単にウォーカーをもう一度硬くするための策略なのかはわからないが、この卑猥な話は西一〇七丁目で聞いたグウィンの卑猥な話に劣らず楽しい。ひょっとして言葉というのはセックスの欠かせぬ要素ではないのか、喋るというのは突きつめれば触ることのより微妙な形態ではないのか、人の頭のなかで踊っているイメージも両腕に抱いている身体とまったく同じに重要ではないか、などとウォーカーは考える。セックスは自分の人生で唯一大事なものだとマルゴは彼に言う。もしセックスができなかったら、自分の皮膚のなかに閉じ込められていることの退屈と単調さから逃れたくて自殺してしまうんじゃないかと思う、と彼女は言う。ウォーカーは何とも答えないが、二度目に彼女のなかに入るとき、自分も同意見であることを彼は悟る。彼はセックスに狂っている。どれほど壊滅的な絶望のただなかにあっても、セックスには狂っている。セックスは至上者であり贖《あがな》い主であり、この世で唯一の救済なのだ。

二人は結局レストランにたどり着かない。ワインを一本空けたあと二人とも眠りこけて、夕食のことなど忘れてしまう。翌朝早く、夜明け前に目を開けると、自分が一人でベッドにいることをウォーカーは発見する。隣の枕に紙切れが置いてある。マルゴの書き置き――ごめんなさい。このベッドあまりに寝心地悪くて。来週電話してね。

電話する勇気が自分にあるか、ウォーカーは自問してみる。それから、こちらの方が当を得た問いだが、電話しない勇気が自分にあるか、彼女にもう一度会うことに抗う力が自分にあるかを自問する。

二日後、彼はサンタンドレ・デザール広場の戸外カフェに座って、ビールをちびちび飲みながらノートに文章を書いている。いまは夕方の六時、平日がまた一日終わった。パリのリズムに馴染んできたいま、おそらくこの時刻がこの街で一番刺激的な時であることをウォーカーは理解する。仕事から家に移行する時間、家族や友人や独りの生活にあわただしく戻っていく男女でごった返す街。彼らに混じって外に出て、人々の吐くすさまじい量の息が大気を満たすなかにいるのがウォーカーには楽しい。今日は両親に短い手紙を、もう少し長いのをグウィンに書いたところであり、いまは尊敬するアメリカの現代詩人ジョージ・オッペンの作品について何かまっとうなことを書こうとしている。オッペンの最新詩集『この　そこに在って』のなかの数行を彼は書き写す――

世界を疑うのは不可能――世界は見られるし

それに　取り返しがつかないから
理解はできない　その事実は致死的だと思う。

この一節についていくつかコメントを書きとめようとするが、と、開いたノートの上に影が落ちる。顔を上げると、すぐ目の前に、ルドルフ・ボルンが立っている。ウォーカーが何か言う間もする間もなく、エレーヌ・ジュアンの未来の夫は彼の横の空いた椅子に腰かける。ウォーカーの脈拍が一気に速くなる。息もできず、言葉も出ない。こんなふうに起きるはずじゃなかったのに、と彼は胸の内で思う。もしかりに出会うとしたら、自分がボルンを見つけるのであってその逆ではなかったはずなのだ。混んだ通りを自分は歩いていて、目をそらし相手に気づかれずに立ち去ることになっていたのだ。頭のなかではいつもそういう情景が見えていたのに、いま彼は衆人環視の場にいて、何の防御もなくぶざまに座り、知らん顔をすることもできず身動き取れずにいる。

白いスーツはなくなって、上着はクリーム色、首には絹のフラールが巻かれ、その青と緑の模様を明らかにシャツの薄い青を背景に浮き立たせようという計算――相変わらずのやさぐれたダンディだ、せせら笑うような笑みも前と同じだし。

おやおや《ウェル、ウェル》これは、とボルンは偽りの上機嫌を強調するかのようにその言葉を発音する。また会ったな、ウォーカー。こいつは嬉しい驚きだ。

この男と話すしかないことがウォーカーにはわかるが、目下のところ言葉が出てこない。

ばったり会えたらと思っていたよ、とボルンは言葉を続ける。パリは小さい街だ。いずれきっとこうなるのさ。

僕がここにいるって誰から聞いたんです？　とウォーカーはやっと訊ねる。マルゴ？

マルゴ？　マルゴとはもう何か月も口を利いてないよ。パリにいることさえ知らなかった。

じゃあ誰から？

私がコロンビアで教えていたことを忘れているな。コロンビアとはいろんな繋がりがあって、君のプログラムの主任はたまたま友人なのさ。このあいだの晩、一緒に夕飯を食べて、彼から聞いた。マザリーヌ通りの安宿に住んでるそうだな。どうしてリード・ホールに行かなかったんだ？　まあ部屋は狭いが、少なくとも南京虫がウヨウヨなんてことはないぜ。

ウォーカーはボルンと住居問題を話しあう気はない。雑談に息を浪費する気はない。相手の質問を無視して彼は言う。僕、あのこと忘れてませんよ。いまでもずっと考えてます。

考えるって、何を？

あなたがあの子供にやったこと。

私は何もしちゃいないぜ。

よしてください。

一回刺しただけさ。君もそこにいたじゃないか。何があったか見ただろう。あいつは我々を撃つ気だった。こっちからやらなかったら二人とも殺されていたさ。

でも銃に弾は入ってなかったんですよ。

そんなこと我々にはわからなかっただろう？　撃つぞとあいつは言ったんだ、誰かがこっちに銃をつきつけて撃つぞと言ったらそりゃあ本気にするさ。

公園でのことは？　最初の一刺し以外に、あと十何回も。何であんなことしたんです？

してないよ。君が信じないだろうとはわかっているが、私はあれには無関係だ。たしかに君が行ったあとあいつを公園に運んではいったさ、だけど着いたときにはもう死んでいた。何だって死んでる奴を刺しつづけたりする？　こっちはとにかくさっさとあの場から立ち去りたかっただけさ。

じゃあ誰がやったんです？

見当もつかないね。病んだ人間だよ。夜の悪鬼。何しろニューヨークは邪悪な場所だ。誰がやったとしてもおかしくない。

僕は警察に話しましたよ。あなたのあんまり微妙じゃない警告を無視して。

そうすると思ったよ。だから急いで国を出たのさ。

罪がないんだったら、なぜとどまって法廷で戦わないんです？

何のために？　そりゃ最後は無罪放免になるだろうよ、だが自分を弁護するために膨大な時間を無駄にする暇はない。あの小僧は死んで当然だった。そして死んだ。それだけのことさ。

じゃあ良心の呵責はないんですね。

ない。まったくない。君が私を敵に回して警察に行ったことを責める気すらない。君は自分が正しいと思うことをやったまでだ。もちろんその判断は間違っていたが、それは君の問題であって私には関係ない。私は君の命を救ったんだよ、アダム。そのことは覚えておけよ。もしあの銃に弾が入っていたら、君は私がやったことをいまも感謝しているはずだ。弾が入っていなかったという事実は何も変えはしない。そうだろう？　弾が入っていると我々が思った限りにおいて、弾は入っていたんだ。

その点はウォーカーも認めるにやぶさかでない。が、まだ公園の一件が、あの少年がいつどうやって死んだかという問題が残っている。ボルンの語ったバージョンが嘘だということには確信がある。何もかもがそんなに迅速に起きたとは考えられないからだ。むろん腹を一か所刺されただけでも人は死ぬが、それは不可避的に緩慢な、長引く死であり、したがってボルンが公園に着いたときウィリアムズはまだ生きていたにちがいなく、ゆえに結局少年を死なせることになった一連の新たな傷はボルン本人によってもたらされたのだ。これしか筋の通る説明はない。なぜわざわざほかの人物が、死んだティーンエイジャーを十回以上刺したりする？　もしボルンが公園を去った時点でウィリアムズがまだ息をしていたとすれば、第二の加害者という説も可能かもしれないが――相当無理はあるが不可能ではない――これも少年の金を盗むのが目的だったと仮定して初めて成り立つ。だがウォーカーは春に警察から、略奪行為はなかったと聞かされている。少年の財布はポケットに残っていて、手つかずの十六ドルが中に入っていたのだから、窃盗という動機は除外される。何だって死んでる奴を刺しつづけたりする？　それはそいつが死んでいなかったからであって、はっきり死んだとわかるまであんたはナイフを刺しつづけたんだ、とウォーカーは胸の内で言う。そしてその作業が済んでもあんたはまだ刺しつづけたんだ、激情に駆られていたから、正気を失って自分がやっていることを楽しんでいたから。

もうその話はしたくありません、とウォーカーはボルンに言い、ポケットに手を入れてビール代の小銭を取り出す。もう行かないと。

好きにするがいいさ、とボルンは答える。済んだことは水に流して、また友だちづき合いできたらと思ってたんだがな。私の未来の妻の娘に君を引きあわせたらとも思っていたんだ。セシルはとてもいい子だよ、頭のいい十八歳の女の子で、文学を専攻していてピアノの腕前も抜群で、まさに君にぴったりだ。

遠慮します、とウォーカーはテーブルから立ち上がりながら言う。あなたに縁結び役をやってもらうには及びません。すでに一度やってくれたでしょう、覚えてます?

ま、気が変わったら電話してくれ。喜んで紹介するから。

そうしてウォーカーが立ち去ろうと向こうを向きかけた時点で、ボルンはクリーム色のブレザーの胸ポケットに手を入れ、自分の住所と電話番号を書いた名刺を取り出す。さあこれ、とウォーカーに渡しながらボルンは言う。私の情報はみんな書いてある。万一気が変わったら。

ほんの一瞬、ウォーカーは名刺をびりびりに破って地面に投げ捨てたい誘惑に駆られる――春にニューヨークで小切手をびりびりに破ったのと同じように。が、思い直す。そんな安っぽい、ケチな侮辱をしても自分を貶めるだけだ。代わりに名刺をポケットに入れて、別れの言葉を口にする。ボルンはうなずくが何も言わない。ウォーカーが立ち去るとともに、太陽が一気に空を横切り、爆発して、溶けた光の無数の破片と化す。エッフェル塔が倒れる。パリ中の建物が燃え上がる。第一幕終わり。カーテン。

ウォーカーは何とも厄介な立場に陥ってしまった。ボルンの居所を知らない限りは、ばったり出会うかもしれないという不確定性にも耐えられた。運は自分に味方してくれてそんな恐ろしい瞬間も訪れずに済むはずだ、訪れるとしてもずっとあとの方のことであって、また会うんじゃないか、何度も会うんじゃないかなどと心配してパリ滞在が台なしになる恐れもないはずだ、そう楽観していられたのだ。それが起きてしまったいま、こんなに早く——まさかと思うくらい早く——起きてしまったいま、ボルンの連絡先をポケットに持っているというのに警察に行って彼の逮捕を要求できないことがウォーカーには耐えがたい。セドリック・ウィリアムズの殺人者が正しく裁きを受けるのを見られればウォーカーとしてはこんなに嬉しいことはない。かりに無罪放免になったとしても裁判の出費と屈辱は避けられまいし、万一法廷に持ち込まれなかったとしても、警察に尋問される不快やえんえん続く捜査の辛さを味わうことにはなるはずだ。とはいえ、ボルンを誘拐してニューヨークに連れ戻すのでもない限り、ウォーカーに何ができるというのか？　その日一日、そして夜遅くまでウォーカーはこの件について考え、やがてある案を思いつく。それは悪魔的な案、あまりに残忍で卑劣でそんなものを自分が想像できてしまうことに呆然とさせられる案だ。あいにくボルンを刑務所に入れられはしないが、彼の生活をおそろしく不快なものにはするだろうし、上手くやってのければ、エレーヌ・ジュアンの未来の夫から、彼が切望している唯一の対象を奪うことができる。ウォーカーは自分の思いつきに興奮し、かつ嫌悪する。彼はいままで復讐をしたがるような人間であったことはないし、進んで人の心を傷つけようとしたこともない。だがボルンはいままでとは話が違う。この男は人殺しであって、罰を受けるに値する。生まれて初めて、ウォーカーは人を損ねようとしている。

この案の実行には熟練の嘘つきが、虚偽の技巧に長けた社交的軽業師が必要である。ウォーカーはそのどちらでもないから、自らに課した仕事にもっとも不適な人材であることは自覚している。そもそもの出だしから自分の本性に逆らって行動することを強いられ、頭のなかに描き出した戦場で確かな足場を得ようとあがくなかで何度も滑って転ぶことになるだろう。が、そうした懸念も押して翌朝彼はカフェ・コンティに出かけ、公衆電話にまた一枚専用コインを入れて、計画を始動させる。自分の大胆さ、決意の強さにウォーカーは唖然としている。三回鳴った時点でボルンが出ると、その声にこもった驚きが手に取るようにわかる。

アダム・ウォーカーか、とボルンは驚愕を極力隠そうとしながら言う。まさか君から連絡が来るとは。

お邪魔して済みません、とウォーカーは言う。昨日お話しして以来、じっくり考えてみたということを知っていただきたくて。

それは興味深い。で、考えた結果は？

済んだことは水に流そうと決めました。

ますます興味深い。昨日は私を人殺しと罵り、今日は許して忘れようと言う。なぜ急に一八〇度の転換を？

あなたが真実を語っていると納得したからです。

これは真摯な謝罪と受けとっていいいんだろうか？　それとも何か私に新しい頼みごとでもあるのか？　たとえば君、死んだ雑誌を生き返らせようなんて考えちゃいないだろうね？

もちろん違います。もうそんなのは過去のことです。

あれには傷ついたぞ、ウォーカー。小切手をビリビリに破いて一言も添えず送りつけてくるなんて。ひどい侮辱だと思ったよ。

あなたが不快な思いをなさったんでしたら、心からお詫びします。あんなことが起きて、僕としてもショック状態だったんです。自分が何をしているかもわかっていなかったんです。

で、いまはわかっているのかね？

と思います。

と思うのか。で、教えてくれ、いったい何が望みなのかね？

何も。電話しろと言われたからしたまでです。気が変わったら電話しろと。

じゃあまた会おうってことか。そういうことだな？　友人づきあいを再開したいってことだな。

そう思ったんです。あなたのフィアンセとそのお嬢さんに会わせていただけるという話が出ましたよね。そこから始められたら素敵かなと。

素敵《ナイス》。何て中身のない言葉だ。君たちアメリカ人は本当に陳腐の才があるな。

確かに。でも我々は、自分が間違っていたと思ったら謝るのも得意なんです。僕にお会いになりたくなければ、そうおっしゃってください。だとしても無理はありませんから。

勘弁してくれ、ウォーカー。また意地の悪いことを言ってしまった。どうもこの稼業にはつきものらしい。

誰でもそういう瞬間はありますから。

そうだね。そしていまや君はエレーヌとセシルと食卓を共にすることを望んでいる。私の昨日の招待に応じて。引き受けた。手はずを整え次第、君のホテルに伝言を届ける。

夕食は翌日の晩、サンジェルマン大通りにある、世紀末から続いているブラスリー〈ヴァジュナンド〉で、と決まる。ウォーカーは八時きっかり、真っ先に到着する。ムッシュー・ボルンのテーブルに通されるなか、あまりに緊張し、気もそぞろなせいで、周りの様子もろくに目に入らない。暗い色の樫材の板壁、真鍮の照明器具、糊の利いた白いテーブルクロスとナプキン、店内で進行している抑えた声の会話、ナイフやフォークが皿にカチャカチャ当たる音。ボルンとの狂気じみた卑屈な会話から三十四時間後、己の嘘によってウォーカーが得たものは、際限ない怯え、掛け値なしの自己蔑視、そしてボルンの未来の妻と義理の娘に会うという貴重な機会である。すべてはエレーヌとセシルのジュアン母娘《おやこ》相手に何が起きるかにかかっている。彼女たちと、二人のうち一人とでも繋がりを、ボルンとの繋がりとは別個の関係を築くことができれば、いずれはリバーサイドドライブをめぐる真実も明かせるようになるだろう。もし、セドリック・ウィリアムズ殺害をめぐる話を彼女たちに納得してもらえたら、チャンスはある。五分五分以上のチャンスがある。結婚式は中止され、ボルンは花嫁に見捨てられるのだ。ウォーカーの目標はこれだけである。法的事実となる前に結婚を壊してしまうこと。殺人罪の報いとして重いとは言いがたいが、ほかの選択肢を考えれば十分厳しい。拒絶されるボルン。屈辱を受けるボルン。失意に沈むボルン。偽の謝罪や、不誠実な友情の誓いで彼におもねるのは胸が悪くなるが、ほかに選びようはないことをウォーカーは承知している。もしエレーヌとセシルが耳を貸さなかったら、あっさり努力を放棄し、静かに敗北を認めるまでだ。そうした瞬間が現実に訪れないうちは、悪魔相手のトランプ遊びにウォーカーは興じる気でいる。

初めのうちは何とも言えない。性格ゆえか状況ゆえか、ウォーカーに接した母と娘はどちらも控え目で大人しく、気さくに近づける様子はないし、向こうから軽口を叩いてくるようなこともない。まずは紹介、説明などでボルンが会話をほぼ独占し、二人ともほとんど喋らない。パリに来てからのまださほど長くない日々についてウォーカーが手短に語ると、エレーヌは彼のフランス語を褒める。別の時点でセシルが当たり障りのない口調で、ホテルに住むのは楽しいかと訊ねる。母親は背が高く、金髪で、上等な服を着て、美人とは言いがたいが（顔が長すぎる、やや馬面だ、とウォーカーは思う）、ある年代のフランス中流階級の女性が多くそうであるように、身のこなしからは相当の落着きと自信が感じられる。品格の問題なのか、それとも、女らしさというものに関する何か神秘なるフランス的叡智の産物なのか。十八になったばかりの娘は、レプロン通りにある、オテル・デュ・シュッドからも歩いて五分とかからないリセ・フェヌロンの生徒である。母親より小柄で貫禄もなく、髪は短い茶色、手首は細く肩幅も狭く、目は抜かりなくすばやく動く。その目がしばしば窄《すぼ》まりがちなことをウォーカーは目にとめ、ふだんは眼鏡をかけているがこのディナーのあいだはなしで済ますことにしたのだろうと推測する（そのとおりだった）。可愛いとは言いがたく、鼠っぽいと言ってもいいくらいだが、見て興味深い顔ではある――小さなあご、長い鼻、丸い頬、表情豊かな口。時おりその口が、何かをこっそり面白がって下がり、笑顔にまでは花開かないものの、コミカルな瞬間を見逃さないユーモアのセンスは鋭そうだ。非常に知的であることは間違いなく（この四分間ずっとボルンはウォーカーに向かって、彼女の文学と哲学の成績が抜群でピアノに情熱を抱いていて古典ギリシャ語が読めることを自慢している）、よいところは多々あるものの、ウォーカーは残念ながら、自分がセシルに惹かれていないことを認めざるをえない――少なくとも、彼が望んでいたような形では。僕のタイプじゃないな、と、肉体的欲求の無限の複雑さを漠然とまとめてしまう使われすぎのフレーズに頼って彼は胸の内で言う。でも誰が彼のタイプなのか？　姉か？　十歳年上の、セックスに飢えたマルゴか？　誰であれ、とにかくセシル・ジュアンではない。ウォーカーは目の前の彼女を見て、そこに一人の子供、進行中の作品、まだ形成途上の人物を目にする。人生のこの段階にあってセシルは、男が追い回したくなるようなエロチックな信号を発するにはあまりに内気で自意識過剰である。もちろんウォーカーは彼女と友人関係を築く努力はするつもりだが、キスとか触るとかいったことはありえない。ロマンチックな絡みはなし、ベッドに誘い込もうという企てもなし。

そんなことを考える自分を――無垢なセシルをただの性的な対象として、己の誘惑力（なんてものがあるとして）の餌食候補としてしか見ない自分を――ウォーカーは嫌悪する。と同時に、自分が戦いに従事していること、地下のゲリラ戦を戦っていてこのディナーはその最初の戦闘なのだということも承知している。敵の未来の義理の娘を誘惑することで戦いに勝てるなら、ためらいはしない。とはいえ、若きセシルはひとまず誘惑の対象ではないから、ここはもっと微妙な戦略を考えないといけない。総力を注いで娘を攻めるのではなく、母と娘両方への二叉の攻撃に切り換えないといけない。何とか二人に取り入って、二人を魅了し、いずれ自分の味方につけるのだ。これをすべて、ボルンの用心深い凝視の下でやらないといけない。ウォーカーとしてはほとんど見る気にもなれない男の、耐えがたい、息の詰まる面前でやらねばならないのだ。ずる賢く疑り深いボルンが、ウォーカーの二枚舌を大いに怪しんでいることは間違いない。ウォーカーの偽りの謝罪を、実は単に受け容れたふりをしているだけで、この小僧は何が狙いなのかと探ろうとしているのかもしれない。明るいお喋りと、偽の快活さの下、ボルンの声には棘がある。警戒していることを示すような、不安げで緊張した響きがある。こいつと今後また会うのは賢明じゃない、とウォーカーは思う。だとすればなおさら今夜、ディナーが終わる前に、ジュアン母娘と単独講和を結ばねば。

女二人はテーブルの向こう側に並んでいる。ウォーカーはセシルと向きあい、ボルンは彼の左に座ってエレーヌと向きあっている。婚約者の方を見るときのエレーヌの目をウォーカーは観察し、そこから何の火花も発していないのを見てマルゴ同様にまごついてしまう。ほかの感情ならその目に隠れているかもしれないが――切なさ、優しさ、悲しさ――愛はそこにないし、ましてや幸福感、喜びの痕跡などはまったくない。とはいえ、エレーヌのような立場の女性にどうして幸福などありえよう？　この人は過去六、七年、なかば死んだ夫が病院で衰えていく日々、悲嘆に包まれ生気を宙吊りにされた状態で生きてきたのだ。昏睡に陥ったジュアン氏がベッドに横たわる姿をウォーカーは思い描く。体に無数の機械や、何本も絡みあった呼吸用チューブが繋がれた、だだっ広いがらんとした病棟で唯一の患者が、生きていて生きておらず、死にかけていて死にかけていない。突然、二か月前にグウィンと観た映画を彼は思い出す。〈ニューヨーカー〉のバルコニー席で姉と並んで観たカール・ドライヤーの『奇跡』。棺に横たえられた農夫の妻と、彼女が起き上がり生き返ったときにウォーカーが流した涙――でも違う、とウォーカーは思う、あれはただの物語、作りものの世界のなかの作り話だった、そしてこれはあの世界じゃない、ジュアン氏にとっては奇跡のよみがえりなどありはしない、エレーヌの夫は絶対に身を起こして生き返ったりはしない。病院のジュアン氏のベッドから、ウォーカーの心は一気に別のベッドへ飛び、彼が止める間もなく、数日前にマルゴから聞かされた胸の悪くなる場面を再訪している。二人の男とベッドに入っているマルゴ、一人はボルンでもう一人は、何という名前だっけ、そうだフランソワだ、マルゴがボルンとフランソワと一緒にベッドに入っていて、裸の三人がファックしていて、そしていまウォーカーは見る、硬くなったペニスをフランソワがマルゴのなかに押し入れるのをボルンが見守っているのを、ずんぐりしたおぞましい裸体のボルンが、激情の大波に呑み込まれ、自分の恋人がほかの男と性交しているのを見ながら自慰にふけっている……。

その像を追い払おうと、ウォーカーはセシルに向かってニッコリ笑い、セシルも笑顔を返してくるのを見ながら――いくぶんまごついてはいるが、目を向けてもらって喜んでいる様子――ウォーカーは考える。ボルンがエレーヌとの結婚を望んでいるのも、まさにこういう淫蕩ぶりが原因ではないか。もしかするとボルンは、自分自身に背を向けよう、自分の下劣で邪悪な欲求に抗おうと必死なのではないか。そんな彼にとって、エレーヌはまさに上品さの鑑、彼の狂気を締め出してくれる壁だ。エレーヌ相手にボルンがいかに礼儀正しくふるまっているかにウォーカーは目をとめる。くだけた、親密な君《テュ》ではなく、改まったあなた《ヴ》。それは伯爵夫妻の言語、上流階級最上層の夫婦生活の言葉遣いだ。自己からも世界からも一定の距離を生じさせ、一種の防御として機能する言語。ボルンが求めているのは愛ではなく安全だ。好色なマルゴは彼のなかの最悪の部分を引き出した。穏やかな、抑圧されたエレーヌはボルンを新しい人間に変えるだろうか？夢を見ているがいい、とウォーカーは胸の内で言う。あなたほど頭のいい人間が、そんなこと本気で信じられるわけがない。

食事の注文を済ませるころには、エレーヌが十四区にあるクリニックで言語聴覚士をしていることをウォーカーは聞かされている。五〇年代前半から、つまり夫の事故よりずっと前からこの仕事に就いていて、いまでは小さな家庭を支える上でこの職から得られる収入が欠かせないものの、彼女が献身的な療法士であることをウォーカーはすぐさま理解する。このキャリアは彼女に大きな満足を与えていて、おそらくこれこそが彼女の生き甲斐なのだ。苦難の海で溺れかけたとき、懸命に働くことが筏となって、人は浮かんでいられる。ウォーカーはその事実を彼女の目に読みとり、ボルンがこの話題に移ったとたんその目が一気に輝くのを見て感銘を受ける。突如道が拓ける。意味ある会話に彼女を引き入れるチャンスが見えてくる。実際、ウォーカーは彼女がやっていることに本心から興味を抱くのだ。ヤコブソンとメルロ＝ポンティが失語症と言語習得を論じた文章なら彼も読んでいるし、言葉に関わるなかでこうした問題については真剣に考えてきたので、エレーヌに矢継ぎ早に質問を浴びせはじめたときも、自分のしていることがペテンだ、詐欺だという気にはならない。はじめエレーヌはウォーカーの熱意に面喰らうが、彼が本気であることをひとたび納得すると、まずは児童の構音障害について語り、クリニックを訪れる、舌がもつれ言葉がごっちゃになる吃《きつ》の子供たちの治療法を列挙するが、彼の問いに、いいえ、子供たちだけではありません、大人も治療しますと答える。年配の人たち、卒中その他いろんな脳損傷の患者、失語症の人——発話能力を失った人、言葉が思い出せない人、言葉をごたまぜにしてしまいペンが紙になり木が家になってしまう人。脳のどの部分が損なわれているかに応じて、失語症にもいろんな形があることをウォーカーは学ぶ。ブローカ失語、ヴェルニッケ失語、伝導失語、超皮質感覚性失語、名称失語等々。興味深いと思いませんか、とエレーヌは言い、レストランに入ってきて以来初めてニッコリ、やっと初めて本当にニッコリ笑う。興味深いと思いませんか、思考は言語なしでは存在できなくて、言語は脳の機能のひとつであるわけだから、ということはつまり、言語という、シンボルを使って世界を経験する能力は、ある意味で人間の肉体的特性のひとつだということであって、世に言う心身二分論なんてまったくのナンセンスだということになりますよね。さらば、デカルト。心と体はひとつなんです。

二人を知るための最良の方法は、自分を話に入れないこと、質問に答えるより質問を発することであり、二人に彼女たち自身について喋らせることだとウォーカーは見きわめつつある。とはいえ彼は、こういう対人間《たいじんかん》の操作に長けてはいない。ボルンが話に割り込んできて、イスラエル軍がシナイと西岸地区から撤退を拒否していることをあからさまに批判し出すと、またぎこちなく黙ってしまう。ボルンが自分に議論を吹っかけていることをウォーカーは感じるが、この件に関してはボルンと同意見であるもののそのことを伝える代わりに何も言わず、セシルの口を見ることで長広舌が終わるのを待つ。何か秘密の、内なる楽しみを反映して、彼女の口がふたたび下がっているのだ。確証はないが、どうやらセシルは、ボルンの激論を滑稽だと思っているらしい。二、三分後、前菜が彼らの前に置かれて熱弁が遮られる。この隙にウォーカーは、古典ギリシャ語の勉強についてセシルに質問する。僕が通った高校ではギリシャ語がなかったんだ、君は学べる機会があって羨ましいよ、と彼は言う。大学はあと二年しか残っていないし、たぶんいまから始めるんじゃ手遅れだろうね。

そうでもないわよ、とセシルは言う。いったんアルファベットを覚えたら、見た目ほど難しくないわ。

彼らはしばらくギリシャ文学の話をし、いつしかセシルが、この夏に取り組んでいる自分のプロジェクトについて話している。それは無茶苦茶な、あまりに野心的な計画であり、三か月のあいだずっと無力感と後悔ばかり感じているという。何でこんなことをする気になったか自分でもわからないんだけど、と彼女は言う。もう最高に難解な書き手の長篇詩を、フランス語に訳そうと思いついたのよ。その書き手って誰なの、とウォーカーが訊くと、セシルは肩をすくめ、あなたは聞いたことないわ、誰も聞いたことないのよと言い、実際、紀元前三〇〇年ごろに生きていたリュコフロンという詩人だと聞かされると、そのとおりだとウォーカーは認めざるをえない。カッサンドラについての詩なの、と彼女は続ける。トロイア最後の王プリアモスの娘、不幸にもアポロンに愛されてしまった哀れなカッサンドラ。予言の力をやろう、ただし引き換えにお前の処女をもらう、とアポロンは彼女に持ちかける。はじめ彼女はイエスと答え、それからノーと言い、するとアポロンは断られた腹いせに、贈り物に毒を盛る――カッサンドラの予言のどれひとつ、誰にも信じてもらえぬようにしてしまうのだ。リュコフロンの詩のなかではトロイア戦争の真っ最中、カッサンドラは投獄されてすでに発狂し、アガメムノンとともにいまにも殺されようとしていて、未来をめぐる狂乱と幻視をえんえん吐き出すが、その言語はおそろしく複雑で、暗喩や引喩がぎっしり詰まっていてほとんど理解不能である。叫ぶ声、吠える声の詩なのよ、とセシルはウォーカーに言う。素晴らしい、狂おしい、すごく現代的な詩だと思うけど、何しろ難解でわかりにくくて、私の理解力をはるかに超えているから、もう何時間も何時間も費やしたのにたった一五〇行しか訳せていないの。この調子で進めば――と言ってふたたび口が下がる――ほんの十年か十一年で全部訳せるわね。

自分を卑下してはいるけれど、そんな手ごわい詩と取り組む心意気をウォーカーは立派だと思わずにいられない。自分もその詩を読みたくなって、英訳は出ているのかと訊いてみる。知らないけどよかったら調べてみるわ、とセシルは答える。ウォーカーは礼を言い、さらに、(単なる好奇心から、何ら裏の動機もなしに）その冒頭部分の君のフランス語訳を読みたい、と言い足す。だがセシルはためらう。面白いと思ってもらえる気がしないわ、とにかくひどい出来なんだもの、と彼女は言う。するとエレーヌが娘の手を撫でて、そんなに自分を厳しく見るものじゃないわよと諭《さと》す。ボルンも割って入って、やはりセシルに向かって言う。アダムも翻訳をやるんだよ、まずは詩人だが詩の翻訳もやる。それもプロヴァンス語からだ。前に私と同名の詩人ベルトラン・デ・ボルンの作品を見せてくれたよ。このベルトランというのがなかなかすごい男だ。時おり頭に血がのぼってしまう（lose his head＝「首を斬られる」の意にもなる）傾向はあるが、いい詩人だし、アダムの翻訳も見事だ。

え、そうなの？　とセシルはウォーカーを見て言う。それは知らなかったわ。

見事かどうかはともかく、翻訳なら僕も多少やったことはあるよ、と彼は言う。

うーん、それだったら……。

そうやってあっさり、何の前触れもなしに、自分の方から不純な策を弄したりする必要もなく、気がつけばセシルと翌日午後四時に会って訳稿を見せてもらう約束をウォーカーは取りつけている。まあささやかな勝利かもしれない。だがとにかく、今晩やろうとしたことは突如一気に達成された。ジュアン母娘と、今後も接触できるのだ――ボルンのいないところで。

翌朝、ウォーカーはペンを手にグラグラの机に向かい、最近書いた一篇の詩に目を通すが、見れば見るほど幻滅が募ってくる。あらためて頑張ることにしてひとまず棚上げにするか、それともあっさりゴミ箱に入れてしまうか。顔を上げて、窓の外を見てみる。どんより曇っていて、西の方で雲の山が膨らむ、またいつもの、変わりやすいパリの空のさらなる変化。室内の陰気さが、なぜか快く感じられる。いわば心和む、気のおけない、何時間でも会話できそうな陰気さ。ペンを置き、頭を掻き、息を吐く。ふっと、忘れていた『伝道の書』の一節が意識のなかに押し寄せてくる。そして我心を尽《つく》して智慧《ちえ》を知《しら》んと／狂妄と愚痴を知《しら》んとしたりし……詩の右側の余白にその言葉を書きとめながら、これこそ久々に自分について書いた真実の言葉じゃないだろうか、とウォーカーは考える。自分の言葉ではないけれど、まさに自分のものだと思える。

十時半、十一時。机の上のワインボトルのランプから発する、電球の黄色っぽいほのめき。水の垂れる蛇口、剝げかけた壁紙、ペンの引っかく音。階段をのぼってくる足音がする。誰かが近づいてくる、螺旋階段をゆっくり上がって彼の住む階に、最上階に上がってきて、はじめはモーリスかと、いつも半分酔った支配人が電報か午前の郵便を届けにきたのかと思う――気さくなモーリス・ペティヨン、どうでもいい話を無限にくり出す男、だが違う、モーリスではありえない、なぜならいまや聞こえているのはハイヒールのカツカツという音であり、したがってこれは女性にちがいなく、女性だとしたらマルゴ以外考えられない。ウォーカーは嬉しい、ものすごく嬉しい、彼女にまた会えると思うと愚かしいほど幸せな気分になる。彼は椅子から飛び上がり、彼女がノックするより前に飛んでいってドアを開ける。

焼き立てのクロワッサンが入った、小さな、パティスリーの蠟引き紙の袋をマルゴは提げている。普通ならこういう贈り物を携えて訪れる人間は明るい気持ちでいることだろうが、今日のマルゴは苛々として不機嫌な様子で、ウォーカーの口に冷たい、おざなりのキスをするときもほとんど笑顔を見せない。ウォーカーが彼女の体に両腕を回すと、その抱擁をすり抜けて部屋に入っていき、袋をポイと机の上に放《ほう》ってから、くしゃくしゃのベッドに腰を下ろす。ウォーカーはドアを閉めて、机まで戻ったところでピタッと止まる。

どうしたんです？　と彼は言う。

私はどうもしないわ、とマルゴは答える。あなたがどうしたかを知りたいのよ。

僕が？　僕がどうしたっていうんです？　いったい何の話？

昨日の夜、友だちとサンジェルマン大通りを歩いていたのよ。八時半か、九時ごろだった。で、レストランの前を通ったのよ、どの店のことかわかるでしょう、あの古いブラスリー、ヴァジュナンドよ、それでべつに訳もなく、私ったらとてつもない馬鹿よね、それとも小さいころ両親とよく行ったからかしらね、わざわざ中を覗いてみたのよ。で、誰が見えたと思う？

ええ、言わなくていいですよ、もう答えは知ってるから、とウォーカーは、顔をひっぱたかれたような気分で言う。

どういうつもりよ、アダム？　今度はいったいどんな変態ごっこ始めたのよ？

ウォーカーは机のうしろの椅子に体を下ろす。肺のなかに空気は残っていない。頭がいまにも体から離れてしまいそうだ。マルゴから目をそらすが、マルゴの視線は彼から離れない。ウォーカーはクロワッサンの袋をもてあそぶ。

で？　とマルゴは言う。話さないの？

話したいんです、とウォーカーはやっとのことで言う。あなたにすべて話したいんです。

じゃあ何で話さないの？

あなたを信用していいかわからないから。このこと、絶対誰にも言っちゃいけませんよ、わかりますか？　それは約束してくれないと。

私を誰だと思ってるのよ？

わかりません。一度僕を裏切った人。僕が大好きな人。僕が仲よくしたい人。

でも私が秘密を守れるとは思わないのね。

守れますか？

そんなこといままで頼まれたことないわ。やってみなきゃわからないわよ。

ま、少なくともそれは正直な言葉ですね。

あなたが決めるのよ。話したくないのに無理に話させる気はないわ。でも話さなかったら、アダム、私はいま立ち上がってこの部屋を出ていって、あなたとはもう二度と会わない。

それって、脅迫ですよ。

違う。単純な真実、それだけよ。

ウォーカーは長い、敗北のため息をつき、椅子から立ち上がり、マルゴの前を行ったり来たりしはじめる。そんな彼を、マルゴはベッドからじっと黙って見ている。十分が経ち、その十分のあいだにウォーカーはこの数日の出来事を物語る。ボルンとの偶然の出会い（あれは偶然ではなかったのではといまウォーカーは疑っている）、セドリック・ウィリアムズ殺害をめぐるボルンの偽りの否認、エレーヌとセシルに会わせるという誘い、ウォーカーが破きかけた名刺、ボルンの結婚を阻止する計画の思いつき、計画を始動させるためのしおらしい電話、ヴァジュナンドでのディナー、今日四時にセシルと会う約束。最後まで聞きとおすと、マルゴは左手でベッドをぽんぽん叩き、隣に座るようウォーカーに示す。ウォーカーが座り、体がマットレスに触れた瞬間、マルゴは両手で彼の両肩を摑んで、彼の体を自分の方に向け、自分の顔を彼の顔のすぐそばまで近づけて、低い声できっぱり言う——やめておきなさい、アダム。絶対上手く行かないわよ。あの人に八つ裂きにされるだけよ。

もう手遅れです、とウォーカーは言う。もう始めてしまったんだ、最後までやり通すしかありません。

あなた信用がどうとか言ってたわよね。どうしてエレーヌ・ジュアンを信用できると思うの？ 知りあったばかりじゃないの。

わかってます。確信が持てるまでしばらく時間はかかります。でも第一印象は悪くないんです。しっかりした、正直な人に思えるし、ボルンのことをすごく好いているとも思えない。ボルンに感謝はしているし、ボルンも優しくしているけれど、彼女は奴に恋してはいませんよ。

ニューヨークで何があったか聞かされたとたん、あの女は回れ右してルドルフのところに飛んでいくわよ。賭けてもいい。

かもしれない。でもそうなったとして、僕の身に何が起きます？

何だって起きうるわ。

ボルンが僕の顔にパンチを浴びせようとはするかもしれないけど、まさかナイフを持って追いかけちゃこないでしょう。

ナイフのことなんか言ってない。ルドルフには人脈があるのよ、大勢の人と繫がった強力な人脈が。敵に回す前に、どういう人間かちゃんと知っておかなくちゃ駄目よ。そのへんの人とは違うのよ。

人脈?

警察、軍隊、政府との。証明はできないけど、私いつも思ってたのよ、あの人はただの大学教授じゃないって。

というと?

わからない。諜報活動、スパイ、そういうたぐいの汚れ仕事。

いったいなぜそう思うんです?

夜中の電話とか……説明なしに行方をくらましたり……いろんな人と知りあいで。大臣とか、将軍とか。政府高官と夕食に出かける若手教授なんてどれだけいる? ルドルフは権力と繋がってるのよ、あの人と知りあうのは危険なのよ。特にここパリでは。

何だか眉唾に聞こえるなあ。

春のニューヨークでの、私たちのアパートメントでのディナー、覚えてる?

まざまざと。忘れようったって忘れられない。

あなたを中に入れたときあの人は電話してたでしょ。で、出てきたら怒り狂っていて、口から火を噴きそうで、ヒステリー起こしてた。奴らのために何年時間を割いてやったと思ってるんだ? あれってどういう意味? 主義! 戦い! 船が沈みかけてる! パリで問題が起きたっていう話、あれは絶対大学のことでも父親の資産のことでもなかったのよ。政府絡みの、あの人が秘密の生活で関わっている組織の話だったのよ。だからあなたがCIAの名前を出したときあんなに興奮したんだわ。覚えてない? あなたの家族の情報をずらずら並べ立てたんで、あなたショックを受けて、どうしてそんなにいろんなことを掘り起こせたのかって訊いたでしょう。捜査官か何かですかってあの人に言ったでしょう。そのとおりだったのよ、アダム。図星だったからこそ、あの人はあなたのことをあざ笑って、冗談にすり替えようとしたのよ。あれで私、やっぱりそうなんだと思ったわ。

そうかもしれない。だけどあくまで推測ですよね。

でもどうしてあの人、私には何も言わなかったの？　口実をでっち上げさえしなかったのよ。君には関係ない、余計なことを訊くなって言っただけ。で、パリに行って、帰ってきたらエレーヌ・ジュアンと婚約していて私は叩き出された。

二人はさらに十五、二十分話しつづける。諜報活動、政府の陰謀、二重生活を送る心理的プレッシャー等々の疑念をめぐってマルゴが熱くなればなるほど、ウォーカーは逆にどうでもよくなってくる。彼の無関心ぶりにマルゴは戸惑う。奇妙だ、不健全だ、非合理だと彼女は言うが、ボルンが何をしているかは僕にはどうでもいいんですとウォーカーは答える。僕にとって大事なのはセドリック・ウィリアムズ殺害だけです、かりにボルンがフランスの諜報機関全体の親玉だったとしても興味ありませんね。だがそういうウォーカーが一度だけ本気で耳を傾ける瞬間があり、それはマルゴがボルンの過去に何げなく触れるときだ――彼がパリ郊外の大邸宅で幼年期を過ごし、マルゴ自身も三歳のときにその屋敷で彼に出会ったという話。グアテマラはどうなんです？とウォーカーは、グアテマラで育ったとボルンが言っていたことを思い出して訊ねる。

あなたをからかってたのよ、とマルゴは答える。グアテマラなんて、そばに行ったこともないわよ。

そんなことだろうと思った。でもなぜグアテマラなのかな？

なぜグアテマラじゃいけないの？　自分をめぐる話をでっち上げるのがあの人は楽しいのよ。人をだまして、どうでもいい嘘をついて。それがルドルフの道楽なのよ。

この会話から具体的な成果はほとんど生じないが（憶測ばかりで事実に乏しい）、それでもウォーカーには、これがマルゴとの関係における転換点を成すように思える。彼女はウォーカーの身を案じ、ウォーカーの身になって案じてくれている。彼女の目に懸念と不安をウォーカーは見てとり、心慰められる（信用できるか否かという問題はもはや解消された）。だが同時に、いささか危惧の念も生じてくる。彼女はウォーカーに歩み寄ってくれているし、彼に対する情愛もより明らかにして、より誠実になってくれたけれど、その気遣いにはどこか母親的なところ、若さの過ちに眉をひそめる叡智といった趣がある。マルゴと知りあって数か月して初めて、自分たちの年の違いをウォーカーは実感する。十年の隔たりが二人のあいだに立ちはだかっている。これが問題にならなければいいが、とウォーカーは思う。いまの彼にはマルゴが必要なのだ。パリでただ一人自分の味方であり、彼女と一緒にいることが、グウィンのことをくよくよ考えないための、グウィンに恋焦がれないための唯一の薬なのだ。昨日の夜、ボルン、ジュアン母娘とレストランで一緒にいるところをマルゴに見られてしまったことも結局はよかった。一部始終を彼女に打ちあけたこともよかった。こういうふうに反応してもらえて、彼女にとって自分が何がしかの意味を持つこと、単に一緒にベッドにもぐり込む相手という以上の存在であることが証された。とはいえ、彼女の友情につけ込んではならないこともウォーカーは承知している。彼女はどこか損なわれているのであり、他人のためにそこまで尽くせはしない。あまりに多くを要求したら、おそらくはそれを憤るようになって、下手をすればすべて放り出して逃げてしまうかもしれない。

手をつけていないクロワッサンを机の上に残して、二人は食べる場所を探しにじめじめ曇った天候のなかへ出ていく。黙って並んで歩きながらマルゴは彼と手を繋ぎ、十分後に二人は〈レストラン・デ・ボザール〉の隅のテーブルに向かいあわせに座っている。マルゴがたっぷりしたスリーコースのランチをおごってくれて（ウォーカーが払おうとするのを頑なに拒み、デザートも注文してコーヒーもおかわりするよう言い張る）、それから二人でユニヴェルシテ通りに向かう。ジュフロワ家のアパルトマンは六階建ての建物の五階にあり、鳥カゴ式の狭いエレベータに乗り込んで上昇を始めると、ウォーカーはマルゴの体に両腕を回し、顔に短い、烈しいキスを立てつづけに浴びせる。マルゴはゲラゲラ笑い出し、ハンドバッグから鍵を取り出してアパルトマンのドアを開けながらもまだ笑っている。入ってみるとそこは実に豪華な住居で、ウォーカーが思ってもみなかったほどの贅《ぜい》が凝らされている。いままで出会ったこともない規模の富を体現した、とてつもない宮殿である。父親が銀行で働いていることはマルゴから前に聞いていたが、父がその銀行の頭取だとつけ加えることをマルゴは怠ったのである。彼女に連れられて部屋から部屋を回り、分厚いペルシャ絨毯と金箔に縁どられた鏡、クリスタルのシャンデリアと骨董の家具などを見ることで、マルゴという、つねに不満を抱えた捉えどころのない人物についてウォーカーは新たな洞察を得る。彼女は生まれ落ちた環境と相容れない人間、相容れないけれどもあからさまに反逆したりもしない人間なのだ（新しい住みかを探しながらも、こうしてひとまず両親のところに舞い戻っているのだから）。とはいえ、彼女が三十になってもまだ結婚していないことに両親はさぞがっかりしているだろうし、画家になろうという中途半端な企てもこのブルジョワ的上品さが支配する領域にあっていい顔はされまい。料理を愛しセックスを愛する曖昧模糊たるマルゴ、いまだ自分の場所を見出そうと苦闘し、いまだ完全に自由でないマルゴ。

彼女のあとについてキッチンに入っていきながらウォーカーはそんなことを考えるが、一分と経たぬうちに構図はもう少し複雑であることを知る。マルゴは両親と一緒にこのアパルトマンに住んでいるわけではないのだ。上の階に自分の部屋を持っていて、それは二十一歳の誕生日のお祝いに祖母に買ってもらった小さな女中部屋だという。いまこのアパルトマンに入ってきたのは、ただ単に煙草を探しに来たのである（彼女はそれをいま流しの横の引出しのなかに見つける）。このツアーはちょっとしたおまけみたいなものよ、私がどこでどう育ったかあなたにイメージしてもらえればと思ったのよと彼女は言う。どうして好きこのんで女中部屋なんかに寝泊まりするんですか、ここの方がずっと快適だろうに、とウォーカーが問うと、マルゴはニッコリ笑って言う――訳は自分で考えてよ。

そこは何とも禁欲的な部屋で、ウォーカーのホテルの部屋の三分の一の広さもない。小さな机と椅子を置くスペース、小さな流し、マットレスの下に物入れ用の引出しが付いた小さなベッド。しみひとつない清潔さで、いかなる装飾もなく、いまだ修練期の修道女の個室に入り込んだような気にさせられる。目に入る本は一冊だけで、ベッドのかたわらの床に転がったポール・エリュアールの詩集『苦悩の首都』。スケッチブックが何冊か、鉛筆やペンをぎっしり入れたコップと並べて机の上に積んである。裏向きにしたカンバスが床に置かれ、壁に立てかけてある。ウォーカーはそれらをひっくり返してみたいし、スケッチブックも開けてみたいが、マルゴの方から見せるとは言い出さず、許可なしに勝手に触る気にはなれない。部屋の質素さにウォーカーは圧倒され、マルゴの内的世界をこの世ならぬ形で覗き込んだ思いを覚えている。ここに入ることを、いままで何人に許したのだろう？

　自分が最初だとウォーカーは思いたい。


　マルゴの狭いベッドで彼らは二時間を過ごし、ようやく立ち去るときウォーカーはセシル・ジュアンとの約束に遅刻しかけている。これは全面的に彼の落ち度である。実のところ、セシルと会うことをすっかり忘れてしまっていたのだ。マルゴにキスしはじめた瞬間から、四時の待ちあわせは頭から消えてしまったのであり、マルゴの方から目覚まし時計に目をとめて、あなたあと十五分でどこかにいなくちゃいけないんじゃないの？　と言ってくれなかったら、あわててベッドから飛び出し服を着て部屋から駆け出ることもなく、いまだに彼女と並んで横たわっているだろう。

　マルゴのこの協力的な姿勢にウォーカーは戸惑う。ほんの何時間か前は彼の計画に断固反対していたのに、いまは共犯者のようにふるまっている。自分の立場を考え直したのだろうか、それとも何か狡猾なやり方で彼を欺いているのか――自分で作った罠にわざわざ入っていくほど彼が愚かか、見てみようとしているのか？　後者の解釈の方が正しい気がするが、とにかくウォーカーは、言ってくれてありがとうと礼を述べ、ドアを開けてその小さな部屋を去ろうとする間際、あと先考えずに、愛しているよとマルゴに告げる。

　愛してなんかいないわよ、とマルゴは、首を横に振りニコニコ笑いながら言う。でもあなたがそう思っていることが私も嬉しい。あなたは頭がおかしい子供よ、アダム、会うたびにますますおかしくなっているのよ。この調子じゃじき、私と同じくらいおかしくなるわね。

*

〈ラ・パレット〉にウォーカーは四時二十五分に入っていく。ほぼ半時間の遅刻だ。セシルがもう帰ってしまったとしても――カンカンに怒って、今度会ったら罵倒と呪詛の言葉を浴びせまくってやると誓いながらすさまじい剣幕で出ていってしまったとしても――彼は驚くまい。だが違う、彼女はまだそこにいる。奥の部屋で、静かにテーブルに座って本を読んでいて、前には半分飲んだオランジーナの壜。今日は眼鏡をかけていて、ベレー帽のような可愛らしい小さな紺の帽子をかぶっている。ウォーカーは何とも気まずく、走ってきて息は切れているし、服はくしゃくしゃ、体からはセックスの匂いがぷんぷん漂っているにちがいないし、頭がおかしいという言葉が脳内で鳴りひびいている。そんな有様でテーブルに近づいていき、早くも謝罪の言葉をしどろもどろに並べ立てるが、セシルは顔を上げて彼を見て、ニッコリ笑う。それは彼がまったく受ける権利のない許しの笑みだ。

それでもウォーカーは、向かいに腰を下ろしながらなおも謝りつづけ、ニューヨークへ長距離電話をかけようとして郵便局へ行ったら一時間以上並ばされて……といった出任せを口にするが、セシルはあっさり肩をすくめ、気にしないで、何でもないわ、いちいち説明しなくていいのよと言う。そして左手首を持ち上げ、右手の人差指で腕時計をとんとん叩いてさらに言う。パリではルールがあるのよ、待ちあわせて先に来た方は三十分待つ、三十分以内に来たら何も訊かない。で、いまは四時二十五分。私の計算では、あなたは五分早く来たのよ。

じゃ僕、まるっきり無駄にあれこれまくし立ててたんだね？　とウォーカーは相手の無茶苦茶な論理に感じ入りつつ言う。

さっきから私、そう言ってるのよ。

ウォーカーは今日六杯目か七杯目のコーヒーを注文し、それからセシルが、いつもの口を下げるしぐさとともに、彼が入ってきたときに読んでいた本を指さす。それは小さな緑色の単行本で、カバーはなく、見るからに古そうだ。ゴミ箱から救出されたみたいな、ボロボロに傷んですり切れた代物である。

見つけたのよ、と彼女は言い、もうそれ以上口を制御できず、満面の笑みがその顔に広がる。リュコフロンの英訳。ハーヴァード大学出版局ローブ古典文庫、一九二一年刊。訳者は――そう言って表題ページを開く――A・W・メア、エジンバラ大学ギリシャ語教授。

速いなあ、とウォーカーは言った。いったいどうやって見つけたの？

悪いわね。それは言えないの。

そうなの？　どうして？

秘密。返してもらうときに話すかもしれないけど、それまでは駄目。

え、じゃ貸してくれるの？

もちろん。好きなだけ持っていていいわ。

で、翻訳はどう？　見てみた？

私、英語はそんなに得意じゃないんだけど、どうも堅苦しくて、学者っぽくて、古臭い感じ。それに直訳調の散文訳だから、詩心のようなものはみんな消えてしまっている。でもまあ少なくとも、どういう話かは摑めるし、私がものすごく苦労した訳もわかってもらえると思う。

セシルは本文の二ページ目を開いて、三十一行目の、カッサンドラの独白が始まるところを指す。そしてウォーカーに、ここ、声に出して読んでみてくれる？　そうすれば判断してもらえると思うから、と言う。

ウォーカーは本を受けとり、すぐさま読みはじめる。噫《ああ》！　古《いにしえ》にトリトンの鋸歯《のこぎりば》の猟犬がその顎で以て貪り食った、三日の晩にわたって生まれた獅子、その松材の軍艦の如き獅子によって以前にも燃やされたわが不運な乳母。しかし怪物の肝臓を生きて切り刻む獅子は、炎なき炉床《ろしょう》に載せた大釜の湯気に煮立ち、己の頭の剛毛を地に落とし――その彼、子供らを殺す者、わが祖国の破壊者――二番目の、不屈の母の胸を非道なる矢柄《やがら》で撲《う》ち――更には競走路の只中にて、その両腕で、地上に生まれたるイスケノスの馬すら怯える墓のある、険しきクロノスの丘の傍らで、格闘者たる父祖を摑み――また、アウソニアの海の狭き海峡を眺めつつ洞窟の上から釣りに興じる荒々しき猟犬をも殺したが、父によって再び命を与えられたこの雄牛の息の根すら止める雌獅子、その肉体は烙印に燃え――冥界の女神レプティニスも恐れず……

ウォーカーは本を置いてニッコリ笑う。無茶苦茶だよ、と彼は言う。まるっきりついて行けない。

ええ、ひどい翻訳よ、とセシルは言った。聞いただけで私にもわかるわ。

翻訳だけじゃないよ。何が起きてるのか、さっぱりわからない。

それはリュコフロンの言い方がものすごく遠回しだからよ。晦渋《かいじゅう》なるリュコフロン。そう呼ばれるのにはちゃんと訳があるのよ。

それでも……

何を指しているか知らないといけないのよ。たとえば乳母はイリオスという名前の女性だし、獅子はヘラクレスのこと。ラオメドンはトロイアの城壁を建てたら報酬を払うとポセイドンとアポロンに言ったのに約束に背いたので、海の怪物が――トリトンの猟犬が――現われてラオメドンの娘ヘシオネを貪り食おうとした。それでヘラクレスが怪物の腹にもぐり込んで、腹のなかを滅茶苦茶に切り裂いた。ラオメドンは怪物を殺してくれたら報酬にトロスの馬たちを与えるとヘラクレスに言ったのに、またも約束を破ったので、怒ったヘラクレスが仕返しにトロイアの街を燃やした。それが最初の数行の背景よ。これを知らないと、ついて行くのは難しいわね。

『フィネガンズ・ウェイク』を中国語に訳すみたいだよ。

わかってる。だから私もうんざりしているのよ。来週で夏休みは終わるのに、夏のプロジェクトはもう破綻している。

あきらめるの？

昨日の夜ディナーから帰ってきて、もう一度自分の翻訳を読み直して、ゴミ箱に捨てたの。最低だった。ほんとに最低だった。

そんなことしちゃ駄目だよ。僕は読むのを楽しみにしてたのに。

あまりに気まずくって。

だって約束したじゃないか。だからこそ僕たちはこうして会ってるんだよ――君が翻訳を見せてくれるって約束したから。

はじめはそういう話だったけど、私、計画を変えたの。

どう変えたの？

あなたにこの本をあげることにした。それで私としては、今日何かをなしとげたことになる。

そういうことなら僕は要らないよ。この本は君のものだ。君が持っているべきだよ、この夏の苦闘の記念に。

でも私も要らないのよ。見ただけで気分が悪くなる。

じゃあどうする、これ？

わからない。誰かほかの人にあげるとか。

ここはフランスだよ、覚えてる？　まともな頭の持ち主のフランス人が、理解不能なギリシャ語の詩の下手な英訳を読みたがるわけないよ。

言えてるわね。じゃああっさり捨てちゃう？

薄情すぎる。本は敬意をもって扱うべきだよ、見て気分が悪くなる本であっても。

じゃあここに置いていきましょう。このベンチに。見知らぬ他人への、名なしの人間からの贈り物。

完璧だ。そして僕たちは勘定を払ってこのカフェを出たら、二度とリュコフロンの話をしない。

こうしてウォーカーとセシル・ジュアンの交友が始まる。多くの面で、セシルがどうしようもない人間であることをウォーカーは知る。いつもそわそわ落着かなげで、爪は嚙む、煙草も喫わず酒も飲まないコチコチのベジタリアンで、自分に対する要求が厳しすぎるし（例　破棄した翻訳）、時おり啞然とするほど未熟（例　リュコフロンの翻訳をどこで見つけたか言わない――子供っぽい秘密への固執）。その一方、これほど頭のいい人間はそうざらにいるものでないことも間違いない。その精神は驚くべき思考機械であり、およそどんな話題でもウォーカーのはるか先まで考えることができ、文学、美術、音楽、歴史、政治、科学等々の知識でウォーカーを圧倒する。それにただの記憶マシンではない。何のフィルターも通さない莫大な量の情報をひたすら摂取するだけの典型的秀才などではない。繊細で、明敏で、その意見はつねに独創的だし、内気で臆病ではあっても、議論になればいつも自分の意見を貫き通す。六日続けてウォーカーはマゼ通りの学食で彼女と会って昼食を共にする。午後は一緒に街をさまよい、本屋を見て回り、映画や美術展に行き、セーヌ河畔のベンチに座る。自分がセシルに性的に惹かれてはいないことがウォーカーには安堵の種である。セックスについての思いは、マルゴ（この六日のあいだに彼女は一夜をウォーカーのホテルで過ごす）と、ここにはいない――だが一瞬たりとも遠く離れてはいない――グウィンに限定できる。要するに、いろいろ苛立たしい癖はあっても、セシルの精神とともに時を過ごすだけで十分楽しいのであり、彼女の肉体については何も考えずにいられる。手を出さないということで、ウォーカーとしては何の異存もない。

事は用心深く進め、ボルンについて彼女に直接質問したりはしない。セシルが彼のことをどう思っているかは知りたいし、この長年の家族ぐるみの知りあいと母親との差し迫った結婚についてどういう気持ちでいるのかも興味津々だが、離婚は春までは成立しないのだからこの先時間は十分あるのだし、そうした個人的な事柄に足をつっ込むよりも、まずは彼女との親交を深めるのが先決だ。とはいえ、セシルの沈黙も大いに参考になる。もし彼女が、ボルンのことを非常に好いているなら、あるいは結婚の件をすごく喜んでいるなら、きっと時おりその話を持ち出すはずだ。だが彼女は何も言わない。ということはつまり、母の決断に疑念を抱いているのだとウォーカーは推測する。父親に対する裏切りと思っているのかもしれない。いずれにせよこちらから持ち出すにはあまりに微妙な話題であり、セシルの方から言い出すまでは、病院にいる男のこと、二度と目覚めぬであろう死んだも同然の父親のことは知らぬふりを続けるつもりでいる。

日々の彷徨の五日目、明日の夜うちへ夕食に来ないかって母親が言ってるんだけど、とセシルが言う。明日はリセの新学期が始まる前の最後の晩なのだという。ウォーカーはとっさに、ボルンも一緒だろうから断ろうと思うが、聞けばボルンは家族の用事（家族の用事？）でいまロンドンに行っていて、エレーヌ、セシル、ウォーカーの三人きりだという。喜んで伺うよ、と彼は答える。大人数の集まりは苦手なんだけど、ジュアン親子との静かな晩なら大歓迎さ。ウォーカーが大歓迎《フォルミダーブル》という言葉を使うと、セシルの顔がパッと明るくなって、燃えるような、何の制御もない喜びの表情が広がる。その瞬間、ウォーカーはにわかに理解する。この招待はエレーヌではなくセシルが出所なのだ。彼を招くようセシルが母親を焚きつけたのであり、きっと何日も前からしつこくせがんでいたにちがいない。それまでセシルは、ウォーカーの前ではおおむね慎ましくふるまい、感情をあらわにしたりせぬよう自分を抑えていた。いま彼女の顔に広がった歓喜は、ウォーカーにとってひどく気がかりな徴候である。セシルが自分に夢中になってしまうのは絶対に困る。

母娘は七区の、ユニヴェルシテ通りと平行のヴェルヌイユ通りに住んでいるが、マルゴ家の御殿のような住居とは違い、ジュアン家のアパルトマンは小ぶりで家具も質素であり、夫の事故後の逼迫《ひっぱく》した経済状況が如実に表われている。とはいえウォーカーの見るところ非常に手入れが行き届いていて、すべてがあるべき場所に置かれ、しみひとつないガラスのコーヒーテーブルからワックスを塗ってキラキラ光る床まで何もかもが完璧に綺麗で、きちんと整理整頓されている。

こうした秩序への意志は、世界の混沌と予測不可能性を腕一本分遠ざけておこうとする努力のように思える。かくも狂信的な勤勉を貫くエレーヌを、誰が責められよう？　こうすることで、自分がバラバラになるのを彼女は食い止めているのだ、とウォーカーは思う。自分とセシルがバラバラになるのを食い止めることの重荷を考えれば、夫と離婚してボルンと結婚するのも、まさにこれが理由ではないかと思えてくる——どん底から抜け出し、もう一度息ができるようになるため。

方程式からボルンが抜かれると、エレーヌは数日前にレストランで会った女性よりいくぶんソフトで愛想好い人物に思える。相変わらず控え目で、清廉と上品の殻に包まれてはいるが、玄関でウォーカーを出迎えて握手するとき、彼女がウォーカーの目にとても温かく見入るものだから彼は驚いてしまう。彼がやって来たことを本気で喜んでいるようなのだ。セシルが母親にねだって彼を招待させたものと思ったのは、ひょっとすると間違いだったかもしれない。やっぱりエレーヌの方から言い出したのか。ねえセシル、あなたが最近つるんでるあの変わったアメリカ人の男の子、どう？　あの子のこともう少し知りたいから、晩ご飯に招待しない？

今夜もセシルは眼鏡をかけていないが、レストランのときとは違い、目をすぼめたりもしない。コンタクトレンズをつけはじめたのだろうとウォーカーは推測するが、そういうことを訊いて気まずい思いをさせてもいけないのでひとまずは何も言わないでおく。いつもより静かで、いつもより落着いている感じだが、それは意識的にそうしているのか、それとも母親が一緒だと彼相手でも抑制がはたらいてしまうのか。食事が一コースずつ運ばれてくる。まずはミニキュウリのピクルスを添えたパテ、ポトフ、アンディーヴサラダ、チーズ三種、そしてデザートはクレームカラメル。ウォーカーはそれぞれの料理ごとにエレーヌを讃え、口に入れる食べ物を事実一口一口楽しんではいるが、彼女の腕前がマルゴの足下にも及ばないことも彼にはわかる。まったくどうでもいい無数の事柄が話題にのぼる。学校と仕事、天気、パリとニューヨークの地下鉄の違い。彼とセシルが音楽の話を始めると会話もだいぶ活気づき、食事が終わるとウォーカーはようやく(いったい何度強硬に拒絶されたことか?) セシルを説き伏せ、彼女がウォーカーに——ウォーカーと母親に——何か弾いてくれることになる。居間とダイニングルームを兼ねた部屋には小さなアップライトピアノがあって、セシルはテーブルから立って楽譜の方に向かいながら、何かお望みは? と訊く。バッハ、とウォーカーは迷わず答える。バッハ、二声のインベンション。

演奏は悪くない。セシルは根気強くすべての音を正確に打ち、強弱も安定している。まあフレージングは少し機械的で、ベテランのプロのような流暢さはないが、といって誰が責められよう。彼女はプロではない。ただ好きでピアノを弾いている十八歳の高校生なのだ。バッハを手際よく、器用に弾き、感情もしっかりこもっている。自分が子どものころピアノを覚えようとしたときのぶざまさ、音楽の才がまったくないと思い知ったときの失望をウォーカーは思い出す。ゆえに彼はセシルの演奏を熱く喝采し、その努力を讃え、素晴らしい音楽だと褒めそやす。そんなによくないわ、といつもの苛立たしい謙遜とともにセシルは答える。まあまあってところよ。だがそうやって自分を卑下しながらも、セシルの口が下がるのが、彼女が必死に笑みをこらえているのがウォーカーには見える。自分の賛辞が彼女にとってどれだけ意味があるかをウォーカーは理解する。

少しして、ちょっと失礼とセシルが言って席を外して廊下を歩いていき(きっと洗面所に行くのだろう)、この晩初めてウォーカーは母親と二人きりになる。セシルが間もなく戻ってくることはわかるので、エレーヌは一瞬も無駄にせずすぐさま本題に入る。

あの子のことは気をつけてね、ムッシュー・ウォーカー。複雑な、壊れやすい子で、男性の経験もないのよ。

僕もセシルのことは大好きですが、あなたがおっしゃっているらしい意味ではありません。一緒にいて楽しいというだけです。友だちとして。

ええ、もちろんあの子のことを好いてくださっていると思います。でもあなたはあの子に恋してはいない。問題は、あの子があなたに恋してしまったということです。

彼女がそう言ったんですか?

言われる必要はありません。見ればわかります。

僕に恋しているだなんて、そんな。知りあってまだ一週間ですよ。

一年、一週間、そんなの関係ありません。こういうことは起きてしまうんです。そして私はあの子に傷ついてほしくないんです。どうか気をつけてください。お願いですから。

懸念が事実になった。無罪が有罪に変わり、希望はいまや失意と韻を踏む言葉。パリ中で人が窓から飛び降りている。地下鉄は人糞にあふれている。死者たちが墓から這い出てくる。第二幕終わり。カーテン。

第三幕。ジュアン家のアパルトマンを去り、肌寒い九月の夜によたよた出ていくウォーカーは、エレーヌの言葉が真実だということを少しも疑ってはいない。元々そうではないかと思ってはいたが、その疑念が確証されたいま、ここは新しい戦略を考え出さねばならない。まず第一に、毎日セシルと街を歩くのはもうやめにしないといけない。自分としても彼女のことがいままではずいぶん気に入っているが、とにかく気をつけないといけない（そう、エレーヌの言うとおりだ）。彼女を傷つけたりすることがないよう、すごく気をつけないといけないのだ。だが、気をつけるとはどういうことか？　関係を断ち切るのは不要に残酷に思えるけれども、このまま会いつづけていれば、彼女に対し興味を示しつづけることで、要らぬ望みを持たせてしまわないだろうか？　この難題に単純な解決法はない。何と言っても、セシルに会わないわけには行かない。これまでほど頻繁ではなく、何時間も続けてでもないにせよ、とにかく会いつづけなくてはいけない。セシルこそ事実を打ちあけようと決めた相手、セドリック・ウィリアムズ殺害の真実を伝えることにした相手なのだから。セシルは彼の話を信じるだろう。彼女にではなく母親に話したら、信じない可能性も高い。だがもしセシルが信じてくれたら、エレーヌに対するチャンスも増す。娘から聞けば、母も信じる確率は高いだろうから。

ウォーカーは翌朝マルゴに電話する。彼女と一緒に過ごして、このややこしい、不安な状況から気を紛らわせられればと願っているが、むろんそれもマルゴの気分次第、時間が空いているかどうか次第だ。

不思議ね、とマルゴは言う。私もたったいま、受話器を持ち上げてあなたのホテルに電話しようとしていたのよ。

それはよかった、とウォーカーは答える。つまり僕らは同時に相手のことを考えていたっていうことですよね。テレパシーこそ、人と人の強い絆を示す最良の指針です。

あなたってほんとに変なこと言うのねえ……

あなたがなぜ電話するつもりだったか言いたいですか、それとも僕がなぜ電話したかを言いましょうか？

あなたの方から。

すごく簡単です。あなたに会いたくてたまらない。

そうできるといいんだけど、駄目なのよ。だから電話で話したかったの。

何かあったんですか？

いいえ、何も。私、一週間出かけるのよ、そのことを知らせたくて。

出かける？

ええ、ロンドンに。

ロンドン？

どうして私の言うことをくり返すの？

すみません。でもロンドンにはほかにも誰かいるから。

その他一千万の人と一緒にね。誰か特定の人のこと考えてるの？

ひょっとしたら知ってるのかなと思って。

いったい何の話？

ボルンです。三日前にロンドンに行ったんです。

で、どうして私がそんなこと気にしなきゃいけないの？

ボルンに会うんじゃないですよね？

馬鹿なこと言わないでよ。

だってもしほんとに会うんだったら、僕、耐えられないと思うから。

あなたいったいどうしたの？　もちろん会いやしないわよ。

じゃあなぜ行くんです？

やめてよ、アダム。そんなこと訊く権利、あなたにはないわ。

あると思ったんです。

私は自分の行動を誰に説明する義務もない――とりわけあなたには。

すみません。僕、まるっきり馬鹿みたいにふるまってますよね。質問、撤回します。

知りたいんだったら言うけど、姉に会いに行くのよ。イギリス人と結婚してハムステッドに住んでるの。男の子が三つになるんで、誕生日パーティに呼ばれたのよ。それに、付け足しておくと、母も一緒よ。

行く前に会えませんか？

あと一時間で空港に向かうのよ。

残念です。あなたに会えなくて寂しい。ほんとに、ほんとに寂しくなります。

八日間だけよ。しっかりしなさい、坊や。あっという間に帰ってくるわよ。


マルゴとのこの気の滅入る会話のあと、彼はホテルの自室に戻り、二、三時間ふさぎ込んで、机に向かって詩作を始める気力も起こらず、本を読もうとしたが（ジョルジュ・ペレックの『物の時代』）集中できず、まもなくまたセシルのことを考えはじめ、今日学校が始まったんだなと思いあたる。ここからも遠くないリセ・フェヌロンの教室に彼女は座って、先生がモリエールの文体について事細かに論じるのを、削り立ての鉛筆が何本も入った筆入れをもてあそびながら聞いている。当面は彼女を避けることにしよう、とウォーカーは思う。あと八日経ったら（ちょうどマルゴが帰ってくる日だ）自分の授業も始まるから、会う頻度が減ったことのしかるべき口実になる。一緒に過ごす時間が減るにつれて、彼女の熱も冷めてくるだろう。

その後の三日間、ウォーカーはこの計画にきっちり従う。誰にも会わず、誰とも口を利かずにいると、孤独のなかで少しずつ自分が強くなっていく気がしてくる。自らに課した規律のおかげで、自分がどこか気高くなったような、かつて自分はこういう人間だと思っていたその人間と、もう一度知りあえたような思いがする。短い詩も二篇、それなりにいいところがあるかもしれないものが書けたし（無の夢以外何ものでもないことは決してなく／すべての夢以外何ものでもありうることも決してなく）、半日を費やしてドライヤーの映画の蘇生の場面をめぐる思いを書きとめ、部屋の窓を通して見たパリの空の変幻ぶりについてグウィンに宛てて長い、のびやかに狂想的な手紙を書く――ここで暮らすことは雲の目利きになること、移り気の気象学者になることだよ。そうして、四日目の朝早く、目が覚めてすぐ、ベッド脇に置いた電熱器で沸かした湯で毎朝淹れる苦いインスタントコーヒーの一杯目をちびちび飲んでいると、ノックの音がする。

まだ頭は朦朧《もうろう》、ベッドの暖かさに体もぼうっとしていて、髪もくしゃくしゃで服も着ていない有様で急いでズボンをはき、あちこち割れた床板の棘が刺さらぬよう裸足の足を爪先立ててそろそろとドアへ向かう。今度もモーリスだろうと彼は思い、今度もその予想は間違っているのだが、モーリスにちがいないと決めているので、誰なのか訊きもしない。

目の前にセシルが立っている。緊張していて、下唇を噛んでいて、体は震えている——体内を電流が巡っているかのように、いまにも空中に浮揚せんとしているかのように。

君、学校に行ってる時間じゃないの？　とウォーカーは言う。

学校なんかどうでもいいのよ、とセシルは答え、彼が招く間もなく敷居をまたいで中に入る。この方が学校より大事よ。

わかった、学校より大事なんだね。どういう意味で？

ディナーの夜以来、あなたは一度も電話してくれていない。何があったの？

何もないよ。忙しかったんだ、それだけさ。それに君も忙しいだろうと思ったんだ。今週授業が始まって、きっと宿題もどっさりあるだろうし。落着くまで何日か待とうと思ったのさ。

そんなことじゃないわ。全然そんなことじゃない。母さんがあなたに何か言ったのよ、そうでしょ。あの馬鹿な母親が何か言って、あなたを怖気づかせたのよ。言っときますけどね、母親は私のことなんか何も知らないのよ。私、自分の面倒くらい自分で見られるわよ。

待ってくれよセシル、とウォーカーは言いながら右腕を上げ、ぴんと開いた手のひらを彼女の方に突き出す——交通整理の警官のポーズ。僕は三分前に起きたばかりなんだ。まだ頭から蜘蛛の巣を振り払おうとしてる最中なんだよ。コーヒー。そうだった。コーヒーを飲んでたんだ。君、コーヒーは要らないかな？

私、コーヒー嫌いなのよ。知ってるでしょう。

紅茶は？

いいえ、結構。

わかった。コーヒーはなし。紅茶もなし。でも頼むから座ってくれ。そうやって立ってられると落着かないよ。

机のうしろの椅子をウォーカーは身振りで示し、それから机に近づいていって椅子を引き出してやり、セシルがそっちへ歩いていくとともに、自分はコーヒーの入ったボウルをふたたび手にとりベッドに運んでいく。軋む椅子にセシルが腰かけるのと同時に、彼もU字形に凹んだマットレスに腰かける。なぜかその一致がウォーカーには滑稽に感じられる。もはや熱くないコーヒーを一口飲み、セシルに向かってニッコリ笑い、同時の着席が彼女にも等しく滑稽に思えていたらいいが、と考えるが、いまこの瞬間セシルにとって何ひとつ滑稽なものはない。彼女は笑みを返さない。

君のお母さん、とウォーカーは言う。たしかにお母さんは僕に話をした。君がピアノを弾き終えて部屋を出たときに、十五秒か二十秒くらい話をしたよ。お母さんが話して、僕が聞いた。でも僕は怖気づいたりしていない。

そうなの？

もちろんさ。

確か？

絶対確かだよ。

じゃあ何で消えたの？

消えちゃいないさ。土曜か日曜に電話するつもりだったんだ。

ほんとに？

ああ、ほんとだよ。もうやめなよ。質問はおしまい、いいかい？　もう疑わないこと。僕は君の友だちだし、これからも友だちでいたい。

ただ、あんまり――

もうよせって。僕はこれからも君の友だちでいたい、でもそのためには君が僕を信用してくれないと。

信用する？　何の話よ？　信用するに決まってるじゃない。

そうでもないよ。何日か前まで、僕らはずいぶんたくさんの時間一緒に過ごして、そのあいだにいろんなことを話しあった。本と哲学者、美術と音楽、映画、政治、靴や帽子の話までした。だけど君は、自分のことについては、まだ一度も僕に心を開いてくれていない。君は隠れなくていいいんだよ。何が大変なのか、僕は知ってるんだ。物事が上手く行かなくなったときの家族というものがどんなふうになってしまうかも僕にはわかる。このあいだ、僕の弟のアンディの身に起きたことを君に打ちあけたとき、これで君も話してくれるかなと思ったけど、君は何も言わなかった。君のお父さんの交通事故のことを僕は知ってるんだよ、セシル。君と君のお母さんが地獄の苦しみを味わってきたことも知ってるし、離婚のことも、お母さんの再婚話のことも知っている。どうして君はそういうことを僕に話してくれないんだい？　友だちっていうのはそういうことのためにいるんだよ。痛みを分かちあうため、おたがい助けあうために。

辛すぎるのよ、とセシルは目を伏せ、自分の両手を見ながら喋る。だからこそあなたといるとものすごく楽しいのよ。そういうことを考えなくていいから。世界がどれだけひどい、腐ったところか忘れていられるから……

＊

彼女はまだ喋っているが、ウォーカーはもはや聞いていない。もはやろくに注意を払っていない。なぜなら突如、ある考えに取り憑かれたからだ――いまこそセシルにあの話を、ボルンとセドリック・ウィリアムズの話、セドリック・ウィリアムズ殺害の話をする最良のタイミングではないか。ついいましがた、ウォーカーは彼女を安心させる言葉を口にし、友情を言明したのだから、いまセシルは、比較的落着いて彼の言葉を聞ける状態にあるにちがいない。ボルンがあの少年に為した残忍な行為を聞いても、母親の言うこの壊れやすい子が、いまなら修復不能なダメージを受けたりもせず受けとめられるのではないか。ぶるぶる震えて爪を嚙んでいる、神経過敏なセシル、だがそんなセシルがこの夏、あの過剰な暴力に貫かれた詩を、悪夢のごとき恐怖に浸された詩を訳して過ごしもしたのだ。雌犬の怪物を八つ裂きにする話や都市を焼き打つ話や自分の子供を殺す話をめぐってカッサンドラが吠え立てる独白に、ウォーカー自身ショックを受けた。とはいえ、あれはみな神話の領域の出来事であり、はるか昔の架空の暴力だった。それに対しボルンは現実の人間であり、セシルにとっては物心ついたころからずっと知ってきた生きて呼吸している人物、彼女の母親と結婚しようとしている男である。彼女がその結婚に賛成であれ反対であれ、ウォーカーがセシルに、自分の目で見た殺人者のふるまいについて話し、この男が何をやりかねないかを知らせたら、彼女にどういう影響を及ぼすだろう？　いまこそ春のニューヨークでのあの夜のことを話す時だと思うさなかにも、ウォーカーはためらってしまう。話す気になれない、話してはならない、話すまい、何があろうとセシルに悪しき報せを母親に伝える役を押しつけてはならない、彼自らエレーヌと話すのだ、それが正しい解決策、唯一まっとうな解決策だ、かりにエレーヌを味方につけられなくとも、とにかくこの醜い一件にセシルを巻き込んではならない。

どうかしたの、アダム？

やっと呪縛が解ける。ウォーカーは顔を上げ、うなずき、つかのま詫びるような笑みをセシルに向ける。ごめん、別のことを考えてたんだ、と彼は言う。

何か大事なこと？

いいや、全然。昨日の夜見た夢を思い出していたんだよ。起きたときってそういうことあるだろ。体は一気に行動に入るのに、頭はまだベッドのなかにいる。

私がここに来たこと、怒ってないわよね？

全然。来てくれてよかったよ。

私のこと、少しは好きよね？

それってどういう質問だい？

私のこと醜いとか、見るに堪えないとか思う？

馬鹿なこと言うなよ。

可愛くないことはわかってるけど、見てられないほどひどくもないわよね？

君は愛らしい顔をしているよ、セシル。美しい、知的な目をした繊細な顔を。

じゃあなぜ私に触りもキスしようともしないの？

え？

聞こえたでしょ。

なぜかって？　わからないよ。君の無垢につけ込みたくないからかな。

私のこと処女だと思ってるのね？

正直言って、どっちなのか考えたこともなかったよ。

あのね、違うのよ。言っておくけど。もう処女じゃないし、二度とそうならない。

おめでとう。

先月ブルターニュで経験したのよ。男の子の名前はジャン＝マルク。私たち三回やったわ。ジャン＝マルクはいい人だけど、私、彼に恋してはいないの。私の言ってることわかる？

と思う。

で？

僕に時間をくれないと。

それどういう意味？

僕はニューヨークにいる誰かにすごく恋しているっていう意味さ。僕がパリに行く直前に彼女は僕との関係を断ち切って、僕はそのことでいまだに苦しんでいて、いまも心の落着きを取り戻そうとあがいている。いまはまだ、新しいことに入れる態勢じゃないんだ。

わかるわ。

よかった。それで話はぐっと簡単になる。

簡単にはならないわ——もっと複雑になるのよ。でも最終的には、それで何も変わりはしないわ。

というと？

私をもっとよく知るようになったら、私にひとつ特別な性質が、ほかの誰とも違った人間にしている何かがあることがわかるはずよ。

で、その性質とは？

辛抱強さよ、アダム。私は世界中の誰よりも辛抱強いのよ。

やるなら土曜日だ、とウォーカーは決める。エレーヌの仕事は休みで、セシルは半日学校に行っている。土曜日なら唯一、ジュアン家のアパルトマンに行けば確実にエレーヌと二人きりになれる。そしていまウォーカーは行動したい。ボルンがまだロンドンにいるうちに彼女と話したい。話している最中に突然ボルンが部屋に入ってきたりする危険を排除するにはそれしかない。ウォーカーはエレーヌの勤務先のクリニックに電話をかける。セシルのことで大事なお話があるんです、と彼は言う。いえ、悪い話なんかじゃありません、むしろ逆です、でもとにかくお話ししたいんです、それもセシルがいないときにお会いできればいろんな意味で最善だと思うんです。するとエレーヌの方から、じゃあ土曜の朝にアパルトマンにいらっしゃいと誘う。セシルはリセに行ってるから、九時ごろに来てくだされればあの子が帰ってくる前に話を終えられるわね。どっちがいい、と彼女は訊く。コーヒーか紅茶？　クロワッサン、ブリオッシュ、タルティーヌ・ブール？　コーヒーとタルティーヌ、とウォーカーは答える。ヨーグルト？　ええ、ヨーグルトもぜひ。じゃあ決まり。土曜の朝食に来るのね。電話口のエレーヌの声はとても友好的で、優しさと、戯れの共謀者っぽい雰囲気に満ちていて、電話を切ったあと、ウォーカーは彼女に関する意見を変えざるをえない。どうもこの人は、知らない人間の前ではぎこちないのかもしれないが、少し親しくなると、ガードを解いて本当の自分の色を見せるようになるのではないか。その色がウォーカーにとってだんだん魅力的になってきている。彼女は明らかにウォーカーのことを気に入っていて、実のところウォーカーも彼女を気に入っている。ボルンを一刻も早く追い出そうという気持ちもますます募ろうというものだ。そしてそれは達成可能だ。話を彼女に信じてもらいさえすれば。

ヴェルヌイユ通り、土曜の朝。初めの三十分、ウォーカーはセシルの話に集中する。彼に対するセシルの気持ちについてエレーヌは不安に思っている。その不安をできるだけ和らげ、状況はエレーヌが考えるほど深刻ではないことを証明しようとウォーカーは努める。木曜にセシルと交わした会話について報告し（ただしそれがセシルが学校に行っているべき午前中に交わしたことは黙っている）、すべて包み隠さず話したと伝える。彼の心がよそを向いていること、ニューヨークで誰かと辛い別れを体験したばかりで、誰とであれロマンスを始めるような状態ではないことをセシルはいまや知っている。

それは本当なの、それともあの子を傷つけないための作り話？　とエレーヌは訊ねる。

作り話じゃありません、とウォーカーは言う。

可哀想に。きっとさぞ辛いでしょうね。

はい。でも自業自得でもありますから。

その謎めいた一言を無視して、エレーヌはさらに訊く。それであの子は何と言ったの、あなたのそういう……状況を聞かされて？

わかるわ、と言いました。

それだけ？　騒いだりしなかった？

騒ぎません。すごく落着いていました。

驚いたわ。あの子らしくない。

知ってます、マダム・ジュアン、過敏な子ですよね、最高に安定した性格とは言えません、でも並外れた才能の持ち主でもあるし、あなたが考えていらっしゃるよりずっと強い子だと僕は思うんです。

もちろん主観の問題ですけど、あなたの言うとおりだといいわね。

それに、これはあなたにとっても興味のあることだと思うんですが、このあいだおっしゃっていた、男性経験がないという話も違っていました。

あら、まあ。どこでそんな経験をしたのかしら？

僕からはもう十分申し上げました。あとはお知りになりたければ本人に訊いていただかないと。僕はスパイじゃないですから。

ぶしつけな質問だったわ。まったくその通りね。許してちょうだい。

とにかく僕が言いたいのは、セシルは大人になりつつあるということ、もう彼女の好きにさせてやる時期じゃないかということです。もはやそんなに心配する必要はないと思うんです。

あの子のことを心配しないなんてありえないわ。それが私の仕事なのよ、アダム。私はセシルのことを心配する。いつも心配してきたのよ――あの子が生まれてからずっと《オール・ハー・ライフ》。

「「ライフ」という言葉のあと、ウォーカーの原稿には欠落があり、会話は唐突に終わってしまう。ここまではずっと、メモは連続していて、行間も詰めてぎっしり書き込まれた文章が中断もなく何段落も続いているが、ここでおよそ四分の一ページほどの空白があって、この白い長方形のあとでテクストが再開されると、文章のトーンはすでに違っている。もはや語るべきことはあまりないが（この時点で二十八ページ目、あと三ページを残すのみ）、ここまでで採ってきた几帳面な、一歩ずつ進んでいくアプローチは放棄され、物語の結末が大急ぎで要約される。ウォーカーはおそらく、エレーヌとの会話の途中でその日の執筆を終え、翌朝目覚めると（一応少しは眠ったと仮定して）容態が一気に悪化していたのではないか。これがウォーカーの人生最期の日々であったことを忘れてはならない。前と同じように書き進めるにはあまりに健康は損なわれ、体力も失われ、消耗しきっていたにちがいない。この前の二十八ページでもすでに、勢いが少しずつ、しかし不可避的に衰えていき、細部に対する注意力が失われてきていることに私は気がついていた。だがいまはそうした段階も超えて、力はすっかり奪われ、ごくごく基本的な事柄を記すだけでも精一杯なのだ。「秋」の書き出しではオテル・デュ・シュッドの描写もかなり丁寧だし、カフェで遭遇したときにボルンが何を着ていたかも伝えているが、少しずつ、描写の比重は外的世界から内的状態へと移っていく。服の話はなくなり（マルゴ、セシル、エレーヌ、彼女たちの服装については一言もなし）、目的にとって欠かせないと思えたとき以外は場所の描写もなくなり（ヴァジュナンドの雰囲気について二言三言、ジュアン家のアパルトマンについて二言三言）、物語の大半は思考と会話——人が何を考えているか、人が何を言っているか——から成り立っている。最後の三ページになると、崩壊は間近に迫っている。ウォーカーは世界から消えようとしているのであり、命が体から流れ出ているのを自分でも感じているのだ。だがそれでも、彼は懸命に進みつづける。物語を終わりまで語ろうと、もう一度コンピュータに向かう。」

キッチンテーブルのH（エレーヌ）とW（ウォーカー）。コーヒー、パンとバター、ヨーグルト。C（セシル）について話すことはもうほとんど残っていない。手遅れになる前に、Wとしては Hを新しい方向に押し出さなくてはいけない。夫について、そしてボルンについて話すよう誘導しないといけない。決定的な話に入る前に、事実が間違っていないことを確認しないと。結婚のことはボルンから春に聞かされたし、M（マルゴ）も離婚をめぐる情報をつけ加え、Cも何ら反駁しなかったが、Hが自分からこの話題を切り出すよう仕向けないといけない。どうやったらいいか。まずはルドルフの名を出して、四月にニューヨークで出会った話をし、自分たちが親しい友人ではないことをほのめかすようなことはいっさい言わず、五月にボルンがパリへ戻ったことに話を進め、今度あなたと結婚することになったと告げたときあの人はものすごく嬉しそうでしたよと伝える。結婚のお話、本当なんですか？　Hはうなずく。ええ、本当よ。それから彼女は、こんなに苦しい、辛い決断は人生で初めてだと言う。そして洪水のように、夫の話が語り出される。ピレネー山脈での自動車事故、ヘアピンカーブ、山腹からの転落、病院、過去六年半の苦悩、Cを襲ったショック。言葉の洪水、そして涙の洪水。Wは先へ進む気力もほぼ失せてしまう。Hの涙が収まってくる。気まずそうで、申し訳なさそうな様子。あなたにこんなこと打ちあけるなんて不思議ね、と彼女は言う。ニューヨークからやって来た、私の娘とほとんど歳も変わらない、ろくに知りもしない若い男の子に。でもルドルフはあなたのことをものすごく褒めているし、あなたはCに本当に優しくしてくれた——たぶんそのせいね。

Wはすべてを放棄する気になりかけている。口をつぐむんだ、この気の毒な女の人に余計なことを言っちゃいけない、と自分に言い聞かせる。だが彼にはそれができない。彼の怒りはあまりに大きいのだ。崖から飛び降りる思いで、セドリック・ウィリアムズとリバーサイドドライブについて語りはじめ、語りながらもそのことを悔やみ、一言発するたびに自分を憎むが、それでもやめることはできない。Hは呆然と、言葉を失って聞いている。Wの言葉は研がれた斧であり、彼はいまHの首を斬り落としている。彼はいまHを殺している。

彼女がWの話を信じていることは疑いない。Wを見る目付きから、彼が本当のことを言っているとわかっていることが見てとれる。だがわかったところで変わりはない。Wは彼女の人生を破壊しつつあるのであり、彼女としては自分を弁護する以外手はない。どうしてそんなひどい中傷が言えるの、と彼女は言う。証拠もなしに、裏付けも何もないのに?

僕はそこにいたんです、とWは言う。証拠は僕の目のなか、僕の見たもののなかにあるんです。だが彼女はこの言葉を受け容れない。ルドルフは有名な大学教授だ、知識人だ、立派な家柄の出だ、云々。あの人はかけがえのない友人よ、みじめな年月から私を救ってくれたのよ、世界中のほかのどの男の人とも違うのよ。

冷たい、硬い顔。もう涙はなく、自己憐憫もない。独善の憤怒に包まれている。

Wは帰ろうと立ち上がる。もはや彼女に言うべきことは一言だけ——そしてそれをWはアパルトマンから出ていく直前に口にする。あなたにお知らせするのが僕の務めだと思ったんです。少しのあいだ一歩引いて見てみてください、僕があなたに嘘をつく理由は何もないことがおわかりになるはずです。僕はあなたとセシルに幸せになってほしいんです、それだけです、そしてあなたが恐ろしい過ちを犯そうとしていると僕は思うんです。もし僕の言うことが信じられないのなら、ご自分のためだと思って、ルドルフに訊いてごらんなさい——なぜあなたは飛び出しナイフを持ち歩いているのかと。

日曜の朝。ドアをノックする音。腫れぼったい目の、髭も剃っていない、土曜夜の深酒がいまだ醒めていないモーリス。坊や、あんたに電話だよ。

Wはフロントへ降りていって受話器を取り上げる。ボルンの声が言う。ウォーカー、君は私の悪口を言っているそうだな。我々は了解に達したと思ったのに、君は裏切って、私の背中を刺すような真似をする。いかにもユダヤ人らしい。名前は偽のアングロサクソンっぽくても、卑劣なユダヤ人そのものだな。世の中にはこういう真似を罰する法律があるんだぞ。口頭誹毀《ひき》、名誉毀損、他人について嘘を言いふらすことをそう言うんだ。さっさとアメリカに帰ったらどうだ？ 荷物をまとめてパリを去るんだ。留学は切り上げて、ここを出ろ。とどまったらきっと後悔するぞ。約束する、ウォーカー。お前は死ぬほどケツをぶっ叩かれて、生涯二度と座れなくなるからな。

月曜の午後。Wはリセ・フェヌロンの前に陣取り、Cが校舎から出てくるのを待つ。やっとほかの生徒たちに囲まれて出てきた彼女は、Wの目をまっすぐ見て、それから顔をそむける。そしてサンタンドレ・デザール通りの方に歩き出す。Wは走っていって彼女に追いつく。肱を摑むが、彼女はそれを払いのける。Wはふたたび摑んで、無理に立ち止まらせる。どうしたんだ？ どうして何も言わないんだ？　と彼は言う。

どうしてあんなひどいことを？　と彼女は大きな、甲高い声で答える。私のお母さんに、あんなおぞましいことを言って。あなたは病気よ、アダム。あなたは人間のクズよ。あなたは舌を引き抜かれるべきよ。

Wは彼女を落着かせよう、彼の言葉に耳を傾けさせようと努める。

あなたなんかもう顔も見たくない。

もう一度だけ理を説こうとWは試みる。

彼女は泣き出す。そしてWの顔にペッと唾を吐き、立ち去る。

月曜の夜。サンドゥニ通りの、巨体の、ガムをくちゃくちゃ噛む娼婦。売春婦はこれが初体験だ。部屋は殺虫剤と、汗と、ゲロが乾いた臭いがする。

火曜日。一日中パリの街を歩き回って過ごす。リュクサンブール公園で一人の司祭が生徒たちとクリケットをやっているのを見かける。モンジュ通りで浮浪者に十フランを恵む。九月後半の空が周りで暗くなり、メタリックな青からこの上なく濃い藍色に変わる。もう考えも尽きた。

火曜の夜。午前三時。部屋のすぐ外で騒々しい音。街じゅう歩いて疲れはてたWはぐっすり眠っている。誰かがノックしている。いや、誰かどころか何人もいる。いくつもの拳骨の一隊が、彼の部屋のドアを叩いている。

制服の警察官二人――ホルスターに銃を挿し、手には警棒を持った若いフランス人警官二人。ビジネススーツを着た年上の男一人。面喰らった顔のモーリスが戸口に隠れている。お前の名前はアダム・ウォーカー――ヴァルク＝エア――かと彼らは問う。身分証明、つまりアメリカのパスポートの提示を求め、Wが警官の一方に渡すと相手はそれを返却しない。それから、年上の男がもう一方の警官に、たんすの中を探るよう命じる。一番下の引出しが開けられ、アルミホイルで包んだ何かの大きな塊が出てくる。警官がそれを男に渡し、男がホイルを剝がしはじめる。ハッシッシだ、と男は言う。たっぷり二キロ半、ひょっとしたら三キロある。

ボルンの報復の絶妙な皮肉。ドラッグを絶対にやらない若者、ドラッグ不法所持で捕まる。

Wは連行される。パトカーの後部席で、Wは年上の男に、僕は無実です、散歩に出ているあいだに誰かが部屋にドラッグを置いていったんですと訴える。うるさい、黙れ、と男はWに言う。

彼らはWをどこかの建物に連れていき、部屋に入れ、鍵をかける。ここがどこなのか、Wには見当もつかない。わかるのはただ、自分がパリのどこかにある狭い空っぽの部屋にいて、手錠をはめられているということだけ。僕は逮捕されたのか？　よくわからない。誰も彼に対して一言も言っていないが、写真も撮られず指紋も採られていないのは妙だし、留置場の独房ではなく、こんな狭い空っぽの部屋に入れられているのも不思議だ。

その部屋には七時間近くいることになる。十時半に建物から出されて、裁判所に連れていかれる。手錠が外される。どこかのオフィスに入って、予審判事だと称する男と話をする。本当に名のったとおりかもしれないが、おそらく違うとWは考える。これはすべてルドルフ・ボルン演出の茶番劇だという確信を彼はだんだん募らせている。こいつらはみんなただの役者なのだ。

取調べを行なう判事は――本当に判事だとして――君は運のいい若者だぞとWに言う。不法ドラッグをこれほど大量に所有するのはフランスでは重罪であって、普通なら何十年も刑務所に入れられることになる。幸い、政府筋に相当の影響力をお持ちの方が君のために口を利いてくださって、初犯であることに鑑みて寛大に処してやろうと言われた。そこで司法省としては君と取引きする用意がある。君が国外追放に応じるなら告発を取り下げる。君は二度とフランスに入国を許されないが、自国では自由の身でいられる。

予審判事は机の一番上の引出しを開けて、Wのパスポートを取り出し（これを右手で掲げる）、さらに航空券を取り出す（これを左手で掲げる）。この申し出は一度きりだぞ。受けるも拒むも君次第だ。

受けます、とWは言う。

結構、と男は言う。賢明な決断だ。飛行機は今日の午後三時に発つ。それだけあればホテルに戻って荷物をまとめられるはずだ。もちろん係官が同行するが、ひとたび飛行機が離陸して君がフランスの土を離れたらこの一件は終了する。二度と君の顔を見ずに済むことを我々は切に願う。快適な旅を、ムッシュー・ウォーカー。

こうして、ガリアの地におけるWの短い滞在は終わる。屈辱を受け、追放され、生涯戻ってくることを禁じられて。

彼は二度と戻らないだろう。それらの人々の誰にも二度と会わないだろう。

*

さようなら、マルゴ。さようなら、セシル。さようなら、エレーヌ。

四十年後、彼女たちはもはや幽霊ほどの実体もない。

彼女たちはいまやみな幽霊であり、Wもじきに彼女たちに仲間入りするだろう。

Ⅳ

サンフランシスコからニューヨークへ帰る飛行機のなかで、僕は一九六七年秋にウォーカーを見た瞬間の記憶を喚び起こそうとした。その年度に彼がパリに留学したことを僕ははじめ知らなかったのだが、学期が始まって何日か過ぎて、『コロンビア・レビュー』の第一回の編集会議に行ってみると（アダムも僕も編集委員だった）、彼が来ていないことに気がついた。ウォーカーはどうしたんだ？　と誰かに訊いて、そこで初めて、彼が三年次留学プログラムでヨーロッパに行ったことを知ったのだ。ところが、それからさして経たないうちに（一週間？　十日？）彼は突如ふたたび姿を現わした。僕はエドワード・テイラーの十六・十七世紀イギリス詩（ワイアット、サリー、ローリー、グレヴィル、ハーバート、ダン）の演習を取っていた。春にミルトンを教わったあのエドワード・テイラーである。ミルトンの授業ではウォーカーも一緒で、テイラーが英文科で断然ベストの教師だということで僕たちは意見が一致していた。演習は基本的に大学院生が対象で、学部三年生なのに入れてもらえて幸運だと僕は思っていた。剽軽で、皮肉っぽく、寡黙で、つねに頭脳明晰なテイラーに気に入られようと、僕は必死に勉強した。要求は厳しいが誰もが賛嘆するこの人物の敬意を、何とかして得たいと願っていた。演習は週に二度、一回一時間半で、三回目か四回目のときに、誰からも何の説明もなく突如ウォーカーがふたたび教室に現われ、公式には十二人限定の授業の十三人目のメンバーとなったのである。

授業のあと僕たちは廊下で立ち話をしたが、アダムは気が散って落着かない様子で、出し抜けのニューヨーク帰還についてもあまり喋りたがらなかった（いまでは僕もその訳を知っている）。留学プログラムにがっかりした、取らせてもらえる授業があまり面白くなかった（文法ばかりで文学はなし）、フランス教育界の官僚制度の地下二階で一年を無駄にするよりはとさっさと帰ってくることにした、というようなことを言っていた。急にプログラムから抜けたので一悶着あったようだが、大学はいつになく親切に対応してくれたと彼は言っていて、パリから急遽《きゅうきょ》戻ってきたとき学期はすでに始まっていたにもかかわらず、学務担当の教授との長い面談で万事話はまとまり、正規の学生として復帰させてもらえたのだ。したがって、少なくともあと四学期、徴兵のことは心配しなくていい。唯一の問題は住みかがないことだった。パリに行く前、七月・八月は前のアパートに姉と一緒に住んでいたのだが、彼が一年いなくなるということで姉はすでに別のルームメートを見つけてしまっていて、目下行き場がないという。当面は友だちのところを転々としながら新しいアパートを探している。いまから二十分後にも——と彼は腕時計を見ながら言った——一〇九丁目の小さなワンルームに空きが出たというから見に行くところなんだ。もう行かないと、それじゃまた、と彼は言って階段の方へ駆けていった。

アダムに姉がいることは前から知っていたが、ニューヨークにいるというのは初耳だった。しかも何とモーニングサイドハイツの住人で、コロンビアの大学院で英文学を学んでいるというではないか。二週間後、キャンパスで初めて彼女を見かけた。ロダンの考える人像の前を通って、哲学館に入ろうとしているところで、弟に非常によく――ほとんど異様なほど――似ていたので、いま自分の前を過ぎていく若い女性がウォーカーの姉であることを僕は確信した。彼女が非常に美しかったことはすでに触れたが、美しいと言うだけでは僕が受けた衝撃はとうてい伝わらない。グウィンは美に燃え立っていた。白熱光を発する存在であり、彼女を見たすべての男の心のなかに嵐を巻き起こす女性だった。彼女を初めて目にした体験は、僕の人生のなかでも最大級の驚きの瞬間だった。僕は彼女を欲した。見た一秒目から彼女を欲し、白昼夢にふける阿呆の熱い強情さとともに彼女を追いかけた。

成果はゼロだった。彼女のことを少しは知るようになったし、二度ばかり会ってコーヒーを飲み、映画にも誘い（断られた）、コンサートに誘い（断られた）、それから、偶然ある夜、大人数のクリスマスディナーで一緒になってエミリー・ディキンソンの詩について三十分話しあった。その少しあと、リバーサイドパークを一緒に散歩するところまで漕ぎつけ、彼女にキスしようとして押しのけられた。やめて、ジム、と彼女は言った。あたしはほかの誰かと関わりあっているのよ。こういうこと、できないのよ。

これでおしまいだった。バットを何回か振って、一度もボールに当たらず、試合終了。世界は崩壊し、世界は元に戻り、僕はよたよたと先へ進んでいった。非常に幸運なことに、その後僕は同じ女性と三十年近く一緒に過ごしてきた。彼女なしの人生は想像できないが、グウィンのことがふと思い浮かぶたびにいまも少し胸が疼くことは白状する。グウィンこそ不可能な人、届かない人、はじめからそこにいなかった人だった——もしもの国から来た亡霊。

足下に広がる闇のなかで、不可視のアメリカが静かに横たわっていた。サンフランシスコからニューヨークへ向かうジェットの機上で、一九六七年の古き悪しき日をふり返っていると、明日の朝一番にグウィンにお悔やみの手紙を書かねば、と思いついた。

帰ってみると、もう彼女の方から連絡してきていた。ブルックリンの自宅の玄関から中に入ったとたん、妻が僕を温かく、強くハグし（サンフランシスコから電話していたのでアダムが亡くなったことは彼女も知っていた）、それから、さっき留守番電話にグウィン・テデスコという人から僕宛てにメッセージがあったと知らせたのだ。

それって私が思ってるグウィンのこと？　と妻は訊いた。

翌朝十時に電話した。本当は手紙を書きたかった。自分の気持ちを紙の上で表現して、こういうときに誰もが口にする空疎な決まり文句以上のものを伝えたかった。でもメッセージは切羽詰まった声で、相談したいことがあると告げていたので、電話をかけることにし、手紙は書かずに終わった。

彼女の声は変わっていなかった。四十年前に僕を魅了した声と、驚くほど変わっていなかった。弾みを伴った重み、澄みきった明確な発音、子供のころ身についた英米混合の訛りのごくわずかな名残り。声は同じだったが、グウィン本人はもう同じではない。会話が続くとともに、僕は彼女のいろんな像を脳裡に投影していった。時が経つなかで、あの美しい顔はどれだけよく持ちこたえたか、あるいは持ちこたえなかったか。いまの彼女は六十一歳であり、突如僕は、彼女に会いたいという気持ちが自分のなかにないことを悟った。会ってもがっかりするだけだ。過去の霞んだ記憶を、現在の容赦ない事実に吹き飛ばされたくない。

僕たちはお決まりの挨拶を交わし、数分間アダムとその死について取りとめもなく喋った。起きたことを受け容れるのが彼女にとってどれだけ辛いか、人生とは何と苛酷な殴打を浴びせてくることか。それからしばらく、いままでの年月で何があったかを伝えあい、それぞれの結婚、子供、仕事の話をした。それは心地よい、双方きわめて友好的なやりとりだった。心和む雰囲気に勇気づけられた僕は、リバーサイドパークで僕があなたにキスしようとした日のことを覚えてますかと訊きさえした。もちろん覚えてるわと彼女は言い、初めて声を上げて笑った。だけどあのときのあたしにはわかりっこなかったわ、痩せっぽちの学部生ジムが大人になってジェームズ・フリーマンになるなんて。大人になんかなりませんでしたよ、と僕は言った。僕はいまでもただのジムです。もう痩せっぽちじゃないけど、いまもただのジムです。

そう、何もかもがこの上なく和やかだった。もう何十年も前にたがいの人生から姿を消していたというのに、グウィンは時などほとんど過ぎていないかのように、この数十年が一、二か月のことでしかないかのように喋った。彼女の親しげな口調のせいで、僕は一種気だるい快さとともに心を開いていった。そうして防御を解いていたものだから、彼女がようやく本題に入り、なぜ電話してきたかを説明したとき、僕はとんでもない過ちを犯した。彼女に嘘をつくべきところで、本当のことを言ってしまったのだ。

アダムがeメールを送ってきたのよ、とグウィンは言った。長いeメールを、亡く……終わりの数日前に。美しい手紙だったわ。それが別れの手紙だったことがいまはわかる。それでね、手紙の最後の方で、あの子が何かを書いていたこと、何らかの本を書いていたことに触れていて、もしそれを読みたければあなたに連絡しろと言っていたのよ。ただし、自分が死んでから、と。その点はすごくはっきり釘を刺していた。自分が死んでから、って。それと、原稿を読んだらあたしがひどいショックを受けるかも知れないとも警告していたわ。そのことはあらかじめ謝る、もし読んで傷ついたらどうか許してほしい、と言っていて、それから次に、いや、やっぱり読まない方がいい、何もかも忘れてくれとあの子は書いていた。何だか訳がわからなかったわ。すぐ次にはまた気が変わって、読みたければ読んでほしいと言っていた。あたしにはそれを読む権利があって、読みたかったらあなたに連絡しないといけない、ひとつしかない原稿はあなたが持っているということだった。そこのところがよくわからなかったわ。コンピュータを使って書いたんだったら、ハードディスクに保存するものじゃないかしら？

消去するようレベッカに命じたんです、と僕は言った。もうコンピュータには残っていません。

唯一残った原稿は、彼がプリントアウトして僕に送ってきたものなんです。

じゃあその本って、ほんとに存在するのね。

まあ一応。彼としては三章書くつもりだったんです。一章と二章はだいたい出来ていますが、三章は書き終えませんでした。執筆メモというか、急いで書いたアウトラインだけ。

出版に協力してほしいってあなたに言ってきたの？

出版の話は一言もしていませんでした。少なくとも直接は。あくまで原稿を読んでほしいと頼んできただけで、それをどうするかは僕次第だと。

で、あなたは決めたの？

いいえ。正直言って、まだ考えてもいません。いまあなたが出版という言葉を口にするまで、思いついてさえいませんでした。

あたし、それを読んでみるべきよね？

よくわかりません。あなたが決めることです。ご覧になりたかったら、コピーを取ってフェデックスで送ります。

あたし、ショックを受けるかしら？

たぶん。

たぶん？

全部じゃないですけど、ひとつふたつショッキングなところはあるかもしれませんね、ええ。

ひとつふたつ。参ったわね。

心配は要りません。いまこの瞬間から決断はあなたに委ねます。あなたの承認なしには、アダムが書いたものの一語たりとも出版されることはありません。

送ってちょうだい、ジム。今日送って。あたしはもういい歳をした大人よ、苦い薬の飲み方も心得ているわ。

証拠を隠して、本の存在を否定すればどれだけ簡単だっただろう。なくしてしまったと言ってもよかったし、アダムは送ると約束したけれど結局送ってこなかったと言いはることだってできた。話題がいきなり出てきて不意をつかれたせいで、頭が十分速く回らず、偽の物語を紡ぎ出すこともできなかったのだ。おまけに、本が三章あることもグウィンに言ってしまった。彼女が傷つく可能性があるのは第二章だけであり（まあ第三章の二言三言もそうだがそれくらいは簡単に線を引いて消せただろう）、アダムは「春」と「秋」の二章しか書かなかったんですと言っておけば、グウィンが西一〇七丁目のアパートに戻ってあの夏の出来事を生き直すこともせずに済んだのだ。だがいま彼女は三つの章を待っている。僕が二章しか送らなかったら、すぐに電話してきて、抜けているページを要求するだろう。結局僕はすべてを――「春」「夏」と、「秋」のメモを――コピーして、その日の午後ボストンの彼女の住所に宛てて送った。ひどい仕打ちと言うほかないが、その時点の僕にもはや選択の余地はなかった。グウィンは弟が書いた本を読みたいと言っているのであり、世界に一部しかない原稿は僕が持っているのだ。

二日後に電話が来た。どういう言葉を予想していたのか自分でもわからないが、何か激しい感情が絡むだろうということは当然視していた。怒りの涙、脅し、自分の秘密が暴露されたことへの羞恥。ところがグウィンは不自然なまでに落着いていて、憤っているというよりは呆然としているようだった。本から受けた衝撃によって、当惑混じりの驚愕に陥っているように思えた。

訳がわからないわ、と彼女は言った。大半はすごく正確で、まさしくそのとおりなのに、まるっきりの作り話もある。筋が通らないわ。

作り話って？　と僕は、どの箇所のことを言っているのか十分知りつつ訊ねた。

ねえジム、あたしは弟を愛していたわ。若いころのあたしにとって弟は誰よりも近しい存在だった。でもあたしは弟と寝たことはない。子供のころ二人で大いなる実験なんてものをやったりもしなかった。一九六七年の夏、近親相姦の関係なんかなかった。たしかにあのアパートで二か月一緒に暮らしたけど、寝室は別々だったし、一度だってセックスなんかしなかった。アダムが書いたことはまったくの絵空事なのよ。

こんなこと僕が訊く立場じゃないんでしょうけど、いったい何でそんなことしたんでしょう？　ほかの部分はみな事実なんだったら、なおさら不思議です。

事実かどうかはわからない。少なくともあたしには、事実だと実証することはできない。でもほかの部分はすべて、四十年前にアダムがあたしに話したことと一致するのよ。あたしはボルンにもマルゴにもセシルにもエレーヌにも会ったことはないし、あの春アダムと一緒にニューヨークにいたわけでも、その秋パリに一緒にいたわけでもない。でもそうした人たちの話をあたしは弟から聞いたし、一九六七年にその人たちについて弟が言っていたことは、この本に書いてあることとすべて符合するのよ。

だとしたらなおさら妙ですよね、あなたについては作り話をするなんて。

わかってるわ、あなたがあたしの話を信じていないことは。あたしが自分のことを護ろうとしてるんだ、あの子とのあいだにこういうことが起きたのを認めたがっていないんだとあなたが思っているのはわかる。でもそんなこと全然なかったのよ、本当よ。この二十四時間ずっと考えていたんだけど、唯一あたしに思いつく答えは、あの何ページかは、死にかけた男のファンタジーだったということ、起きていたらよかったと思うけど起きなかった願望なんだということ。

願望？

そう、願望。ああいう気持ちが漂っていたことはあたしも否定しない。だけどその気持ちを行動に移す気なんかあたしにはなかった。ねえジム、アダムはあたしを慕いすぎていたのよ。それは不健全な執着だったのよ。その夏一緒に暮らしはじめてしばらくした時点で、弟はあたしに、姉さんのせいで僕はほかの女性に興味が持てなくなってしまった、僕が愛せるのはあとにも先にも姉さんだけだ、僕たちがきょうだいでなかったらいますぐ姉さんと結婚するのに、とか言い出したのよ。もちろん冗談めかしてだけど、あたしは嫌だった。正直言って、弟がパリに行ってホッとしたわ。

興味深い話ですね。

それから、あなたも知ってるとおり、一か月もしないうちにアダムは戻ってきた。屈辱を受けて追放されたって当時は言っていた。でもあたしにはもうルームメートがいたから、あの子は自分のアパートを探さないといけなかった。あたしたちはまだ仲よしだった。まだ親友だった。でもあたしは、あの子とのあいだに少し距離を置くようになった。あの子のためを想って、あの子から離れていきはじめたのよ。あなたたちは大学最後の二年間、よく会っていたでしょう。あの子があたしと一緒にいるところなんて、あなたどれくらい頻繁に見た?

いま思い出そうとしてるんですが……そんなに見てませんね。二、三回じゃないかな。

弁論を終わります。

で、本はどうなります? 引出しにしまい込んで、忘れることにしますか?

そうと決まったわけじゃないわ。もちろんいまのままの形では出版不可能よ。問題はこれが事実でない、少なくとも全部が事実でないということだけじゃない。もしこの、事実でない文章が世に出たら、すごく大勢の人が苦痛を受けて、生活もめちゃめちゃにされてしまうにちがいないわ。あたしは結婚しているのよ、ジム。娘が二人いて、孫が三人、親戚が何十人、友だちが何百人いて、すごく可愛がっている義理の姪も一人いる。いまのままであの本を出すのは犯罪よ。賛成する？

ええ、もちろん。僕があなたに逆らったりはしません。

その反面、読んでものすごく心を揺さぶられた。思ってもみなかったいろんな形で弟が戻ってきたわ、まったく驚きだった形で。もしこの本を出版可能なように変えられるなら、喜んで賛同する。

　わからなくなってきました。どうやって出版不可能な本を出版可能にするんです？

　そこがあなたの出番よ。もしあなたに興味がないんだったら、もうここですべてなかったことにして、二度とこの話はしない。でももしあなたが協力してくれるんだったら、あたしの提案はこうよ。あなたは弟のメモに基づいて、第三章をまっとうな章に仕立て上げる。そんなに難しいことじゃないでしょう。もちろんあたしにはできないけど、あなたは作家なんだから、どうやったらいいかわかるはず。それから、ここが一番大事なんだけど、あなたが原稿全部に目を通して、人名を変えるのよ。五〇年代のテレビドラマにあったでしょう？　罪のない人々を保護するため人名は変更されています。あなたが人と場所の名前を変えて、必要に応じて素材を加えたり抜いたりして、そうして、あなた自身の名前で出版するのよ。

　だって、そうしたらアダムの本じゃなくなってしまいますよ。何だか不正直な気がする。盗むというか……何か奇怪な形の盗作みたいです。

　ちゃんと断ればそんなことないわ。ここと ここはアダムが書いた箇所ですと明記すれば——つまり、あなたが彼のために捏造する偽の名前を使って本物のアダムを共作者として明記すれば——あの子から盗むことにはならないわ。むしろ名誉を与えることになるはずよ。

でもそれじゃ誰もアダムだとはわかりませんよ。

それが問題？　あなたとあたしにはわかるわ。あたしから見た限り、大事なのはあたしたち二人だけよ。

僕の妻を忘れてますよ。

奥さんのこと、信用してるんでしょ？

もちろん信用してます。

じゃあ知るのは全部で三人。

どうかなあ。少し考えさせてもらわないと。少し時間を下さい。

好きなだけ考えなさいな。急ぐことはないわ。


グウィンの口ぶりには説得力があって、話に信憑性も十分あると思えたし、彼女のためにも僕は信じたいと思った。だが僕には信じられなかった――少なくとも全面的には。「夏」の文章は生きられた経験の記述であって、病んで死にかけた男の淫らな夢などではない、そう強く思う気持ちは抜けなかった。好奇心を満たそうと、僕は目下執筆中の小説を一日休んでコロンビアのキャンパスに出かけ、国際情勢研究所の教務係から、ルドルフ・ボルンが一九六六―六七年度に客員教授として雇用されていたことを教わり、バトラー図書館――ウォーカーが六七年の夏にアルバイトしていた欠伸の城だ――のマイクロフィルム室で、その年五月のある朝に十八歳のセドリック・ウィリアムズの、胸部をはじめ上半身に十以上の刺し傷がある死体がリバーサイドパークで発見されたことを知った。こうした、グウィンの言うほかの部分は、ウォーカーの原稿のなかで正確に伝えられていたのだ。そしてこれらの部分が事実であるなら、どうしてわざわざ事実でない事柄をでっち上げ、近親相姦愛をめぐる詳細な記述でもって、自分を罪ある身に仕立て上げ、自分で自分を地獄へ堕《お》としたりするだろう？　その夏の二か月に関するグウィンの言い分が正しいという可能性もあるが、彼女が嘘をついているという線も否定できない。もし嘘をついているのだとしても、事実が明るみに引きずり出されるのを彼女が望まないことを誰が責められよう？彼女の立場になったら誰だって嘘をつくだろう。そうしない人はいるまい。嘘以外の選択肢はありえない。地下鉄に乗ってブルックリンに帰る途上、自分にはどちらでもいいことだ、と僕は決めた。彼女にとっては一大事だが、僕にとってはそうではない。

何か月かが過ぎていき、その間僕はグウィンの提案のことをほとんど考えなかった。自作に専念し、すでに人生の数年を吸いとられた長篇小説の最終段階に没頭していた。ウォーカーとその姉はじわじわ後退して、やがて溶けていき、意識のはるか遠い地平線に浮かぶ二つのおぼろな影と化した。アダムの本のことがふと脳裡に浮かぶたび、関わりたくない、もう終わった話だと強く思った。やがて、二つのことが起きて、僕は自分の考えを一変させることになる。まず、自作の小説の終わりまでたどり着き、ほかの事柄に目を向ける余裕が出来た。そして、ウォーカーの物語に繫がる新情報にたまたま行きあたった――いわば一種のコーダに、僕にとってこの一件に新しい意味がもたらされるささやかな最終章に。そうしてその意味によって、事を起こそうというはずみがついたのである。

ウォーカーの遺したメモに基づいて、僕が第三章「秋」を文章化したことはすでに述べた。人名についてはグウィンの指示に従って変えたし、したがって読者は、アダム・ウォーカーがアダム・ウォーカーではないと確信してもらっていい。グウィン・ウォーカー・テデスコはグウィン・ウォーカー・テデスコではない。マルゴ・ジュフロワはマルゴ・ジュフロワではない。エレーヌとセシル・ジュアンはエレーヌとセシル・ジュアンではない。セドリック・ウィリアムズはセドリック・ウィリアムズではない。サンドラ・ウィリアムズはサンドラ・ウィリアムズではなく、その娘レベッカはレベッカではない。ボルンでさえもボルンではない。彼の本当の名は別のプロヴァンス詩人のそれに似ていて、僕はそのもう一人の詩人の、ウォーカーではないウォーカーによる翻訳を、デ・ボルンの詩の僕自身による翻訳で置き換えさせてもらったのであり、したがってこの本の最初のページに出てくるダンテの『地獄篇』に関するやりとりは、ウォーカーではないウォーカーの元原稿には入っていない。そして最後に、これは言うまでもないと思うが、僕の名前はジムではない。

ニュージャージー州ウェストフィールドはニュージャージー州ウェストフィールドではない。エコー湖はエコー湖ではない。カリフォルニア州オークランドはカリフォルニア州オークランドではない。ボストンはボストンでなく、グウィンでないグウィンは出版業界で働いてはいるが大学出版局の局長ではない。ニューヨークはニューヨークでなく、コロンビア大学はコロンビア大学ではないがパリはパリである。パリだけが本当である。パリを残すことができたのは、オテル・デュ・シュッドがもうずっと昔になくなったからであり、ウォーカーでないウォーカーが一九六七年にそこに滞在した記録もすべてとうの昔に失われたからである。

昨二〇〇七年の夏の終わり近くに、僕は小説を書き上げた。そのすぐあと、妻と僕はパリ旅行を計画しはじめ（妻の妹の娘が十月にフランス人と結婚することになったのだ）、パリの話が出たのがきっかけで僕はふたたびウォーカーのことを考えはじめた。彼があの街で演じた、不首尾に終わった復讐劇の役者たちを探し出せないものか。探せたら、そのうちの誰かは僕と話をしてくれるだろうか。ボルンはとりわけ興味深いが、ほかの誰とであれ――マルゴ、エレーヌ、セシル――会って話せたら嬉しい。ボルン、マルゴ、エレーヌについては運がなかったが、セシル・ジュアンをグーグルで調べてみると、画面上にずらりと情報が現われた。ウォーカーの原稿のなかで出会った十八歳の女の子が成人して文学研究者になったと知っても僕は驚かなかった。かつてリヨンやパリの大学で教え、この十年はＣＮＲＳ（国立科学研究センター）に所属し、十八、十九世紀のフランス人作家の手稿を調査する小さなチームの一員となっている。専門はバルザックで、バルザック研究書を二冊出しているが、ほかにも無数の論文や記事が画面上に列挙され、三十年にわたる研究の一大カタログとなっていた。結構なことだ。そして僕にとっても結構なことだ――これで彼女に連絡が取れる。

我々は短い手紙を二度やりとりした。まず僕は、ウォーカーの友人だと自己紹介し、アダムが最近亡くなったことを知らせ、近日中にパリに行くのでよかったらお会いできないだろうかと訊ねた。短い、要点に絞った手紙で、彼女の母親のボルンとの結婚については何も訊かなかったし、ウォーカーの「秋」の章のメモに関しても何も言わず、ただ単に十月に会ってほしいとだけ要請した。返事はすぐに届いた。フランス語からの僕の翻訳を以下に記す。

アダムが亡くなったと聞いて愕然としています。何年も前、まだ私が若かったころにパリでつかのま知っていただけですが、あの人のことはずっと忘れていません。あの人は私が生まれて初めて恋した人でした。そして私はあの人にひどい仕打ちをしました。それは本当に残酷な許しがたい行ないであり、以来ずっと私の心に重くのしかかってきました。あの人がニューヨークへ帰ってからお詫びの手紙を送りましたが、受取人住所不明と書かれて戻ってきてしまいました。

あなたが来月パリへいらっしゃるときに喜んでお会いしたいと思います。でも覚悟なさってください。私は愚かな年寄り女で、しじゅう感情に流されてしまうのです。あなたを相手にアダムの話をしたら（きっとしますよね）、こらえ切れずに泣き出してしまう可能性大です。ご理解ください、そうなってもあなたのせいではありません。

むろん五十八歳は年寄りではないし、このセシル・ジュアンに愚かと呼べるようなところが少しでもあるか疑わしいものだと僕は思った。どうやらユーモアのセンスは健在なようだ。文学研究の狭い世界では成功しているようだが、自分が何とも奇妙な人生を選んだことを彼女は自覚しているにちがいない。図書館や地下文書庫の小さな部屋に閉じこもって、死者の手書き原稿と睨めっこする、埃に包まれた音なき領域で送るキャリア。手紙の追伸のなかで、自分の仕事を何とも皮肉な目で見ていることを彼女は明かしていた。あなたのお名前は存じ上げています、もしあなたが私が思っているジェームズ・フリーマンさんでしたら、私どもが行なっている現代作家の創作方法をめぐるアンケート調査にご協力いただけないでしょうか、と彼女は書いていた。コンピュータかタイプライターか、鉛筆かペンか、ノートかバラの紙か、本を一冊書き終えるまでに何回推敲するか。ええ、わかっています、実に無味乾燥な話です。でもそれがCNRSでの私たちの仕事なのです――世界をできるだけ無味乾燥にすること。

手紙には自分を茶化す姿勢が窺えたが、そこには本物の苦悶も感じとれたし、ウォーカーのことを彼女が生々しく覚えていることに僕はいささか動転させられもした。遠い少女時代にほんの二、三週間知っていただけなのに、きっと彼との交友を通して、彼女のなかの何かが開いて、自分自身を見る日が変わったにちがいない。その何かが、生まれて初めて彼女が己の心の奥底とじかに向きあうよう仕向けたにちがいない。あの人のことはずっと忘れていません。あの人は私が生まれて初めて恋した人でした。こんな率直な告白を僕は予期していなかった。ウォーカーのメモでも彼女が見るみる彼に恋していくさまが述べられてはいたが、彼女の気持ちはウォーカーが想像したよりもっと烈しかったのだ。そうして彼女はウォーカーの顔に唾を吐いた。そのときは、自分の怒りが正当なものだと信じていたことだろう。ウォーカーはボルンを中傷し、彼女の母親を傷つけた。それで自分も裏切られたと感じたのだ。だがその後まもなく、セシルはウォーカーに謝罪の手紙を書いた。ということはつまり、自分の立場を考え直したということだろうか？ウォーカーの糾弾が事実だと信じさせるようなことが何か起きたのか？　会ったらまず、そのことを訊こうと思った。

妻と僕はドフィーヌ通りのオテル・ドービュッソンに部屋を取った。そこには前も泊まったことがあって、長年のあいだほかのホテルにもいくつか泊まっていたけれど、今回はぜひドフィーヌ通りに戻りたいと思った。そこは一九六七年にウォーカーが住んだ界隈のど真ん中だったからだ。オテル・デュ・シュッドはなくなってしまったかもしれないが、彼がよく行ったいろんな場所の多くはまだ残っている。ヴァジュナンドはいまもある。ラ・パレットとカフェ・コンティも依然営業しているし、マゼ通りの学食は相変わらず食用不適の食べ物を腹を空かせた学生たちに供している。過去四十年でいろんなことが様変わりして、かつてはみすぼらしかった地域がパリ指折りのお洒落なエリアとなったが、ウォーカーの物語の目印的な場所は、いまだ大半がそのままある。着いた日の午前、ホテルにチェックインしてから僕は妻と外へ出て、二時間ばかり街をさまよった。そういう目印を一つひとつ僕が指さしてみせるたび、妻は僕の手をぎゅっと握り、小さい辛辣なうなり声を漏らした。あなたってほんとに度しがたいわね、と彼女はしばらくしてから言った。そんなことないさ、と僕は答えた。ただ単に、雰囲気を吸収しているだけだよ……明日に備えて。

セシル・ジュアンは翌日の午後四時に現われた。小さな革のブリーフケースを左の小脇に抱えて、ホテルのバーにつかつかと入ってきた。「秋」のメモのなかのウォーカーの描写から判断すると、彼女の体は一九六七年以降、劇的に拡張していた。十八歳の痩せた、肩幅の狭い女の子は、いまやぽっちゃり丸い体の、短い茶色の髪の五十八歳の女性になっていて（髪は染めているらしく、僕と握手して向かいに座ったとき根っこの方に灰色が少し見えた）、わずかに皺のある顔、わずかに垂れたあご、ウォーカーが初めて会ったとき目にとめたままの抜かりなくすばやく動く目。その態度にはいくぶんびくついたところもあったが、もはや過去に母親をあれほど心配させた、おずおずと身震いして爪を嚙む神経過敏な子供ではない。自分をしっかり把握した、ウォーカーが知っていた時期以来長い年月を旅してきた女性である。腰を下ろして数秒後、彼女が煙草を取り出すのを見て僕は少し驚き、それから、何分かが経過するとともにこの女性がヘビースモーカーで、太くて短い咳、ガラガラのコントラルト風の声、といかにも古強者《ふるつわもの》の喫煙者だと知ってますます驚かされた。バーテンが注文を取りにテーブルに来ると、彼女はウイスキーを注文した。ストレートで。二杯、と僕は言った。

取り澄ました、学校の先生っぽい変わり者が現われるものと僕は身構えていた。たしかに風変わりなところはあっただろうが、この日僕が会ったセシルは現実的で、茶目っ気もあって、一緒にいて楽しい人物だった。簡素だがエレガントな服装で（自信のあるしるし、自尊心のあるしると思えた）、口紅やマニキュアにかまけたりはしないが、グレーのウールのスーツを着て、両手首には銀のブレスレット、首には明るい多色のスカーフというその姿は十分に女性的だった。二時間に及んだ会話のあいだに、彼女が十五年間（二十歳から三十五歳まで）精神分析を受けていたこと、結婚して離婚し二十歳年上の男と再婚したこと（夫は一九九九年に他界）、子供はいないことを僕は知った。この最後の点についてはこう言い添えた——まあちょっと悔いは残りますけど、たぶん私、ひどい母親になったでしょうね。全然向いてないと思う。

最初の二、三十分は主にアダムの話をした。自分がアダムとの接触を失って以来、彼の人生で何が起きたか、僕に話せることを彼女はすべて聞きたがった。僕も接触を失っていたんです、と僕は説明した。彼の死の直前にようやく接触を取り戻したので、情報源といっても、この春に届いた手紙だけなんです、と。ウォーカーが自分で挙げていた人生の節目を、僕は一つひとつ伝えていった。大学の卒業式の夜に階段から落ちて脚の骨を折ったこと、徴兵の抽選で高い番号を引いた幸運、ロンドンに移り住んで文筆と翻訳で暮らした日々、唯一の著書の刊行、詩を捨てて法律を学ぼうという決断、北カリフォルニアでのコミュニティ活動家としての仕事、サンドラ・ウィリアムズとの結婚、アメリカで異人種間夫婦でいることの困難、義理の娘レベッカ、レベッカの二人の子供。もしもっと知りたかったらお姉さんに会うといいですよ、きっと喜んで何でも話してくれますよとつけ足した。警告どおり、セシルは抑制を失って泣き出した。この涙を予測できるくらい彼女が自分を理解していることに僕は心を打たれた。涙がやって来ることを承知してはいても、わざとらしいところ、意図してやっているところは少しもなかった。それは純粋な、自然に湧いてきた涙だった。僕としても予想はしていた涙だったが、それでも本気で同情せずにいられなかった。

あの人はこのへんに住んでいたんです、と彼女は言った。ここから歩いて三十秒、マザリーヌ通りに。いまもここへ来る途中に建物の前を通りました。あの通りを通ったことなんて、もう何年もありませんでした。奇妙でしょう？　あのホテルがもうないなんて、アダムが住んでいたあの最低のボロ宿がもうないなんて、何だかすごく奇妙です。私の記憶のなかでこれほど生々しくあるのに、どうしてなくなったなんてことがありうるんでしょう？　あそこに入ったのは一度きり、一度だけ一、二時間いたきりですが、それでも忘れられません、いまだに私のなかで燃えているんです。そこへ行ったのは、私があの人のことを怒っていたからです。ある日、朝早くに。学校をさぼってホテルまで歩いていきました。グラグラの階段をのぼって、あの人の部屋のドアをノックしました。あの人を絞め殺してやりたいと私は思っていました。ものすごく怒っていたから、あの人をものすごく愛していたから。私、ほんとに馬鹿な子供だったんです、どうしようもない、好きになりようのない女の子だったんです、ぶざまで馬鹿丸出しの、眼鏡が鼻に載った、おどおど震える病んだ心を抱えた女の子。そんな私が、図々しくもアダムみたいな男の子に、完壁なアダムに恋をしたんです。あの人はどうして私なんかと口を利いたんでしょう？　ドアが開いて、あの人は私を中に入れた。私を落着かせようとしてくれた。私に優しく、ものすごく優しくしてくれました、私の身はあの人の意のままだったのに、あの人は本当に優しくしてくれたんです。あのときに、あの人がどんなにいい人かわからなくちゃいけなかったんです。あの人が言った言葉を一言だって疑っちゃいけなかったんです。アダム。あの人とキスすることを私は夢に見ました。私が望んだのはそれだけでした。アダムにキスされて、自分をアダムに捧げること。でも時間は私に味方してくれなかった。私たちはキスもせず、触れあいもせず、気がついたらあの人はいなくなっていました。

セシルがこらえ切れなくなって泣き出したのはそのときだった。ふたたび話せるようになるまで二、三分かかった。そして、会話を再開して彼女がまず口にした言葉が、我々の出会いが次の段階に進む扉を開けてくれたのである。ごめんなさいね、と彼女は口ごもりながら言った。私ったら気のふれた女みたいに訳のわからないこと喋って。何の話だか、あなたには全然わからないわよね。

それがわかるんです、と僕は答えた。何のお話か、すべて知っています。

そんなはずはないわ。

ほんとなんです、知ってるんです。あなたがアダムのことを怒っていたのは、彼が何日か電話してこなかったからですよね。あなたの学校が始まる前の晩、彼はヴェルヌイユ通りにあったあなたとあなたのお母さんの住むアパルトマンで夕食を共にした。デザートのあと、あなたは彼にピアノを――バッハの二声のインベンションを――弾いてあげて、それからあなたが少し部屋を離れていたあいだに、あなたのお母さんがアダムと一対一で話す機を捉えた。そのときお母さんが言ったことが、あなたの言葉を借りるなら、アダムを怖気づかせたんです。

あの人があなたに話したの？

いいえ、話はしませんでした。でも彼はそのことを書いたんです。僕はそれを読みました。

あなたに手紙をよこしたの？

手紙ではなく、短い本でした。本を書こうと試みたというか。人生最後の何か月か、アダムは一九六七年をめぐる回想録と取り組んでいたんです。それは彼にとって大事な年だったんです。

ええ、とても大事な年よね。だんだんわかってきたわ。

アダムの原稿がなかったら、僕はあなたの名前すら聞かないままでした。

そうしていまのあなたは、本当は何があったかを知ろうとしている——そういうこと？

アダムがあなたのことをものすごく聡明だと思ったのも納得できます。頭の回転の速い人ですね、あなたは。

セシルはニッコリ笑って、もう一本煙草に火を点けた。私の方が不利みたい、と彼女は言った。あなたは私のことをよく知っていて、私はあなたのことをほとんど知らない。

どういう面で？

十八歳だったあなたのことだけです。ほかはすべて空白です。今回ボルンを探して、マルゴ・ジュフロワも探し、あなたのお母さんも探しましたが、見つかったのはあなただけでした。

ほかはみんな死んだからよ。

え。そうなんですか。何ともお気の毒です……とりわけあなたのお母さんは。

六年前に死んだわ。十月に――明日でちょうど六年になる。ニューヨークとワシントンが攻撃された一か月くらいあとに。しばらく前から心臓が悪かったんだけど、ある日あっさり心臓が力尽きてしまったの。七十六でした。母には百まで生きてほしかったんだけど、人が望むことと得ることはめったに同じにならないのよね。

で、マルゴは？

彼女のことはほとんど知らないの。自殺したって聞かされたわ。もうずっと前に――七〇年代までさかのぼる話だわ。

ボルンは？

去年。だと思う。はっきりしたことはわからないの。まだどこかで生きている可能性もほんの少しある。

ボルンとあなたのお母さんは、お母さんが亡くなるまで結婚していたんですか？

結婚？　結婚なんかしなかったわ。

結婚しなかった？　だって二人は――

しばらくそういう話も出ていたけど、結局実現しなかったのよ。

アダムが言ったことが原因だったんですか？

それも一因だったかもしれないけど、それだけじゃないわ。あの人が私の母さんに会いに来て、ルドルフのことをさんざん非難したとき、母さんは信じなかった。それを言えば私だって信じなかった。

あなたはものすごく憤って、アダムの顔に唾を吐いたんですよね。

ええ、私はあの人の顔に唾を吐いた。私が人生で為した最悪の行ないだったわ。いまだに自分が許せない。

アダムに謝罪の手紙を書いたんですよね。ということはつまり、彼の話について考えが変わったということですか？

いいえ、そのときはまだ。手紙を書いたのは、自分がやった真似を恥じたから。ものすごく後悔していることをあの人に知ってほしかったから。会って直接話をしようと思ったんだけど、やっとホテルに電話する勇気が出たときにはあの人はもういなかった。アメリカに帰ったと聞かされたわ。どういうことなのか、理解できなかった。なぜそんなに急に帰ったのか？　唯一私が思いついたのは、私にされた仕打ちがあまりにショックだったからもうパリにいることに耐えられなくなった、ということだった。よくまあそこまで自分中心に考えられたものよね。ルドルフに頼んでコロンビア・プログラムの主任に事情を訊いてもらったら、帰国したのは授業に不満があったからだそうだと言われたわ。そんなの全然説得力ないと思って、私は一秒たりとも信じなかった。私のせいで帰ってしまったんだ、そう信じて疑わなかったのよ。

いまは真相がわかっているんですよね。

ええ、いまは真相がわかっている。でも真実を知るまでには何年もかかったわ。

何年も。ということは、アダムの話はお母さんの決断には影響を及ぼさなかったんですね。

そうは言わないわ。アダムがいなくなったあと、ルドルフはあの人のことを話すのをやめられなくなったのよ。まあたしかに人殺し呼ばわりされたわけだけど、それにしてもすごい怒り方だった。はっきり言ってこれはおかしいっていうくらいに、何週間もずっと、目一杯怒りを発散させて、アダムのことを罵りまくっていた。あんな奴は二十年間牢屋にブチ込むべきなんだ、縛り上げてそのへんの街灯から吊してやればいい、悪魔島に島流しすればいい。もうとにかく過激で、まるっきり度を越しているものだから、母さんもだんだん苛ついてきたの。ルドルフとはもう長年知りあいで、ほとんど父さんと同じくらい長く知っていたけど、母さんにはいつもすごく優しかった。思いやりがあって、何かと気を遣ってくれて、紳士的で。もちろんたまにカッカするときもあって、特に政治の話をやり出すとそうなりがちだったけど、それはあくまで政治の話であって、個人的な事柄ではそんなことなかった。でもいまそうやって猛り狂っているのを見て、この人はちょっとまずいんじゃないかって母さんも思いはじめたんだと思う。こんなに暴力的な気性の男と、自分は本当に生涯一緒に住む気があるのか？　一、二か月するとルドルフもやっと落着いてきて、クリスマスのころにはもう発作的な怒りの爆発もなくなっていた。静かな冬だったわ。ところが春になって、一九六八年五月、国じゅうが爆発した。私にとっては人生ほぼ最高の時期だったわ。行進して、デモをして、学校を閉鎖させるのにも加わったし、突然活動家に変身していたのよ。政府打倒を目指してアジ演説をぶつ、純情な瞳の革命家。母さんは学生に共感していたけれど、右翼のルドルフは軽蔑しか示さなかった。その春、彼と私は何度もすさまじい口論になって、法と正義について、マルクスと毛沢東について、アナーキーと反逆について大声でどなり合った。ここからはもう、政治はただの政治じゃなくて個人的な事柄になったのよ。母さんは真ん中で板ばさみになって、どんどん落ち込んでいって、何も言わず、内にこもるようになった。父さんとの離婚は六月の初旬に成立する予定だった。フランスでは離婚する夫婦は、裁判官が書類にサインする前にもう一度二人で裁判官と話さなくちゃいけないのよ。もう一度だけ考えなさい、あなたがたの決断をもう一度検討して、本当にそうしていいのか確かめなさい、そう言われるのよ。父さんは入院していたから――そのこともみんなご存じでしょうね――母さんは一人で裁判官に会いに行った。あなたの決断に関して気持ちは変わっていませんか、と訊かれて、いいえ、気が変わりました、私は離婚を望みません、と母さんは答えた。わかるでしょう、自分をルドルフから護ろうとしていたのよ。もう彼と結婚したいとは思わなかったから、父さんとの結婚を維持することで、彼とはもう結婚できないようにしたのよ。

　ボルンはどう反応しました？

　底なしに優しかったわ。君がなぜ離婚に踏みきれないかが私にはわかる、そういう君の堅固さと勇気を素晴らしいと思う、君は本当に並外れた気高い女性だ、そう言ったわ。意外だけど、そうだったのよ。この上なく立派にふるまったわ。

　お父さんはそのあとどれくらい持ちこたえたんです？

一年半。一九七〇年の一月に亡くなったわ。

ボルンは戻ってきてもう一度プロポーズしましたか？

いいえ。一九六八年のあとにパリを離れて、ロンドンの大学で教えはじめたの。父さんの葬式のときに私たちとも会って、二週間くらいあとに、母さんに手紙をよこしたわ。過去についての長い、心のこもった手紙だったけど、それっきりだった。結婚の話は二度と出なかった。

で、あなたのお母さんは？　誰かほかの人を見つけた？

長年のあいだに男性のお友だちは何人かいたけど、再婚はしなかった。

そしてボルンはロンドンに移った。それ以後、会いましたか？

一度だけ、母さんが死んで八か月くらいあとに。

で？

ごめんなさい。そのことは話せそうにないの。

どうして？

何があったか話そうとしても、それが私にとってどれだけ奇怪で、心乱される経験だったか、とうてい伝えられそうにないから。

それって冗談ですよね？

ほんのちょっとだけ。あなたの言葉を借りれば、私から話すことはできないけれど、興味があるならあなたがそれについて読むことはできるわよ。

ふむ、なるほど。で、そのあなたの謎の文書はどこに？

私のアパルトマンに。十二のときから日記をつけていて、ルドルフの屋敷に訪ねていったときのことも何ページか書いている。現場の、目撃者の証言ね。あなたには興味深いかもしれない。よかったらその箇所をコピーして明日ここにお届けに上がります。もしご不在だったらフロントに預けていきます。

ありがとう。そうしていただけると非常に有難いです。一刻も早く読みたいです。

さてそれでは——とセシルは言って、ニヤッと大きく笑いながら革のバッグに手を入れ、大きな赤いノートを引っぱり出した——CNRSのアンケートを始めましょうか？

翌日の午後、妻の妹との長い昼食を済ませて、妻と二人でホテルに帰ると、小包が待っていた。

日記のコピーに短い手紙が添えてあった。ウイスキーご馳走さま、私のグロテスクで許しがたい涙を許容してくれてありがとう、アダムの話を丁寧にしてくださったことにも感謝します。それから彼女は、字が読みづらいことを謝っていて、もし判読できなかったらお手伝いしますと書いていた。見てみると、完璧に判読可能だった。すべての単語が明快で、一文字、一句読点たりとも迷うところはない。日記はもちろんフランス語で書かれていて、以下に載せるのは僕の英訳であり、掲載にあたっては本人の許可も得ている。

僕自身はもう、これ以上言うことはない。セシル・ジュアンはウォーカーの物語に登場する、唯一いまも存命中の人物であり、したがって、彼女の言葉が本書を締めくくるのは相応しいことに思える。

セシル・ジュアンの日記

4／27　ルドルフ・ボルンから手紙。母さんの死から六か月経ったいま、ようやく知ったとのこと。彼と最後に会ったのはいつ、最後に連絡が来たのはいつだったたか？　二十年前か、ひょっとすると二十五年前か。

報せを聞いて動揺し、打ちひしがれている様子。何年ものあいだ一度も連絡してこなかったのに、なぜいまそんなに反応するのか？　手紙は母の人格の堅固さ、威厳ある立居振舞いと内なる温かさ、他人の心に同調する力を雄弁に讃えている。彼女を愛するのをやめたことは一度もない、彼女がこの世を去ったいま自分の一部も一緒に去っていった気がする、と。

仕事はすでに引退している。七十一歳、結婚はしておらず、健康状態は良好。六年前からキリアという場所に住んでいる。トリニダード島とグレナディーン諸島の中間にある小さな島で、大西洋とカリブ海の接合点、赤道のすぐ北にあるという。聞いたこともない。調べてみないと。

手紙の最後の一文に、君の近況を知らせてほしい、とあった。

4／29　RBに返事を書く。意図していたよりずっと率直に。いったん自分の話を始めたら、もうやめられなかった。手紙が届いたら、私の仕事のこと、ステファヌとの結婚のこと、三年前にステファヌが死んだことを知り、いまは大半の時間私が孤独で燃えつきた気分でいることを彼は知るだろう。少し語りすぎてしまっただろうか。

この人物に対して、私はどういう気持ちでいるのか？　複雑で曖昧な気持ち、共感と無関心が組みあわさった、好意と警戒心、賛嘆と当惑が入りまじった気持ち。RBには立派なところもたくさんある。高度な知性、洗練された物腰、よく笑う明るさ、物惜しみしないところ。父の死後、彼が手を貸してくれて私たちの精神的な支えになってくれた。母と私は、彼という岩の上に何年も立っていたのだ。母相手には聖者のようにふるまい、同席すれば騎士のごとく恭しく、こまごまと気を遣い、何かと助けてくれて、困ったときにはいつもそこにいてくれた。母と私の世界が陥没したとき十二にもなっていなかった私にしても、何度あの人に憂鬱から引っぱり上げてもらったことだろう――あの励ましと褒め言葉で、私のわずかな達成を自慢に思ってくれるあの態度で、思春期の苦しみを受けとめてくれた鷹揚さで。肯定的な特質は数多く、感謝すべき事柄もたくさんあるのに、それでもなお、私は彼に抗いつづける。六八年五月の激しい衝突のせいだろうか。あの五月の狂おしい日々、私たちはたがいに恒久的な戦争状態にあった。そのせいで、二度と完全には修復されないひびが生じてしまったのだろうか。そうかもしれない。でも私としては自分のことを、過去を根に持ったりしない人間、他人を許せる人間と考えたいし、心の底ではもうずっと前に彼を許しているのだと思う。そう思うのは、あのころのことをいま考えると、つい笑ってしまい、怒りは感じないからだ。その代わりに感じるのは、疑念だ。その五月よりさらに数か月戻って、私がアダム・ウォーカーに恋をした秋までさかのぼる疑念。愛しいアダム、母のところにやって来て、RBについてのあの恐ろしい非難を並べ立てたアダム。あの人の話を信じるなんて不可能だったけれど、これだけ長い年月が過ぎて、アダムがあんなことを言った動機についてはてしなく熟考し、分析し、再検討してきたいま、もはやどう考えたらいいのかよくわからない。もちろんアダムとRBのあいだには敵意があったし、もちろんアダムは結婚を中止にすることが母にとって最善だと信じていただろう。だからあの人は、母を脅《おど》かして気を変えさせようと、作り話をでっち上げたのだ。それは恐ろしい話だった。あそこまで恐ろしい話が本当であるはずはない。そのあたりはアダムの誤算だったわけだが、あの人は根は善人だったし、RBの過去に何か汚《けが》れたものがあるとあの人が思ったのなら、もしかすると何かはあったのかもしれない。というわけで私のなかに、もう何年ものあいだ、疑念が巣喰ってきた。でも疑念だけで人を断罪するわけには行かない。証拠がなければいけない。そして証拠はないのだから、私はRBの言葉を信じるほかない。

5／11　RBから返事。海を見下ろす大きな石造りの屋敷で隠遁生活を送っているとのこと。屋敷にはムーン・ヒルと名がついていて、何もかもがひどく原始的だという。窓は岩を削って空けた幅広のすきまで、ガラスも入っていない。外気が入ってくるし、雨も入ってくるし、虫や鳥も入ってきて、屋内と屋外という区別はほとんどない。電気は自前の発電機で起こすが、しじゅう故障するので半分くらいの時間は石油ランプで部屋を照らしている。屋敷には彼を含めて四人が住んでいる。雑用係兼管理人のサミュエル、老いた料理人ナンシー、若い掃除女メリンダ。電話とラジオはあるがテレビはなく、郵便も配達されず、水道もない。二十キロ離れた町の郵便局までサミュエルが手紙を取りに行き、水は流しとトイレの上にある木の水槽に溜めている。シャワーの水は頭上に吊した使い捨てのビニール袋から出てくる。風景は生命に満ちているとも言えるし不毛とも言える。夥《おびただ》しい量の草木がいたるところにあるが（椰子の木、ゴムの木、無数の種類の野の花）、火山の地面は岩だらけ。菜園にはオカガニがはびこり（RBはこの蟹を、小さな戦車、月の住民のような有史前の生き物と形容している）、蚊は年じゅう襲ってくるし、タランチュラもつねに脅威なので、皆ベッドを白い蚊帳《かや》で覆って寝る。昼は本を読んで過ごし（この二か月はモンテーニュをこつこつ再読している）、近い将来取りかかろうと思っている回想録のためのメモを取っている。夕方は毎日、居間の窓辺に吊したハンモックに身を沈め、日没をビデオに撮る。この世で最高に驚異的な壮観だ、と彼は言う。

君の手紙を読んで懐かしい思いが胸にあふれた、と彼は書いている。君の人生から姿を消してしまったことがいまは悔やまれる、と。かつて君と私はとても近しく、本当に仲よしだったのに、君のお母さんと別れてからは、君と連絡を保ちつづける権利が私にはないと思ったのだ。こうしてきっかけが出来たからには、ぜひ文通を続けたいと思う——もちろん、君もそう望んでくれればの話だが。

君のご主人が亡くなって、近年君が辛い暮らしをしてきたと聞いて悲しんでいます。でも君はまだ若い。まだ五十代前半で、この先たくさん楽しみが控えている、希望を失ってはいけない。ありふれた、使い古された物言いかもしれないが、善意で言っていると私は感じる。本気の同情から出た善意の発露を、私がどうして見下せよう？　実のところ、私は胸を打たれている。

それから、突然の思いつき。君、ここへ遊びに来ないか？　もうじきホリデイシーズンだし、西インド諸島へちょっと旅行に来れば気も晴れるんじゃないか。この屋敷には空いている寝室がいくつかあるし、泊まってもらうことに何の問題もない。君の顔をもう一度見て、何十年かぶりでまた一緒に過ごせたら、私としてもとても嬉しい。興味を持ってくれたときのために、電話番号を書いておく。

私は興味を持っているか？　何とも言えない。

5／12　キリアについての情報は乏しい。すでにインターネットは漁り尽くしたが、短い、皮相的な歴史記述が二つばかりと、雑多な旅行者向けデータだけ。旅行者情報は文章もお粗末で、馬鹿馬鹿しいくらい陳腐――さんさんと輝く太陽……ゴージャスなビーチ……天国のこちら側のどこよりも青い海。

いまは図書館に来ているが、キリアに特化した本は一冊もなく、地域全体を扱った本の中にいくつか言及が埋もれているだけ。コロンブス以前の時代、元々の住民はシボネイ・インディオで、彼らが去ってアラワク族が代わりに入ってきたが、そのアラワクもカリブ族に取って代わられた。

十六世紀に植民地化が始まると、オランダ、フランス、イギリスがいずれもこの地に関心を抱いた。インディオとの衝突、ヨーロッパ人同士の衝突があり、アフリカから黒人奴隷が到着しはじめると大量殺戮が起きた。十八世紀になると島は中立地帯と宣言され、フランスとイギリスに同等に搾取されたが、やがて七年戦争とパリ条約を経てフランスが撤退し、キリアは大英帝国の傘下に入った。一九七九年、島は独立した。

島の幅は八キロメートル。自給農業、漁業、ボート建造、年一頭の捕鯨。人口は三五〇〇、大半はアフリカ系だがカリブ、イギリス、アイルランド、スコットランド、アジア、ポルトガル系もいる。ある本によれば、十八世紀にスコットランドの船乗りが大挙キリアに流れつき、帰国できる見込みもないので船乗りたちは島に住みつき、黒人と交わった。二世紀後、この異人種交流の結果として、赤毛のアフリカ人、青い目のアフリカ人、白子《しろこ》のアフリカ人等の風変わりな混血人種が生まれた。この本の著者は書く。この島は人間の可能性の実験室である。ここは人種に関する我々の硬直した先入観を打ち砕き、さらには人種という概念そのものを崩壊させるかもしれない。

気の利いたフレーズだ――人間の可能性の実験室。

5／14　辛い一日。今日の午後、最後に生理があってからこれでちょうど四か月だと気づいた。ついに来た、ということだろうか？　おなじみの下腹痛、膨張と刺激、体内から流れ出る血を私は待ちつづける。もはや子供が産めるかどうかの問題ではない。元々子供が特に欲しいと思ったことはない。アレクサンドルにはひとまず説き伏せられたけれど、結果が生じる前に私たちは別れてしまった。ステファヌとは子供など論外だった。

そう、もはや子供がどうこうという話ではない。かりに妊娠したいと望んでももう手遅れだ。問題は女としての場所を失うこと、女性という軍隊から追放されることだ。四十年間、私は血を流すことが誇らしかった。惑星上のすべての女性と経験を共有しているのだと思えばこそ、この厄介にも耐えられた。いまや連帯は断たれ、私は去勢された。終わりが始まったように思える。今日は閉経後の女、明日は老婆、そして墓場。私はもう、泣くにもあまりにすり切れている。

迷いは大いにあるが、やっぱりキリアに行くべきだろうか。人生に活を入れないといけない。新しい空気を吸わないと。

5／17　たったいまRBと話した。久しぶりにあの声を聞くのは不思議な気分だったが、向こうは元気そう、快調そのものという感じだった。あなたの招待に応じることにしたと言ったら、電話口でわめき出した。素晴らしい！　素晴らしい！　何たる朗報！

いまから一か月後に（以下はRBの言葉）私たちはサミュエルの作るラムパンチを飲んで、交代で日没を撮影し、人生を謳歌する。

明日飛行機を予約する。六月後半の五日間。移動に要する二日を引けば、キリアで丸三日過ごすことになる。RBが言うように人生を謳歌することになったら、いつでも滞在を延ばせる。耐えがたければ、まあ三日なら何とか耐えられるだろう。

6／23　長い時間かけて大西洋を越えた末に、いま私はバルバドス空港の乗継ぎラウンジで単発の小型プロペラ機を待っている。これに乗って、（予定通りに発てば）二時間半後にキリアに着く。

すさまじい暑さ。熱の濃密な輪が四方から体を包む。熱帯の暑さ、頭のなかの思考を溶かしてしまう暑さ。

メインターミナルを、マシンガンを持った兵士十人あまりがパトロールしている。威嚇と不信の空気。すべての眼差しに見てとれる敵意。何が起きているのか？　マシンガンを手にした黒人兵士十人あまりと、ぎゅうぎゅうに荷物を詰めた鞄を持って不機嫌な子供たちを連れた汗まみれで険しい顔の旅行者たち。

乗継ぎラウンジにいるのはほぼ全員が白人。長髪のアメリカ人サーファーたち。ビールを飲んで大声で喋っているオーストラリア人たち、国籍不明のさまざまなヨーロッパ人、アジア系の顔が二、三。退屈。頭上で回る天井扇。有線で流れる音楽ならざる音楽。場所でない場所。

九時間後。単発機はこれまで乗ったなかで一番小さい飛行機だった。私はパイロットと並んで前に座り、ほかの乗客二人がすぐうしろに座った。離陸したとたん、吹いてくる風の気まぐれにこの飛行機が全面的に左右されることを私は理解した。周りの気流がほんの少し乱れただけで針路を外れてしまいかねない。機はがくんと揺れ、震え、下降し、胃袋がいまにも飛び出してしまいそうだったが、なぜか私は楽しかった——羽根のように重みをなくした感覚、不安定な空気と密に接している感覚が。

空から見た島は小さな点でしかない。冷えた溶岩が大洋に向かって突き出た、灰色がかった緑の点。だがその周囲の海は青い。そう、天国のこちら側のどこよりも青い海。

キリア空港を空港と呼ぶのは誇張というものだろう。それは一本の着陸帯、ずんぐり高い山のふもとからほどけ出た細いリボンの滑走路であり、玩具サイズの飛行機以上のものは受け入れられない。ターミナル――ブロックを積んで作ったちっぽけな小屋――で荷物を受けとり、通関と入国審査の試練。9／11以降のヨーロッパですら、ここまで徹底的に持ち物を検査されたことはない。スーツケースを開けられ、衣類を一つひとつ持ち上げられて点検され、本も一冊一冊係官が背表紙を持って振り、靴も全部引っくり返され、中を覗かれ、探られる――こうしたすべてが、ゆっくり系統立てて、いついかなる状況でも決して急いではならぬ手続きであるかのように行なわれるのだ。そして入国審査でも、きちんとアイロンをかけた、権威と官僚機構の象徴たる制服を着た係官が、私たちを通過させるまでに同じく存分に時間をかけた。訪問の目的を訊ねられて、私は稚拙で訛りも強い英語で、友人の家に数日滞在しますと答えた。友人とは誰か？　ルドルフ・ボルンです。その名前は係官も聞き覚えがある様子で、次に彼は、私がいつからボルン氏を知っているのかと（礼に反した訊き方だと思ったが）訊ねた。生まれてからずっと、と私は答えた。生まれてからずっと？　係官はその答えに面喰らったようだった。ええ、生まれてからずっと、と私はもう一度言った。両親の親しい友人だったんです、と。ああ、両親の、と係官は言い、どうやら納得した様子で、考え深げにうなずいた。これで一件落着と思ったのだが、相手は次に私のパスポートを開いて、その後三分間、科学鑑定のエキスパートもかくやという熱意と忍耐で精査し、一ページ一ページを入念に吟味して、あたかも過去の移動記録が私の人生の謎を解く鍵であるかのようにスタンプ一つひとつを見ていった。そしてやっと、細長い紙切れに印刷された書式を取り出し、机のへりに直角に据えて、小さな几帳面な字で必要事項を書き込んでいった。書式をパスポートにホッチキスで留めてから、ゴムのスタンプにインクをつけて、書式の横の場所にゴムを押しつけ、入国を許可された国のリストにキリアの名を丹念に書き足した。フランスの役人は狂気に近い正確さと冷酷な有能さで悪名高いが、この男に較べればみんなど素人だ。

うだるような午後四時の暑さのなかへ、ＲＢが待っているものと期待して歩み出たが、彼はそこにいなかった。家まで案内してくれたのは雑用係兼管理人のサミュエルだ。がっちり逞しい体格の、おそろしくハンサムな三十前後の青年で、肌は著しく黒いので、十八世紀にここへ漂流してきたスコットランド人の船乗りの血筋ではなさそうだ。空港でよそよそしい不愛想な男たちに接したあとだったから、ニッコリ笑ってもらって心が和んだ。

ムーン・ヒルまで私に同行する役がなぜサミュエルに課されたのかはすぐわかった。まず車で十分ばかり走ったので、てっきりこのまま屋敷まで車で行くものと思ったら、やがてサミュエルが車を停め、あとの行程は——すなわち全行程の大半を占める、いまだ先に控えている一時間以上の行程は——歩いていくのだった。それは骨の折れる道行きだった。険しい坂の、根っこが絡まった山道を上がっていく何とも辛い登り。五分もすると私はゼイゼイ肩で息をしていた。何しろこっちは図書館にこもって日々を過ごす五十三歳の女であり、煙草は喫いすぎ、体重も十キロ過多で、こんな運動にはまったく向いていない。自分の無能力ゆえに、この上ない屈辱を味わうことになった。汗はだらだら出て服はぐっしょり濡れるし、蚊の群れが頭の周りで踊るなか、止まって休みたいと何度もサミュエルに呼びかけ、サンダルの裏がつるつる滑るせいで一度二度ならず何度も転んだ。だがもっと悪いことに、しょうもない肉体的苦痛よりもずっと悪いことに、私の前を歩くサミュエルの姿を見ることの恥かしさ。サミュエルが私のスーツケースを——要りもしない本がぎっしり詰まったあまりに重いスーツケースを——頭に載せている姿を見る恥辱。白人の女の持ち物を黒人の男が頭に載せて運ぶその姿を見て、植民地時代のおぞましい過去をどうして想起せずにいられよう。コンゴ、仏領アフリカでの残虐行為を、何世紀にも及ぶ非道を……。

いつまでもこんなことを言っていてはいけない。頭に血をのぼらせるだけだ。これから三日間、まともな頭のまま切り抜けようと思うなら何とか平静を保たなくては。実のところサミュエルは、自分がやっていることを嫌がっている様子は少しもなかった。この山はもう何千回も登り降りしていて、荷物を頭に載せて歩くことなど日常茶飯事であり、こういう貧しい島で生まれた人間がRBのような人間の屋敷で働くのは上々の仕事と見なされているのだ。止まってくれと私が頼むたび、彼は文句も言わずに止まってくれた。いいですとも。どうぞゆっくりなさってください。いずれは着きますから。

私たちが山頂に達したときRBは昼寝していた。訳のわからない話にも思えるが、おかげでこちらもあてがわれた部屋（高い、高い、海を見下ろす部屋）に身を落着けて気を取り直す余裕が持てた。シャワーを浴びて乾いた服に着替え、髪を整えた。まあ大した改善ではないが、見られたものではない姿をさらす決まり悪さは味わわずに済む。山を登ってきたせいで、私は見るも無惨な有様だったのだ。

精一杯つくろったにもかかわらず、一時間後に居間に入ってきた私を見て、RBの目に失望が浮かぶのが私には見えた。何十年ぶりかに見る姿。昔の若い娘が、いまや中年後期の、むさくるしい、およそ魅力的とは言えない、閉経後の女になったのだという哀しい認識。

あいにく――いや、幸いと言うべきだろう――失望はおたがいさまだった。かつて私はＲＢの姿を誘惑的だと思っていたのであり、彼のことを、荒っぽいハンサムさを有する、男性的な自信と力の理想的体現に近い存在と見ていた。元々痩せてはいなかったが、数十年ぶりに会ってみると体重も相当増え、肉がたっぷりついていた。私を迎えようと立ち上がったその姿を見て（短パン、シャツはなし、靴下も靴もなし）、腹がものすごく大きくなったことに仰天させられた。いまやそれは巨大なメディシンボールであり、髪もほとんどなくなった頭蓋はバレーボールを思わせた。馬鹿げたイメージだが、人間の心はいつも突拍子もないナンセンスを紡ぎ出しているものであり、立ち上がって近づいてくる彼を見て、とにかくそういうイメージが浮かんでしまったのだ。二つの球体、メディシンボールとバレーボールから出来ている男。体は前よりずっと大きくなったが、鯨のように脂肪がぶよぶよ垂れているというのではなく、あくまでただ大きい。実際、腹を包む皮膚はぴんと張っているし、膝と首の周りの肉が寄った皺を別とすれば、年の割には健康そうだった。

がっかりした表情を私が見てとった次の瞬間、それは彼の目から消えた。ベテラン外交官の沈着ぶりでＲＢはニッコリ満面の笑みを浮かべ、両腕を広げ、私をハグした。奇跡だよ、と彼は言った。

結局そのハグが、晩で最良の瞬間だった。サミュエルが作ってくれたラムパンチを私たちは飲み（とても美味しかった）、ＲＢが日没を撮影するのを私は眺め（馬鹿馬鹿しいと思った）、それから夕食の席についた（こってりした食事、どろっとしたソースに浸したビーフ――この気候には向かない、むしろ真冬のアルザスに向く料理だ）。老いたナンシー、と聞いていたが全然老いてはおらず、四十か、せいぜい四十五で、この屋敷ではたぶん二つ仕事があるのではないか。昼は料理人、夜はＲＢのベッドパートナー。メリンダは二十代前半で、したがって後者の役を果たすにはたぶん若すぎる。美しい娘で、サミュエルのハンサムぶりにも劣らぬ器量であり、ひょろ長い体で滑るように優雅に歩く。ときどきチラッと交わす視線から見て、サミュエルとはカップルだと思える。ナンシーとメリンダが食事を出してくれて、サミュエルがテーブルを片付けて皿を洗った。食事が進むにつれて、私はだんだん居心地が悪くなっていった。私は召使いに給仕されるのを好まない。なぜか腹が立ってくるのだ――特にこのような、わずか二人のために三人が働いている、しかも白人二人のために黒人三人が働いているという状況では。ここでもふたたび、植民地時代の不快な残響。この恥の感覚をどう消したらいいのか？　ナンシー、メリンダ、サミュエル、みんな愚鈍な落着きとともに黙々と働き、何度か礼儀正しい笑顔を私に向けはしても、三人とも用心して距離を置き、無関心を保っているように見える。いったい私たち二人のことをどう思っているのか？　たぶん陰ではあざ笑っている。だとしても無理はない。

そう、召使いたちには気が滅入ったが、それ以上にＲＢ本人に滅入らされた。温かく歓迎はしてくれたものの、そのあとはもう、私をどうしたらいいかわからずにいるようだった。きっと疲れているだろうね、長旅で消耗したにちがいないよ、時差ボケ《ジェットラグ》というのは人体を破壊するために作られた発明だね、と何度も言った。たしかに疲れきっていて、時差ボケもあったし、辛い山登りで筋肉も痛んだことは否定しないが、私としては寝ずに話したかったのだ。彼が手紙で一度使った言い回しを借りれば、昔を偲ぶ気でいたのだ。だが彼は私と一緒にそういう場へ赴くのは気が進まぬ様子だった。夕食の最中の会話は暴力的に退屈だった。キリアを発見した経緯について彼は語り、どうやってこの屋敷を買ったかを語り、地元の生活の細部を語り、それから島の動植物について私に講釈した。戸惑うしかない。

いま私はベッドに入っていて、白い蚊帳のドームに包まれている。体にはOFFという名の、嫌な臭いの製品が塗りたくってある。蚊よけだというが、毒性の、生命に危険な化学薬品の臭いがする。ベッドの左右では緑色の蚊取り線香がゆっくり燃えていて、奇妙な煙の模様をたなびかせている。

いったい私はこんなところで何をしているのか。

6／26　二日のあいだ何も書かなかった。書くなんてずっと不可能、一瞬の安らぎを見出すことも不可能だった。ムーン・ヒルを去ってパリへ向かいはじめたいま、やっと続きをその苦い結末まで語れるようになった。苦い、というのがまさにここで使いたい言葉だ。起きたことについて私は苦々しい気持ちを抱いているし、今後長いあいだこの苦さが口のなかに残ることが私にはわかる。

始まりは次の日の朝、私が屋敷に着いたあとの朝だった。二十四日。食事室で朝食を摂っていたRBが落着き払った様子でコーヒーカップを下ろし、私の目をまともに見据えて、結婚してほしいと言ったのだ。あまりに突拍子もない、まるっきり予想外の話に、私はゲラゲラ笑い出した。

——まさか、冗談でしょ。

——いやいや、と彼は答えた。私はここで一人きりで暮らしている。そして君もパリには誰もいない。キリアに来て一緒に住んでくれたら、君を世界中で一番幸せな女性にする。私たちはたがいにとって完璧なんだよ、セシル。

——ねえ年上のお友だち、あなたは私には年を取りすぎているわ。

——君はすでに私より上の男と結婚したじゃないか。

——だから、そういうことよ。ステファヌは死んだのよ。もう一度未亡人になる気はないわ。

——でも私はステファヌじゃない、そうだろう？　体は丈夫だし、完璧に健康だ。まだ何年も先が控えている。

——よしてよ、ルドルフ。問題外よ。

——君は忘れているよ、私たちがどれほどたがいを崇めていたか。

——私はあなたのことが好きだった。いつだって好きだった。だけど崇めたことはないわ。

——何十年も前、私は君のお母さんと結婚しようとした。でもそれは口実でしかなかった。彼女と暮らそうとしたのは君のそばにいたかったからだ。

——馬鹿げたこと言わないで。あのころ私はほんの子供だったのよ。あなたがぶざまで未熟な私になんか興味を持ったはずはないわ。

——万事うまく行っていたんだ。いまにも実現するところだったんだ。三人ともそれを望んでいて、あのまま実現したはずなんだ、そこへあのアメリカの若僧がのこのこパリにやって来て、何もかも台なしにしてしまったんだ。

——あの人のせいじゃないわ。あなたもわかってるはずよ。あの人の話を母さんは信じなかったし、私だって信じなかった。

――あいつの話を信じなかったのは正しい。あいつは嘘つきだった。ねじくれた、怒りを抱えた人間で、私に敵意を持つようになって、私の人生を破壊しようとした。まあたしかに、私も長い人生でいくつもひどい過ちを犯してきたが、ニューヨークであの子供を殺したというのはそこに入っていない。あの子供には手も触れなかった。みんな君のボーイフレンドのでっち上げさ。

――私のボーイフレンド？　よく言うわねえ。アダム・ウォーカーは私なんかに惚れ込む暇はなかったわ。

――思えば私が……この私が奴を君に紹介したなんて。君にとっていいことをしたつもりだったのに。何て情けない冗談だ。

――あなたはいいことをしてくれたわ。なのに私はあの人を敵に回して、あの人を侮辱した。狂人呼ばわりして。あんたなんか舌を引っこ抜かれればいいって言ったのよ。

――それは初耳だな。よく言った、セシル。君の心意気を誇りに思うよ。結局あれは自業自得だったんだ。

――自業自得？　どういうこと？

――あいつがフランスから尻尾をまいて逃げていったことだよ。なぜアメリカに帰ったか、君も知ってるだろう？

――私のせいで帰ったんでしょう。私があの人の顔に唾を吐いたから。

――いやいや、そんな簡単な話じゃない。

――どういうこと？

――国外追放されたんだ。ドラッグを三キロ所有しているのを警察に見つかって。マリワナ、ハッシッシ、コカイン、何だったかはもう忘れたが。あのむさくるしいホテルの支配人から通報があったのさ。警官が部屋を捜索して、それでアダム・ウォーカーは一巻の終わりだった。選択肢は二つだった。フランスで裁判を受けるか、国を出るか。

——アダムがドラッグ？　ありえないわ。あの人はドラッグが嫌いだったのよ、ドラッグを憎んでいたのよ。

——警察の話は違っていたよ。

——で、どうしてあなたはそのことを知っているの？

——取調べを担当した予審判事が友人だったからさ。その男から聞いたんだ。

——ずいぶんうまく出来ていること。で、どうしてその人、わざわざあなたにそんなこと話すのかしら？

——私がウォーカーと知りあいだと知っていたからさ。

——あなたも絡んでいたのね、そうでしょう？

——まさか、そんな。馬鹿なこと言うもんじゃない。

——絡んでいたのよ。認めなさいよ、ルドルフ。あなたがアダムをアメリカに追い返したのよ。

——それは違うよ、ダーリン。奴がいなくなって残念だったとは言わないが、私が追い出したんじゃない。

——もうずっと昔の話よ。なぜいまわざわざ嘘をつくの？

——君のお母さんの墓に誓って言うよ、セシル。私は何の関係もなかったんだ。

＊

どう考えたらいいかわからなかった。もしかしたら本当かもしれないし、そうじゃないかもしれない。でもとにかく、私の母の墓に云々とＲＢが言い出した瞬間、私はもはやこの人と同じ部屋にいたくないと思っていた。あまりに浮き足立って、涙が出そうで、気持ちが乱れて、もうそれ以上喋れなかった。まず狂気のプロポーズ、次はアダムに関する暗澹たる話。もう一秒たりともそのテーブルにいられなかった。椅子から立ち上がり、気分が悪いと告げて、そそくさと部屋に引っ込んだ。

三十分後、ＲＢがノックして、入ってもいいかと訊いた。この人と向きあう力があるだろうかと、私はしばしためらった。決める間もなく、もう一度、さっきより大きくて執拗な響きのノックが聞こえ、それから彼が自分でドアを開けた。

――悪かったよ、と彼は、大きな半裸の体を奥の隅の椅子に沈めながら言った。君を動揺させるつもりはなかったんだ。どうやらアプローチが間違っていたみたいだ。

――アプローチ？　何へのアプローチ？

ＲＢが椅子に腰かけるのと同時に、私は窓のすぐ下の小さな木の長椅子に座った。私たちは一メートルと離れていなかった。食事室から退散してまだいくらも経っていないうちに勝手に入ってこられたことは嫌だったが、相手はそれなりに改悛している様子で、これならもう少し会話できそうな気もした。

――何へのアプローチ？　と私はもう一度訊いた。

――ある種の……何と言ったらいいかな？……ある種の未来の――ある種の未来の居住に関する取決めをめぐる模索への。

――がっかりさせて悪いけど、私、結婚する気はないの。あなたとも、ほかの誰とも。

――ああ、わかってる。それが今日の君の見解だ。でも明日になれば考えは変わるかもしれない。

――それはないと思う。

――私の考えをまず聞いてもらわなかったのは失敗だった。先月君から手紙が届いたとき以来ずっと頭のなかに抱えて、あまりに長く考えていたものだから、もう半分現実になった気がして、あとはもう口にすれば実現するような気になっていたんだ。たぶんこの六年間、あまりに一人でいすぎたんだと思う。ときどき、世界についての自分の考えと、世界そのものとを混同してしまうんだ。君に不愉快な思いをさせてしまったのなら申し訳ない。

――べつに不愉快じゃなかったわ。驚いたという方が適切だと思う。

――君の見解を、現時点での君の見解を受けて、ひとつの実験を申し出たい。ビジネスの提案という形の実験だ。私が手紙で触れた本のことは覚えているかね？

――回想録を書く気でメモを取っていると言っていたわね。

――そのとおり。書き出す準備はもうほぼ出来ていて、君に協力してほしい。この本は二人で一緒に書きたい。

――私がパリに仕事があることをあなたは忘れているわ。私にとって大きな意味がある仕事が。

――ＣＮＲＳでの給料がいくらだか知らないが、その倍を出す。

――お金の問題じゃないのよ。

――仕事を辞めてくれとは言っていない。研究休暇を取ってくれればいい。本は一年くらいで書けるはずだ。書き終わって、私と一緒にここにとどまる気がしなかったら、パリに戻ればいい。

ここにいるあいだは収入も倍になるし――ちなみに部屋代、食費は不要だ――そうやっているうちに私と結婚してもいいという気になるかもしれない。ビジネスの提案という形の実験だ。私の話、わかるかね？

――ええ、わかるわ。でもなぜ私が、他人の本を書くことに興味を持つかしら？　自分の仕事がちゃんとあるのに。

――本の内容を聞いたら興味を持つはずさ。

――あなたの生涯についての本でしょう。

――そう、でも君は私の生涯について何か知っているかな、セシル？

――あなたは政治と国際情勢が専門の元大学教授。

――それもある、たしかに。でも政治については教えただけじゃない。政府のために仕事もしたんだ。

――フランス政府？

――もちろん。私はフランス人だろう？

――で、どういう仕事を？

――秘密の仕事さ。

――秘密の仕事……スパイ活動っていうこと？

――あらゆる形を取った陰謀行為だよ。

――まあ、まあ。知らなかったわ。

――話はアルジェリアまでさかのぼる。若いころから始めて、そのままずっと冷戦の終わりまで政府のために働いたんだ。

——つまり、興味をそそる話をいくつか語れるということね。

——興味をそそるどころじゃない。血も凍るような話さ。

——そういう話、発表していいの？　政府に勤めていた人が国家の秘密を明かすのを禁じる法律があったんじゃないかしら。

——厄介なことになりそうだったら原稿を書き直して、小説として出せばいい——君の名前で。

——私の名前？

——そう、君の名前。私は裏方に徹して、栄誉はみな君が得ればいい。


私はもはやRBの言葉を一言も信じていなかった。部屋を出ていったときにはもう、彼が狂っていると確信していた。この男は精神の安定を失い、すっかり異常を来《きた》してしまったのだ。キリアに長く住みすぎて、熱帯の太陽に脳内の配線を焼かれ、正気の縁の向こうに突き落とされてしまったのだ。スパイ。結婚。小説に変貌する回想録。まるっきり子供みたいだ。出任せでいろんなことをでっち上げる子供が、頭に浮かんだことを片っ端から口にし、その場その場の目的にかなうフィクションに紡いでいく。いまその目的とは、私と結婚したいという途方もない、まるっきりありえない思いつきだ。この男は私と結婚したいなどと思ってはいない。思っているはずはない。でももし思っているとして、できると考えているなら、それもやはり、もはや頭がまともでない証しだ。

私は相手に合わせるふりをして、ビジネスの提案という形をとった実験を本気にしているみたいにふるまった。怖くて異を唱えられなかったのか、それとも単に不快な醜態を避けようとしたのか？　両方とも少しずつあったと思う。相手の怒りを誘発するようなことは言いたくなかったが、と同時に会話は耐えがたいほど退屈で、できるだけ早くRBを追い払いたかった。じゃあ考えてくれるかい？　と彼は訊いた。ええ、約束するわ、考えてみる、と私は答えた。でもいずれ本のことをもう少し話してくれないと決断はできません、と。もちろんだとも、言うまでもないことさ、と彼は答えた。いまはサミュエルと少し用事があるんだが、昼食のときに二人で話そう。そうして彼は私の頬をぽんぽん撫で、君が来てくれて本当に嬉しいよと言った。世界がこんなに美しく見えたのは初めてだよ、と。

私は昼食に行かなかった。気分がすぐれないと伝えたのだが、これは部分的に本当でもあり部分的に嘘でもあった。無理をすれば、積極的に行きたければ、十分行けた。でも無理をしようという気分ではなかったし、行きたくもなかった。RBから離れる時間が私には必要だったし、それに、旅の疲れがいまになって出てもいた。体はくたくたで、頭は時差ボケ、力はもう残っていない。服も脱がずにベッドに倒れ込んで、三時間しっかり昼寝した。汗びっしょりで目が覚めた。体じゅうの毛穴から汗が噴き出し、口は渇いて、頭はずきずき疼いた。服を脱いでバスルームに入り、水が入ったビニール袋をシャワーフックに吊して、ノズルを開くと水が頭に勢いよく降ってきた。真昼の暑さのなかでのぬるま湯シャワー。バスルームは戸外にあって、崖のてっぺん、小さな奥まりが岩に彫られている。眼下には広大な、ギラギラ光る大洋のみ。世界がこんなに美しく見えたのは初めてだよ。そう、たしかにここは美しい場所だ。でもそれは粗暴な美しさ、無情な美しさであって、私はもうすでにここを去ることを心待ちにしている。

日記を書こうかとも思ったが、あまりに神経が昂ぶってじっとしていられなかった。それからふっと、ここにいるあいだ書くのは控えた方がいいと思った。ＲＢがこっそり部屋に入ってきて日記を見つけ、彼について私が何と書いているか見たらどうなるか？　地獄の沙汰だろう。私の身が危険にさらされかねない。

本を読もうとしたが、読むだけの集中力もいまはなかった。太陽の地での休日のために詰めてきたどれも役立たずの本。ベルンハルトやビラ＝マタスの小説、デュパンやデュブーシェの詩、オリヴァー・サックスやディドロのエッセイ。すべてまっとうな本だが、ここに来たいまの私には無用の長物。

窓辺の椅子に座った。部屋のなかを歩き回った。ふたたび椅子に座った。

そしてもしもＲＢが発狂しているのでないとしたら？　と自問した。私を相手に戯れていて、私をからかい、馬鹿にするために結婚を申し込んでいるのだとしたら？　私をダシにして、愉快に笑っているのでは？　それもありうる。何だってありうる。

その夜彼は酒をしこたま飲んだ。テーブルにつく前にラムパンチを背の高いグラスで二杯、食事のあいだはずっとワインをたっぷり。はじめそれは何の影響も及ぼしていないように見えた。気分はよくなったか、と私に気遣いを示し、ええ、昼寝してすっかり元気になったわ、と私は答え、二人でしばらく当たり障りのないお喋りをして、結婚の話もアダム・ウォーカーの話もせず、秘密諜報活動をめぐる小説に変換可能な本の話もしなかった。私たちはフランス語を喋っていた。そういう話は召使いたちには聞かれたくないのだろうか。あるいはまた、この人はボケてきているのではないか、アルツハイマーか痴呆の初期段階ではないかという疑問も湧いてきた。けさ話したことを、単に忘れてしまったのではないか。ひょっとしたらこの人の頭のなかではいろんな思いが蝶か蚊みたいにひらひら飛び交っているのではないか。つかのま現われては消えていく、もう本人は覚えてもいられない儚《はかな》い思い。

ところが、食事が始まって十分か十五分したところで、政治の話が始まった。個人的な話、自身の体験をめぐる逸話などではなく、抽象的、理論的な、いかにも大人になってから大半の年月を大学教授として過ごした人物らしい話しぶり。まずはベルリンの壁。壁が崩壊して西側の誰もが喜び、平和と兄弟愛の新たな時代が訪れたと皆が思ったが、実のところこれは近年でもっとも危うい出来事だったと彼は言った。不快ではあれ、冷戦は四十四年にわたって世界をひとつにまとめていたのであり、〈我々／彼ら〉という白黒単純な二元的世界がなくなったいま、世界は第一次大戦以前の時代にも似た不安定さと混沌の時期に入った。Mutual Assured Destruction（相互確証破壊）——MAD。そう、おぞましい概念だが、人類の半分がもう半分を吹き飛ばせる立場にあり、もう半分がその半分を吹き飛ばせる立場にあるとき、どちらの側も引き金を引きはしない。恒久的な膠着状態。冷戦は軍事攻撃を阻止する、人類史上もっともエレガントな解決策だったのだ。

私は話をさえぎらなかった。いまばかりは一応話に筋が通っていたのだ。まあ議論はやや荒っぽい。アルジェリアとインドシナはどうなの、と訊きたいところではある。朝鮮とベトナムはどうなのか、ラテンアメリカへの合衆国の介入は、ルムンバとアジェンデの暗殺は、ブダペストとプラハへのソ連軍戦車の侵攻は、アフガニスタンでの長い戦争は？　だがいまそんなことを訊いても始まらない。子供のころ、この手の講釈はさんざん聞かされたから、口をはさんでも仕方ないことは承知している。わめかせておこう。単純で安易な意見を吐かせておこう、じきすっかり喋りきって晩も終わりになる。これこそ昔のままのＲＢ。屋敷に足を踏み入れて初めて、私は慣れ親しんだ場にいると実感できた。

だが彼はいっこうに喋りきらなかった。晩はえんえん、思ったよりもずっと長く続いた。冷戦をめぐる話はほんのウォームアップ、いわば咳払いだったのであり、その後二時間、これほどの罵詈雑言《ばりぞうごん》はさすがに初めて聞くという烈しさの激論につき合わされた。アラブテロリズム、９／11、イラク侵攻、石油価格、地球温暖化、食糧不足、大量餓死、世界的不況、放射能爆弾《ダーティ・ボム》、炭疽菌攻撃、イスラエルの消滅――何ひとつ省かなかった。断末魔の叫びに満ちた恐ろしい予言をひとつも漏らさず、私の顔に向けて吐き出しつづけた。いくつかの発言は本当に卑劣で醜悪で、白い肌のヨーロッパ人以外のすべての人間に対する――つきつめればルドルフ・ボルンその人でないすべての人間に対する――狂暴な憎悪に満ちていた。さすがにもうこれ以上聞いていられないという瞬間が訪れた。やめて、と私は言った。もう一言も聞きたくない。私、もう寝ます。

私が椅子から立ち上がって部屋から立ち去るときも、ＲＢはまだ喋っていた。酔った耳障りな声で相変わらず私に講釈しつづけ、私がもはやテーブルに座っていないことに気づいてすらいなかった。極冠《きょっかん》が溶けてきている、と彼は言った。いまから十五年、二十年後に洪水が来る。都市が水に埋もれ、大陸が跡形もなくなり、すべては終わる。君はまだ生きているだろうよ、セシル。それが起こるのを目のあたりにして、それから溺れ死ぬんだ。ほかのみんなと一緒に、ほかの何十億という人間と一緒に溺れて、それですべてが終わる。君が羨ましいよ、セシル。君はすべての終わりに立ち会うんだから。

*

翌朝（昨日）彼は朝食に現われなかった。大丈夫かとナンシーに訊いてみると、喉の奥で小さな、押し殺した内なる笑いにも似た音を彼女は立て、ミスター・ボルンはまだ夢の国にいらっしゃいますと答えた。私が食事室から出ていったあと、一人でどれくらい飲みつづけたのだろう。四時間後、昼食には現われ、見たところ機嫌もよさそうで、目は明るく焦点も合っていて、いつでも行動に移れそうな様子。私が来て以来初めて、シャツを着るだけの手間をかけていた。

――昨夜の度を越した発言を許してほしい、と彼は切り出した。言ったことの半分は本気じゃなかったんだ――いや、半分以下だ、実際ほぼ何ひとつ本気じゃなかった。

――どうしてわざわざ、本気でもないことを言うの？　と私は、この奇妙な撤回発言にとまどって訊ねた。自分のふるまいを反省するなんて、この人らしくない。自分が言ったこと、やったことを、度を越していようといなかろうと、引っ込めるなんてこの人らしくない。

――いくつかの着想を試していたんだ。この先に控えた仕事に相応しい精神状態に自分を持っていこうとしていたんだよ。

――で、その仕事って？

――本さ。君と一緒に作る本だよ。昨日の朝話しあって、君の言うとおりだと確信したよ。本当の話は絶対に出版できない。秘密が多すぎるし、あまりに多くの卑劣な行為を暴露することになり、釈明すべき死もあまりに多い。真実を話そうとしたら、私はフランス政府に逮捕されるだろうよ。

――計画を放棄したいっていうこと？

――いいや、全然。だが真実を語るためには、それを虚構にしないといけない。

――それは昨日聞いたわ。

――わかってる。喋っている最中に思いついたから言ってみたんだが、あとでじっくり考えてみて、それが唯一の解決策だといまは思うに至った。

――じゃあ、小説ね。

――そう、小説。で、小説ということで考えはじめたら、無限の可能性が一気に拓《ひら》けてきた。そう、我々は真実を語れる、でもそれに加えて、いろんなことを捏造する自由も手に入るんだ。

――何でそんなことしたいの？

――話をもっと面白くするためにさ。もちろん物語は私の人生に基づいたものにする。だが本のなかで私を演じる人物は違う名前を与えられる。そいつをルドルフ・ボルンと呼ぶわけには行かないだろう？　誰か別の人物でないといけない。たとえば、X氏。ひとたび私がX氏になれば、私はもはや私ではなくなり、ひとたび私でなくなれば、我々はいくらでも新しい細部を加えることができる。

――たとえば？

――たとえば……そうだな、X氏は見かけどおりの人間ではない。二重生活を送る人間として描くんだ。世間ではどこかの退屈な研究所だか大学だかで政治と国際情勢を教える退屈な大学教授で通っているが、実は特別な秘密諜報員でもあり、ソ連の共産主義者たちと真っ向から戦っている。

――それはもう知ってるわ。それが本の出発点でしょ。

――そう、そう――でもちょっと待って。二重生活が二重生活ではなく三重生活だったら？

――わからないわ、何のことか。

――フランスのために仕事をしているように見えるが、実はソ連側のために仕事をしているのさ。X氏は二重スパイなんだ。

――何だかミステリー《スリラー》小説みたいになってきたわね。

――スリラー。その言葉、最高じゃないか？　戦慄《スリラー》させるもの。

――でもどうしてX氏は自分の国を裏切るのかしら？

――理由はいくらでもある。この分野で何年か仕事をしてきて、西側に幻滅して共産主義に寝返ったとか。あるいは彼は、何ひとつ信じるもののないとことん醒めた人間で、ソ連はフランスより金払いもいいから、一方だけのために働くのに較べて倍以上稼げるわけさ。

――何だかあんまり好きになれそうにない人物ね。

――好きになれる人物である必要はない。興味深くて、複雑であればいいんだ。六八年五月に戻ってみてくれ、セシル。覚えているかい、君と私とでさんざん戦わせたあのひどい議論を？

――絶対忘れないわ。

――敵と結託している二重スパイX氏が、若きセシル・ジュアンにあたる人物と完璧に意見が一致するとしたら？　実は彼が、フランスが無政府状態に陥るのを見て喜んでいて、フランスの解体、差し迫った政府の崩壊に欣喜雀躍しているとしたら？　とはいえ仮面は保たないといけないから、そのためには、自分が信じている考えと正反対の見解を主張しないといけない。気の利いたひねりだと思わないか？

——悪くないわね。

——もうひとつ別のシーンも思いついた。うまくまとめるのは難しいかもしれないが、X氏を二重スパイにするという発想を貫くならぜひとも必要だ。本全体のなかでも一番暗い、胸の痛むエピソードになるだろう。こうだ。X氏にはフランス人の同僚Y氏がいる。二人は長年の親友で、いくつもの陰惨な冒険を共に切り抜けてきたが、X氏がソ連のために働いているのではとY氏は疑っている。そして彼はX氏に面と向きあい、この仕事をただちに去らねば君を逮捕させると宣言する。いいかい、これは六〇年代前半のことだ。死刑はまだ行なわれていて、X氏が逮捕されたらギロチンということだ。どうしたらいいか？ Y氏を殺す以外に手はない。もちろん銃弾で殺したりはしない。頭部を殴打するだの腹にナイフを突き刺すだのではなく、発覚しないもっと巧妙な方法を使う。いまは夏。Y氏は家族と一緒に南フランスの山の中でバカンスを過ごしている。X氏はそこへ行って、真夜中に敷地に忍び込み、Y氏の車のブレーキを外す。翌朝、パンを買いに車で町のパン屋まで出かける途上、Y氏は車を制御できず、山の中腹に激突する。任務達成。

——何の話なの、ルドルフ？

——何でもないさ。作り話を語っているだけだよ。X氏がどうやってY氏を殺すか。

——それ、私の父さんの話でしょう？

——まさか。何でそんなこと思うのかね？

——あなたは私の父親をどう殺そうとしたかを話しているのよ。

——馬鹿な。君の父親は諜報活動などしたことはない。それはわかっているだろう。あの人は文化省に勤務していたんだ。

――あなたはそう言うでしょうよ。父さんが本当は何をしていたか、誰にわかる？

――やめなさい、セシル。これはただの、ちょっとしたお楽しみなんだよ。

――楽しくなんかないわよ。全然楽しくなんかない。あなたといると胃の底までむかむかしてくる。

――ねえ、君。落着きたまえ。愚か者みたいなふるまいはよしなさい。

――ルドルフ、私ここを出ていく。もう一分たりとも、あなたと一緒にいることに耐えられない。

――たったいま、昼食の途中で？　そんなにあっさりと？

――ええ、そうよ。

――だけど私は思っていたんだ――

――あなたが何を思おうと知ったことじゃないわ。

――わかった、行きたければ行きたまえ。止めはしない。君がここへ来て以来、私はひたすら優しさと愛情を注いできた。なのに君ときたら、こんなふうに私に牙を剥く。君は馬鹿げたヒステリー女だよ、セシル。君を招いたことを私は後悔している。

――私は来たことを後悔しているわよ。

そのとき私はすでに立ち上がり、すでに部屋の向こう側に行きかけ、すでに涙が出ていた。廊下にたどり着く直前、母親がもう少しで結婚するところだった男、妻になってくれと私に頼んだ男を最後にもう一度だけ見ようとうしろをふり返ると、そこに彼はいた――こっちに背を向けて座り、皿の上にかがみ込んで、食べ物を口に放り込んでいる。まったくの無関心。まだ屋敷を去ってもいないのに、私はすでにこの男の頭から抹消されたのだ。

荷物をまとめに寝室に上がった。今回は同行してくれるサミュエルもいない。私一人でスーツケースを持って山を降りられはしないから、置いていくしかない。洗ってある下着をいくらかハンドバッグに移して、サンダルを蹴って脱いでスニーカーにはき替え、パスポートと金が入っていることを確かめた。服や本を置いていくと思うと少し胸が痛んだが、その気持ちも二、三秒で消えた。セントマーガレットの町まで歩いていって、バルバドス行きの次の便の切符を買うつもりだった。ここから二十キロ。それならできる。平地に出さえすれば、いくらでも歩ける。

山を下るのは登るほど難儀ではなかった。もちろん汗は滝のように出たし、行きと同じブヨと蚊の空襲に悩まされたが、今回は転ばなかった――ただの一度も。中庸のペースを保って歩き、遅すぎもせず速すぎもせず、時おり立ちどまっては道端の野の花を眺めた。鮮やかな、美しい、私には名前もわからないものたち。燃える赤。燃える黄。燃える青。

山のふもとに近づいてくると、何かが聞こえてきた。ひとつの音なのか、いくつかの音の集まりなのかはわからない。はじめはコオロギかセミの声に似ていると思えて、午後の暑さのなかで虫たちが執拗に金属的な音を発しているのかと思った。でもいまは虫たちが呼びかけあうにも暑すぎるし、もっと近づいていくと、そもそも虫にしては音が大きすぎ、リズムも複雑すぎるとわかった。生き物から出るにはあまりに律動的、あまりに込み入っている。木々が障壁になって先は見えなかった。歩きつづけたが障壁は終わらず、一番下まで降りてやっと終わった。降りきって、止まって、右を向くと、やっと音の出所が見え、いままで耳が告げていたことを私はようやく目で見た。

目の前には不毛な地面が広がっていた。不毛で埃っぽい地面のそこらじゅう、いろんな形や大きさの灰色の石が転がっていて、それら石のあいだに五十人か六十人の男女が散らばり、おのおの片手にハンマーを、もう一方の手に鑿《のみ》を持って、石を叩いて二つに割り、割れて小さくなった石をさらに二つに割り、それもまた二つに割って、と、小石が砂利になるまでくり返していた。五十人、六十人の黒人の男女がハンマーと鑿を持って地面にしゃがみ込み、石を叩き、太陽がその熱を彼らに叩きつけるなか、日蔭はどこにもなく、どの顔も汗でギラギラ光っている。私は長いことそこに立って彼らを見守った。見守り、耳を澄ましながら、こんなものをいままでに見たことがあったろうかと考えていた。こういう仕事を我々は普通、囚人とか、鎖に繋がれた人々と結びつけて考える。でもこの人たちは鎖に繋がれてはいない。彼らは仕事をしているのであり、金を稼いでいるのであり、こうやって食いつないでいるのだ。石の音楽は、装飾音に満ちた、ありえない音楽だった。五十か六十のハンマーが鳴る音楽、それぞれのハンマーが独自の速さで動き、独自のリズムにはまっていて、それらが一緒になって喧嘩腰の、かつ荘厳なハーモニーを奏で、その音が私の体内にじわじわ入ってきて、私がそこを立ち去ったあともずっと体内にとどまり、こうして海を越える飛行機に乗っているいまも五十、六十のハンマーの響きが頭のなかで聞こえる。この音はこれからもずっと私とともにあるだろう。一生ずっと、どこにいて、何をしていようと、ずっと私とともにあるだろう。

訳者あとがき

数多いポール・オースター作品のなかで、日本で長年とりわけよく読まれてきたものを二冊挙げるとすれば、探偵小説の枠組みを用いながら「私」というものの内実（あるいはその欠如）を探る『幽霊たち』（一九八六）と、一九六〇年代後半の激動のアメリカを舞台に一人の若者が体験する喪失と成長を描く『ムーン・パレス』（一九八九）だと思う。二〇〇九年に刊行された本書『インヴィジブル』は、後者『ムーン・パレス』と同じく一九六〇年代後半――特に一九六七年――を主たる舞台に据えている。ニューヨークに住んでコロンビア大学に通う学生の話から始まる点も『ムーン・パレス』と共通している。ある意味では、『ムーン・パレス』で描いた、作者本人としてもよく知る時代を、二十年後に再訪していると言ってもいいだろう。

とはいえ、『インヴィジブル』は『ムーン・パレス』の焼き直しではまったくない。二冊から受ける印象は大きく違っている。『ムーン・パレス』は一人の若者がさまざまな出会いと別れをくり返しながら自分が何者なのかを発見していく話であり、ひとまずは爽やかな青春小説と括っても許されるだろう。物語全体としても人々が西へ西へと移動し、あたかも地理的にアメリカ史を辿り直すような明快な直線的構造を持っていた。一方この『インヴィジブル』は、話はすんなり直線的には進まず、複数の語り手によって、往々にして真偽の定かでない物語が語られ、全体像がにわかには――「不可視《インヴィジブル》」というタイトルが示唆するとおり――見えてこない。『ムーン・パレス』にも複数の語り手が存在するが、基本的にはすべて語り手兼主人公の若者マーコ・フォッグの物語であって、その他の人物による長い語りも、マーコがつねに聞き手としてそこにいるから、ある種の統一感は一貫して保たれている。これに対し『インヴィジブル』では、小説本体と思えた部分が実は別の書物からの長い引用であることが判明したり、箇所によっては語り手Aのメモを語り手Bが語り直したものであったり、しかもそれぞれの声はそれほどあからさまに差異化されておらず……と、諸要素が意図的に読者の脳内で混じりあうべく書かれているように思える。そして『ムーン・パレス』も決して若き楽天にのみ浸されているわけではないが、『インヴィジブル』は全体がより暗く深い曖昧さに貫かれている。言いかえれば、『インヴィジブル』はおそらく『ムーン・パレス』以上に読者を信頼した作品である。

もちろんこれは、『ムーン・パレス』と『インヴィジブル』のどちらがより優れているか、という話ではない。作家は人生のある時点で『ムーン・パレス』という独自の魅力を持った作品を書き、別のある時点で『インヴィジブル』という別の魅力を持った作品を書いた。その両方が与えられていることを、我々は素直に喜べばいい。

作者オースターはこの本のタイトルに、「不可視」という、(それこそ「ムーン・パレス」というコロンビア大学の学生たちの行きつけの店だった実在の中華料理店の名に較べれば) 抽象度が高く思える反面、ある意味では作品全体のムードをズバリ要約したようにも思える言葉を選んでいる。この小説で invisible という単語は合計七回用いられており、それぞれ違う人間や状況を形容するために使われているが、どの場合も非常に意図的に使ったと作者はインタビューで明言している。それら随所に点在する invisible という語を通して、作品全体を浸す世界の不可視性、不透明性がさりげなく確認されることになる。なので、普通なら「見えない」「透明な」「不可視の」などと訳し分けるところだが、今回は連関を明確にするためすべて「不可視」で訳しとおした。

この語が最初に使われるのは、この小説の一応の主人公と言えるアダム・ウォーカーと、暴力と怒りを内に抱えた謎の人物ルドルフ・ボルンとが小説のほぼ冒頭で出会う場面においてであり、その不可解な人物ボルンの顔を形容するために――そこからすべての不透明性が始まるのだと示唆するかのように――使われている。ちなみに、作者オースター氏が訳者に語ってくれたところによれば、一九六七年に生じるウォーカー＝ボルンのこの出会いは、当初の構想ではさらに二度――二十年後と四十年後に――くり返される予定だった。結局この案は却下されたわけだが、かりにもしそうなっていたら、小説はよりはっきりした構造を獲得した代わりに、結果的にこの小説が持つに至った不穏な曖昧性（たとえば、一部の読者にとってはきわめてショッキングな一九六七年夏のニューヨークのアパートでの出来事にしても真相は不明のままである）はいくぶん薄れたものになっていただろう。

オースターはこの作品を発表したのち、翌二〇一〇年、複数の視点から語る技法を更に推し進めた小説 *Sunset Park* を刊行し、その後、すでに邦訳した二冊の自伝的書物『冬の日誌』

『内面からの報告書』を経て、昨二〇一七年には九〇〇ページ近い大作（といってもぐんぐん読み進められるので「大作」という圧迫感はないのだが）*4321* を発表した。*Sunset Park* と *4321* もできるだけ早く日本語でお届けしたいと思う。

いつものとおり、オースターの主要作品を以下に挙げる。特記なき限り拙訳による長篇小説。

The Invention of Solitude (1982)『孤独の発明』自伝的考察（新潮文庫）
City of Glass (1985)『ガラスの街』（新潮文庫）
Ghosts (1986)『幽霊たち』（新潮文庫）
The Locked Room (1986)『鍵のかかった部屋』（白水Uブックス）
In the Country of Last Things (1987)『最後の物たちの国で』（白水Uブックス）
Disappearances: Selected Poems (1988)『消失　ポール・オースター詩集』（飯野友幸訳、思潮社）
Moon Palace (1989)『ムーン・パレス』（新潮文庫）
The Music of Chance (1990)『偶然の音楽』（新潮文庫）
Leviathan (1992)『リヴァイアサン』（新潮文庫）
The Art of Hunger: Essays, Prefaces, Interviews (1992)『空腹の技法』エッセイ集（柴田・畔柳和代訳、新潮文庫）
Mr. Vertigo (1994)『ミスター・ヴァーティゴ』（新潮文庫）
Smoke & Blue in the Face: Two Films (1995)『スモーク&ブルー・イン・ザ・フェイス』映

画シナリオ集（柴田ほか訳、新潮文庫）

Hand to Mouth: A Chronicle of Early Failure (1997) エッセイ集、日本では独自編集で『トゥルー・ストーリーズ』として刊行（新潮文庫）

Lulu on the Bridge (1998)『ルル・オン・ザ・ブリッジ』映画シナリオ（畔柳和代訳、新潮文庫）

Timbuktu (1999)『ティンブクトゥ』（新潮文庫）

I Thought My Father Was God (2001) 編著『ナショナル・ストーリー・プロジェクト』（柴田ほか訳、新潮文庫、全二巻／CD付き対訳版 アルク、全五巻）

The Story of My Typewriter (2002)『わがタイプライターの物語』絵本、サム・メッサー絵（新潮社）

The Book of Illusions (2002)『幻影の書』（新潮文庫）

Oracle Night (2003)『オラクル・ナイト』（新潮文庫）

Collected Poems (2004)『壁の文字　ポール・オースター全詩集』（飯野友幸訳、TOブックス）

The Brooklyn Follies (2005)『ブルックリン・フォリーズ』（新潮社）

Travels in the Scriptorium (2007)『写字室の旅』（新潮社）

Man in the Dark (2008)『闇の中の男』（新潮社）

Invisible (2009)　本書

Sunset Park (2010)

Winter Journal (2012)『冬の日誌』自伝的考察（新潮社）

Here and Now: Letters (2008-2011) (with J. M. Coetzee, 2013)『ヒア・アンド・ナウ』往復書簡、J・M・クッツェーと共著（くぼたのぞみ・山崎暁子訳、岩波書店）

Report from the Interior (2013)『内面からの報告書』自伝的考察（新潮社）

4321 (2017)

今回も編集にあたっては新潮社の佐々木一彦さんにお世話になった。この場を借りてお礼を申し上げる。オースターのいままでの魅力も存分に保ちつつ、新たな深さに踏み込んでいるこの作品を、これまでのオースター作品になじんできた読者から、オースターなんて知らないという方々まで、多くの皆さんに読んでいただければとても嬉しい。

二〇一八年七月

柴田元幸

インヴィジブル

ポール・オースター
柴《しば》田《た》元《もと》幸《ゆき》訳

発　行　2018.9.25

発行者　佐藤隆信
発行所　株式会社新潮社
郵便番号162-8711　東京都新宿区矢来町71
電話：編集部(03)3266-5411・読者係(03)3266-5111
http://www.shinchosha.co.jp

印刷所　株式会社光邦
製本所　加藤製本株式会社

ISBN978-4-10-521720-4　C0097